精霊を宿す国 新しき空と神の獣達

佐伊

Written by
Sai

吉茶

Illustrated by
Yoshicha

The land of spirits 4 “The New Sky and the Beasts of God”

この物語はフィクションであり、
実際の人物・団体・事件等とは、いっさい関係ありません。

人物紹介

オルガ

巨大な精霊（神獣）を宿せる器を持つ神獣師の卵。幼い頃から五大精霊「青雷」に守られていたが、契約が切れて「青雷」は去る。過去を乗り越え、キリアスの半神としてヨダ国最高位の精霊「鳳泉（ほうせん）」を宿す決意をする。

キリアス

ヨダ国の第一王子で、屈指の力動（生命エネルギー）を持つ。愛する半神のオルガと共に「鳳泉（ほうせん）」の神獣師（操者）になり、妹である先読ラルフネスと弟である王太子セディアスを守ろうとする。

神獣師たち

神獣と呼ばれる最強の五大精霊を所有する精霊師たち

青雷（せいらい）の神獣師候補　レイ

五大精霊「青雷」の操者となるべく修行中。「青雷」を宿していた頃のオルガに片思いしていた。

青雷（せいらい）の神獣師候補　ルーファアス

五大精霊「青雷」の依代となるべく修行中。ヨダ国と敵対しているアウバス国の血を引いている。

百花（ひゃっか）の神獣師　ミルド

五大精霊「百花」の神獣師（操者）。幼い頃から共に育ったユセフスに執着し、愛を捧げ、尽くす誰よりも忠実な半神。

百花（ひゃっか）の神獣師　ユセフス

五大精霊「百花」の神獣師（依代）。国の行政を握る機関「内府」の長官。国王カディアスの弟。冷徹な頭脳と比類ない美貌の持ち主。

紫道(しどう)の神獣師 ライキ

五大精霊「紫道」の神獣師（操者）。極貧の中でのしあがり、紫道の神獣師に選ばれる。クルトの従兄弟で半神。護衛団と近衛団の長。

紫道(しどう)の神獣師 クルト

五大精霊「紫道」の神獣師（依代）。最も神獣師を輩出するアジス家の出身。感情を失うように育てられたが、ライキへの想いを自覚し始めた。

光蟲(こうき)の神獣師 イーゼス

五大精霊「光蟲」の神獣師（操者）。人を人とも思わない冷酷な性格だが、ハユルを溺愛している。二神（二人目の半神）を得た男。警備団の長。

光蟲(こうき)の神獣師 ハユル

五大精霊「光蟲」の神獣師（依代）。思いがけず神獣を宿すことになる。神獣を宿すには器が小さすぎるため、体調を崩しがち。

千影山の師匠たち

引退した元神獣師。精霊師となる者は皆師匠の下につく必要がある。

ダナル

元光蟲の神獣師(操者)。ユセフスの前の内府長官で、激しい性格から「烈火の宰相」と呼ばれていた。

ルカ

元光蟲の神獣師(依代)。無口で感情を滅多に表に出さない。天才として知られ、様々な術に通じる。

ジュド

元百花の神獣師(操者)。オルガとキリアスの師匠。半神のラグーンにいつも振り回されている。

ラグーン

元百花の神獣師(依代)。オルガとキリアスの師匠。エッチな言葉を多用する特殊な教え方で、信条は『とりあえずヤッとけ!』

その他の人物

最強の精霊師 ゼド

元青雷の神獣師(操者)。セツの半神。現在は人の記憶を操る単体精霊・香奴を所有し、単独で諜報活動の任につく。

元神獣師 セツ

元青雷の神獣師(依代)。顔半分を失う怪我を負いながら、赤子のオルガの命を救うため青雷をオルガの守護精霊にした。

国王 カディアス

ヨダ国国王。王としての信念と覚悟の持ち主。長年トーヤへの想いを押し隠していたが、ついに結ばれる。キリアスや先読ラルフネス、王太子セディアスの父。

元神獣師 トーヤ

前・鳳泉の神獣師(依代)。つい最近まで「鳳泉」をその身に封印され、命を喰われていた。先読ラルフネスの育ての親。

先読 ラルフネス

まだ幼いヨダ国の生き神。キリアスの妹で、外見は2歳だが、実年齢は12歳の女の子。

王太子 セディアス

第二王子で、ラルフネスに次期国王に選ばれる。兄姉が大好きな心優しい少年。

前先読 ステファネス

オルガの生みの母。国王カディアスの兄姉でヨダ国の生き神だったが、前・鳳泉の神獣師(操者)カザンに愛を捧げられ、命と引き換えにオルガを産んだ。

悪の呪術師 セフィスト

元光蟲の神獣師ルカのかつての恋人。神獣師として選ばれずルカとの仲を引き裂かれ、ヨダ国を恨む。現在はアウバス国王に取り入り、陰から操っている。呪具「先読の腑」を宿し、正名を奪った精霊師を魔獣化する力を持つ。

最終章

浄化

1

王城の王の寝室から、叫び声が響く。

うなされているだけとはとても思えないほどの声に、衛兵も女官らも身をすくめる。だが、どんな声が発せられていたとしても、許しがない限り国王の寝室に入ることは何人たりとも許されない。

「セフィスト……おお、セフィスト！」

国王の赤子のように呼び求める声に、誰も反応できない。身を固くして、国王の狂ったような雄叫びが収まるか、この声を聞いた呪術師が、哀れに思って国王のもとへ来てくれるのを待つだけだ。

呪術師を、こちらから呼ぶことはできない。国王が呼んでいるから来てくれと願い出ることなど許されない。その呪術師に何かを『頼む』ことができるのは、国王のみだ。

容易に話しかけることすらできないほど至高の存在である呪術師は、横暴で粗野な性格ではない。国王が苦しんでいれば、黙っていても助けに来てくれると皆分かっている。だがそれは決して慈悲ゆえではないことも、彼らは分かっている。

呪術師が歩んでくる。国王が絶えず苦しむ声を上げているというのに、その足取りはゆったりとして急がない。どんな絶望の声が響き渡ろうと、その歩みは乱れることはないだろう。裾のさばき方も、あまりに優雅で美しい。目深にかぶった頭巾からは頬から顎の繊細な線が見え、穏やかな笑みを浮かべているというのに、すれ違う人々に与えるのは、一瞬息を止めてしまうほどの恐怖だけだ。

アウバス国王・フリスタブル二世は、部屋に入ってきた呪術師を見て、寝台の上を這うようにして手を伸ばした。

「おお、セフィスト！　セフィスト、早く余の傍へ！」

母親を求める赤子のように腕を揺らすフリスタブル二世を見ても、呪術師……セフィストは急がなかった。緩やかに歩み寄り、フリスタブル二世をしがみつかせる。

「どうなさいました、陛下。私は今、諸侯らと打ち合わせをしていたのですよ」

「セフィスト、精霊が、またも精霊が、余を襲ってくる。助けてくれ、セフィスト」

フリスタブル二世がセフィストの上衣を引くと、頭巾が後ろに引かれて顔があらわになった。

恐ろしいほど冷たい視線が降り注がれても、フリスタブル二世はその端整な顔を食い入るように見つめた。

「ああ……お前は、初めて会った時から変わらない、セフィスト。お前ほど美しい男は見たことがない」

「ヨダには私程度の男などゴロゴロおりますよ。ヨダを無事攻略できた暁には、どんな美男でも侍らせましょう。さあ、もうお休みを。今宵は誰に伽を命じられますか」

「お前が良い、セフィスト、余が寝入るまで傍にいてくれ」

セフィストは、氷のような瞳で無言のままフリスタブル二世の頭を見下ろしていた。

そのうちに、フリスタブル二世の身体からずるりと力が抜けた。寝台の上に崩れ落ち口を半開きにし、白目を剝いている。

セフィストはそんな国王に毛布一枚かけてやるどころか、一瞥もせずに身を翻し、寝室を出ていった。


フリスタブル二世は、前アウバス国王の三男として誕生したが、兄二人を殺害し国王の座についたという経歴の持ち主である。

女に対して不能で、王位につくために形だけ迎えた王妃も、不義密通の罪をかぶせてとっとと殺してしまった。

勇猛果敢ではあるが残虐で冷血、そんな国王を貴族諸侯らは引いた目で見ていた。

そんなフリスタブル二世の統治に変化があったのは、フリスタブル二世が国王の座について五年後、三十歳の時だった。

狩猟に出かけた際、森の奥まで深追いし、精霊に取り憑かれたのである。

おそらくそれは、いくつもの森の動物の死霊が長年かけて森と同化し、精霊となったものと思われた。フリスタブル二世はその時から人間の言葉を全く発さなくなった。呻き声を上げ、暴れ回り、突発的に誰彼構わず襲いかかる。これほどの精霊に取り憑かれたら普通はもう死んでいるも同様と見なされ、即座に殺されるだろうが、国王相手にそうするわけにはいかなかった。国王を監禁し、家臣らはヨダ国へ呪解師を派遣してくれるよう申請した。

　だがその時、ヨダ国は戒厳令下にあり、外部との接触を完全に断っていた。

　アウバスの重臣たちは、国の呪術師らに命を下した。誰でも良い。陛下の精霊を祓い、正気に戻せる者はいないか。

　ここぞとばかりに王城に入った呪術師らはことごとく失敗し、皆が途方に暮れていた頃、アウバス王城の門扉を叩いた男が、アウバスの運命を変えた。

　まだ歳は三十代前半のその男が、一体何者なのかアウバスの重臣たちは問わなかった。ただ、何も訊かずとも自国の出身ではないことは一目瞭然だった。その男は粗末な上衣を羽織っていたが、物腰や態度は庶民のそれではなかった。むしろさりげない所作一つ一つに出自の良さが表れていた。

　アウバス国ではこうした人間は決して呪術師などにならない。これはヨダ国からの流れ者だろうと一目で分かった。

　部屋の手前でフリスタブル二世の獣のような唸り声を聞いていても、呪術師は全く動じなかった。扉にすら近づきたがらない侍従に促されるままに、ためらうことなく部屋の中に入った。

　フリスタブル二世は、床を四つん這いで這い回り、涎を垂らしながら、現れた獲物に瞳を輝かせた。人とは思えない声を上げて呪術師に飛びかかった気配を感じ、外にいた人々は、呪術師の悲鳴を耳に入れまいと身を固くした。

　だが、そんな彼らの恐怖は杞憂に終わった。

　フリスタブル二世の声は、最初の一声だけで消えた。それからはどう耳を澄ましても、うんともすんとも聞こえてこない。彼らは目配せし合い、そろそろと部屋の中を覗き込んだ。

　床に、フリスタブル二世が倒れていた。

　国王から精霊が離れたことは、一目瞭然だった。精霊に取り憑かれ、人相はもとより肌の色もどす黒く変化していた国王が、元の状態に戻っていたのである。

　城の者たちは男にかなりの額の金を与え、早々に城から出した。彼らの判断は正しかった。己の常識で推し量れない者を、不用意に近づけるべきではない。

　だが、フリスタブル二世は違った。

　目を覚ましたフリスタブル二世は、自分を治した者を急ぎ探し出すように命じた。

慌てて城から飛び出した衛兵らは、城からそう遠く離れていない酒場で一人、酒を飲んでいる呪術師を見つけた。まるで、呼び戻されることが分かっていたかのように、呪術師は衛兵らの求めにすぐに応じた。

フリスタブル二世は、城内に連れてこられた呪術師を見て、驚きを隠そうとしなかった。これほど若く、美男だとは思いもよらなかったのだろう。

「そなた、ヨダ国の者か」

「答えねばならぬならこのまま去らせて頂きます。国は、捨てました。それしか申し上げられません」

フリスタブル二世は、国王に対する無礼を絶対に許さない。男の態度は、他国の者とはいえ、許されるものではなかった。だがフリスタブル二世は、目の前の男の尊大ともいえる態度を咎(とが)めなかった。それどころか、常人とは明らかに違う気を発する男を食い入るように見つめ、懇願するような口調で訊いた。

「名を、教えてほしい」

「セフィスト・アジス」

2

王都からシンバに乗って半日も進むと、千影山(ちかげやま)に辿(たど)り着く。麓(ふもと)の馬屋でシンバを預けて入山したが、オルガの足取りは軽くはなかった。師匠であるラグーンに黙って下山してしまったのだ。どんな顔をして会えば良いのか分からない。

「すまん、ちょっと休んでもいいか」

キリアスが声をかけると、同行してきた国王の従者・ナハドと上位神官のイルムはどうぞ、と頷(うなず)いてすぐに切り株に荷を下ろした。キリアスに抱き上げられるようにして、場所を移動する。大きな木の幹に寄りかかったキリアスの身体に体重を預け、オルガはキリアスの胸に顔を埋めた。

「修行が不安か。それとも戦争が？」

「両方……」

オルガは顔を擦りつけながらキリアスに抱きついた。

「鳳泉(ほうせん)の授戒(じゅかい)を選んだ時に、もう甘ったれちゃいけないんだって、戦う覚悟をしなきゃならないんだって思ったんだ。今でもそう思ってるよ。でも、どうしてキリアス様には甘えちゃうんだろう」

「それは仕方ない。お前はまだ十六なんだ、オルガ」

「年齢なんて関係ないでしょう？　皆、修行して、苦しんで、半神を手にして、国のために戦っているのに、俺は弱いままだ」

「お前は弱くないよ。言っただろう？　俺の前では弱音を吐いてもらわなければ逆に困るって」

キリアスの声は優しく、落ち着いていた。

キリアスはこの先に、なんの不安も抱いていないのが分かった。

いや、不安があっても、それを上回る覚悟の強さが、不安をかき消してしまうのだろう。

もうキリアスは自分が成すべき未来を見据えている。

ふと、キリアスが顔を上げた。見下ろす目が面白そうに笑った。

「ほら、分かるか？　賑やかな奴が近づいてきたぞ」

「オルガー！」

ジーンはすごい速さで木々の間をすり抜けながら駆けてきた。

「ジーン先生！」

オルガが振り返る間もなくジーンは飛びかかるようにして抱きしめてきた。

「この馬鹿ちん！　俺らにまで黙って下山して！　どれだけ心配したか！」

「ごめんなさい、ごめんなさい」

ジーンがおいおい泣き出したので、オルガも思う存分わんわん泣いた。続いてやってきたテレスも、ジーンを突き飛ばしてオルガを抱きしめてきた。

「オルガ、共鳴できて良かったね。青雷は外れたと聞いたけど、その前にちゃんと共鳴できたって聞いて、本当に安心したよ」

「テレス先生～」

お前ら、俺にはなんの挨拶もなしか？

いつまでも無視され続けたキリアスが憮然として声をかけても、三人は団子のようにひとつに丸まっておいおい泣き続けた。


「ナハドさんとイルムさんが裏山に入られるなら、安心ですね」

ナハドとイルムはジーンとテレスの一年先輩である。

裏山での修行期間も重なるため、見知った仲だった。

「それで、ジーン殿、表山の様子は」

ナハドの言葉にジーンは身を引いた。

「殿付けるの止めてください！　確かに俺は精霊師になりましたが、俺の中ではナハドさんとイルムさんは神獣師と同じ位置づけですよ。お願いですから昔と同じように話してください」

事情があって精霊師になることを諦めて下山したもののの、かつては神獣師の修行をしていた元操者と依代である。ジーンがいつまでもそう思ってしまうのは無理もなかった。

「ではそうさせてもらおう。今、裏山の修行者は皆表山に集まっていると聞いた。千影山の結界を強化するため、総責のアンジ殿と管理人のマリス殿は、山の聖域に籠もったと聞いたが」

「ええ。誰も立ち入れない聖域に入られました」

オルガは思わず息をのんだ。

この千影山には十四歳から十八歳までの数十人の修行者と、数名の精霊師候補がいる。

戦争が近づいた今、やがて国の宝となる彼らを守り、数多くの精霊を生み出すこの山を守る責務を果たすために、マリスとアンジは聖域にたった二人で籠もったのだ。

「食事などは俺が近くまで届けますが、絶対に接触はできません。マリスさんは結界の純度を高めるために、ほとんど何もできない状態になるとか。傍でマリスさんの介助ができるのはアンジ総責だけです。俺とジーンはお二人に代わって、表山の指揮を執っています」

裏山の修行者らも、いったん修行を中断して表山の子供らの面倒を見ているのだとテレスは続けた。

「どうせ今、裏山にはジュド師匠とラグーン師匠のお二人しかいませんからね」

「セツは？」

キリアスの問いに、ジーンとテレスは暗い表情で顔を見合わせた。

「昨日、お一人で下山なさいました」

どういうことかとオルガはキリアスを振り返った。

キリアスは、何か察したらしく、一瞬目を細めた。

「まずは王都に行かれるということでした。ラグーン師匠らがイルムさんとナハドさんを入山させてほしいと言われたのは、セツ様が下山なさるとキリアス様とオルガの修行を手助けする手が足りなくなるからです。

セツ様は王都で、ダナル師匠やルカ師匠と行動されると思っていたのですが……」

　テレスがキリアスの顔を窺ってくる。何か知っていることがあるなら教えてほしいと訴えている目だった。この時期に下山することに、不安を感じていたのだろう。

「おそらく、ゼドを追って国を出るつもりだろう」

　オルガは絶句した。国を出る？　この、国境付近がかつてないほど危険な状態となっている時に、国を出るなど、自殺行為だ。

「ゼドは今、スーファ帝国の北側に勢力を持つ反乱分子と接触しようとしている。同盟を結べれば、彼らの武力を脅威としてスーファに反対側から揺さぶりをかけることができるだろう。だが、それには時間がかかる。戻ってくるまでふた月では到底無理なのではないかという予想だ。俺とオルガは二か月で鳳泉を授戒し、『時飛ばし』でヨダ国を消すように命じられた。国が消え失せてしまったら、ゼドは国に戻れない。だから国を出て、ゼドを待つつもりだろう」

　キリアスの説明に、ジーンとテレスは啞然としていた。

「く、国を消す？　なんですか、それは？」

　オルガは不安になってキリアスを見上げた。

「キリアス様、セツ様は身体が思うように動かないのに。一人で国を出るなんてことしないよね？」

「ユセフスのことだから何かうまい方法を考えてくれるだろうが、危険極まりない国境付近に行くのは間違いないだろう」

　そんなことを、ゼドが望むわけがないのに。オルガはまたしても気持ちが暗く沈むのを止められなかった。そもそもあの二人が離ればなれになった原因は、自分の誕生にあるのだ。

「それで、裏山にいるのは老人二人だけか」

「まだまだ若い気でおられるのだから、怒られますよ。……修行者が一組だけ、残っております」

「一組？　なんで……」

　疑問を口にしようとしたキリアスが、すぐに察して顔を引きしめる。テレスが静かに頷いた。

「青雷の操者と依代です。さすがに表には引き取れませんので」

　青雷の、依代。

　オルガはそれに少なからず衝撃を受けた。

自分が宿していたあの青き竜を、宿す者が、いる。

「だがまだ授戒はしていないだろう」

キリアスの言葉にジーンは首を傾げた。

「裏山の修行については聞いていませんので分かりませんが、依代が裏山に入ってだいぶ経ちますよ。オルガが下山した直後くらいでしたから。もう青雷を宿していてもいい頃ですが……」

「俺は青雷の操者になった男だぞ。あの神獣の気配は死ぬまで忘れられない。お前、出てこい。依代にしては見事な気配の消し方だが、神獣の操者に気づかれないわけがないだろう」

オルガは驚いて気配を探ったが、消されている気配を探すことはできなかった。

力動を操作する者の方が気配を探るのに長けている。隠れている者の気配に気がついたジーンが、慌てて森の奥に声をかけた。

「ルーファス、無礼だろ、逃げずにちゃんと挨拶しろ！」

オルガにも依代が逃げた気配が分かった。だが、キリアスが苦笑し、ナハドが剣に手をかけた理由は分からなかった。分かった時には、先が尖った木の枝が矢のように飛んできた。

一歩前に出ると同時にナハドが剣を抜き、木の枝を切り払った。続いて森の奥から、驚きの声とともに人間の身体が浮いてこちらへ飛んできた。

「は、離せよ！　何しやがる！」

「それはこちらの台詞だ。たいした出迎えをしてくれるじゃないか」

キリアスが指先一つ動かさずに男の身体を自分の頭上に浮かせたが、すぐに地面に降ろした。

木の枝が飛んできたのと同時にキリアスの背中に身体を隠されたオルガは、男を確認しようと顔を覗かせた。

一瞬、その容貌から目が離せなくなった。

男の肌は、褐色だった。

その肌の色で、ヨダよりももっと南の、西方のアウバスの血が流れているとすぐに分った。

緑色の瞳もアウバスの特徴だった。混血かどうか分からないが、確実にアウバスの血が多く流れている。

隣のキリアスも、驚いているのが分かる。

当然だろう。

今まで、精霊師にさえ、明らかに他国出身と分かる者はいなかったのだ。千影山はつい最近まで、他国出身者は、入山すら許可していなかったのである。

他国の血を引く者が、神獣を宿す時代になったのだ。

そしてもう一つ、その依代には目を引く理由があった。

斑紋（はんもん）が、顔半分ほどに描かれていたのである。

通常、斑紋は服で覆われる部分にある。神獣を宿すほどの斑紋は身体の上体におさまらない場合もあるが、それでも服からはみ出す者はまれだ。

顔の半分から首に斑紋が続き、おそらく肩から胸にまで続いているのだろう。

地に降ろされた依代は、キリアスを睨（にら）みつけてきたが、その後ろにいるオルガに気づき、はっと身体を強張らせた。

オルガはついその依代をまじまじと見つめてしまったことを、すぐに後悔した。依代は自分の顔半分を恥じるように片手で覆った。唇を噛みしめ、顔を背ける。

「ルーファス！」

聞き覚えのある声だった。他の人間の気配を察することができぬほどに、夢中で己の依代を追ってきたのだろう。現れたレイは、オルガたちに気がつくと、一瞬絶句した。

「……オルガ……」

オルガは、自分を見てくるレイの目が以前と全く違うことにすぐに気がついたが、ルーファスは、レイの視線をどう受け止めたのだろうか。

ルーファスの斑紋の上にうごめくように這っているのは、下級精霊の契約紋だ。

修行のために仮で宿しているだけだが、もうすでにレイと精霊を共有している。

どんな小さな精霊でも、共有してしまえば、感覚も、感情も、思考も、全て筒抜けになってしまう。

ルーファスは、レイが自分の方へ目を向ける前に走り去った。

その姿を、レイはもう追おうとはしなかった。

オルガは、以前とは人が変わったかと思うほど暗く、憔悴（しょうすい）した男の横顔を、無言で見つめるしかなかった。

◇◇◇

「さあ、どの面下げてやってきたのかな、勝手に下山した大馬鹿者が。まずは土下座かな。『申し訳ございませんでした、御師様。どうかこの愚かなる私めに、ヒイヒイ身もだえするほどの修行を付けてくださいませ』と言ってもらおうか」

「なあ、ラグーン。俺らが修行をする時には、青雷の方はどうするんだ？」

「開口一番それか！　鉄拳喰らわせるぞ、コラ！」

　握りしめた拳に血管を浮かせて激怒するラグーンの後ろで、ジュドが「これでも心配していたんだから、謝っとけ」と身振りで示している。

「勝手に下山して、申し訳ありませんでした、御師様」

　キリアスの横でオルガはきちんと床に手をついて深々と頭を下げた。ラグーンの目が細まる。

「オルガ……『もう性の喜びを知ってしまいました』って顔をして……お前の処女喪失の際には、伝授したいことが山ほどあったのに」

　今度はキリアスが拳を握りしめる番だった。

「鳳泉授戒だが、俺らはガイが死ぬ前に鳳泉の修行について教えてもらったが、正直やってみないと分からん。通常の修行とは何もかも違いすぎて、さっぱり分からなかった」

　ジュドとラグーンは二人とも腕を組み、顔をしかめている。

「なんせ、宵国と繋がるからなあ。何が起こるか分からん」

「俺らは宵国の入口をこの目で見て、人がそこに吸い込まれて死ぬ有様も何度も見てきたんでな」

　オルガはびくりと身を震わせた。自分の生まれた時の惨事だろう。だが、そんなオルガをラグーンは一喝した。

「馬鹿者！　己の生い立ち程度で心乱されていては、鳳泉を授戒し、宵国へ飛ぶことなどできんぞ！」

「でも……御師様」

「でももくそもない！　お前はこれから国民の命を救うのだ。己の出生が恐ろしければ、未来の生へ繋げることを考えろ。心を強く持て、オルガ。宵国は、生やさしい場所ではないぞ」

　ナハドとイルムは後方で黙って控えていた。二人は当然オルガの出生について知らされていない。だが、年端も行かぬうちから青雷を宿していたこともあり、普通の生まれではないと薄々分かっているようだった。

「ガイが言うには、結界を何重にも強化する必要があるらしい。依代の器が大きければ大きいほど結界を強化しろ、と。それでイルムを呼んだんだ」

　自分たちは鳳泉だけは勝手が分からず、慎重にするつもりだが、二か月以内に鳳泉の力を操れるようにならなければならないという期限がある、とジュドは言った。

「もともとお前たちは青雷を共鳴済みだ。慣れさせることなどせず、いきなり授戒してもらう。青雷よりも鳳泉は神獣の力が強い。またお前を獄に繋ぐことがあっても、文句は言うなよキリアス」

「どんな修行でもするが、青雷は……レイとルーファス？　って奴は影響を受けないのか？　練習のために小さな精霊を入れているだろう」

　キリアスの問いにラグーンは着物の袖を口元に当て、くくく、と嗤った。

「もう影響受けまくりであろ。かつて青雷を宿していた者が、やってきたのだ。しかもそいつに操者は以前惚れて、己の半神になってほしいと願っていたときた」

　悪趣味なラグーンの嗤いに、オルガは顔をしかめた。一方でキリアスは淡々とラグーンに訊いた。

「俺らが入山する機会を狙って、依代に精霊を宿らせたな？」

「当ったり～。案の定、想いが筒抜けになって乱される乱される」

　さすがにオルガは立ち上がって激昂した。

「御師様の意地悪！　なんでそんなことするんだ！　かわいそうじゃないか！　レイより何より、依代がかわいそうだよ！」

「オルガよ。あえて悪環境で育てた方が、旨い味になる果実もあるのだよ」

「そんなことをしなくても良いじゃないか！　レイは優しい人だし、黙っていても好かれるだろうに」

　ラグーンは鼻で嗤った。

「オルガ。お前はキリアスに最初から愛されて、慕って、愛していれば、お前の出生の重さに耐えられたか」

　オルガは答えられなかった。

　耐えられたかもしれない。だが、あの時の選択が、できたかと言われたら、できなかったかもしれないと思った。

「俺らがなんとかしたいと思うのはレイの方よ。あれはお前の言う通り優しい。どんな依代にも好かれ、愛され、そしてどんな依代も愛せるだろうよ。たとえ他国から売春婦として売られた女が産み落とした混血児であろうと、浅黒い肌と顔に浮かぶ斑紋に劣等感を抱いてきた者であろうと、躊躇なく愛せるほど良い奴だ。優しさでもって、依代を守るだろう。だがそんな優しさなど、激しさに耐えられんと俺は断言する。国の大事に、立ち向かえる力を得る。それが精霊を宿すということ。その激しさをお前たちは身をもって知っているはずだ」

庇護者、と、かつて己の父が称された言葉をオルガは思い出した。

カザンは決してトーヤを救わなかったと、ラグーンは思っているのだろう。

何かを守れるほどの強さがあると思うなど、傲慢な思考にすぎない、と。

それでもオルガは、哀しみや苦しみを抱かずに人を愛し、愛されるなら、どれほど幸せだろうと思うのだ。

全ての精霊師が、そんな、優しい愛だけで、共鳴への道に辿り着いてほしいと。

授戒は明日、と定められた。

明日からどうなるか分からないというのに、オルガはルーファスのことが気になって仕方なかった。

「俺は、ラグーンの言い分の方が理解できる。そして俺らは、そんな感情をあの二人に向けるのも筋違いじゃないかと思うぞ。俺らがとやかく言える話じゃない。結局は半神同士の問題だ。放っておけ」

そんなことはキリアスに言われなくとも分かっている。

相手が青雷の依代でなければ、もしかしたらこれほど気にしないかもしれない。

自分を十六年もの間守ってくれた神獣。それを宿そうとしている者と、ほんの少しでも心を通わせたいと思う気持ちを、キリアスは理解できまい。

オルガたちはかつてガイが居住していた寄合所に寝泊まりすることになった。ジュドとラグーンのところには、レイが既に内弟子として入っていたからである。

だが、ルーファスは一人、下山したセツの家にいるということだった。

　青雷の依代なのだから、セツに弟子入りするのが筋なのだ。そのつもりでセツも引き取ったが、ルーファスを見てラグーンはこっちで指導すると申し出たらしい。

「だがこっちに住むのは嫌がって、寝泊まりはセツのところに戻っていた。甘ったれはすぐにセツに逃げる。お前もそうだったな、オルガ」

　セツが下山したというのにまだそちらに残っているということは、よほどラグーンが嫌いなのだろう。もしくは、レイから逃げているのか分からないが、オルガは気の毒でならなかった。

　セツがいなくなってしまっては、さぞ心細いだろうに。

　王宮を出る際に持ってきたお土産の菓子をルーファスに持っていこうと、ちょっとだけ、と森の中に飛び込んだ。

　二年間、通い慣れた裏山の道は、月の明かりも遠い闇夜だろうと、難なく足を進めることができた。気配を消さずに近づいたので、セツの家に辿り着く前に、ルーファスは外に出てきてくれた。

　闇夜を走ってくる人間に、いぶかしげな瞳を向けている。無理もない。オルガは慌てて胸元から菓子を取り出した。

「あの、これ、王宮のお菓子。セツ様にお土産だったんだけど、食べてください」

　ルーファスはしばし差し出された菓子を見つめていたが、ゆっくりと受け取った。

「……ありがとう」

　ほとんど無表情だったが、ぽつりとルーファスが呟(つぶや)いた言葉に、オルガは思わず嬉しくなって、言葉を続けた。

「あの、俺、青雷を宿していたんです、前に」

　ルーファスの目が、向けられる。闇夜でもその緑色の瞳は、光り輝いていた。かなり背が高く、すらりと手足が細長いのは、アウバスの血なのだろうか。闇夜に溶ける褐色の肌と黒い髪、瞳だけが灯火のようにゆらゆらと揺れていた。

「……知ってるよ。入山する前に、ジーンたちからも聞いていたし、それに」

　レイの中の、あんたの姿を見たから。

外気が急に凍りつくような寒さに変わった。

「レイの中の、青雷の幻想と言った方がいいのかな。俺が今、練習用に宿している精霊も、水の属性だから。レイの中のあんた、すっげえ綺麗だったよ。銀色の髪で、水色の瞳で、俺と同じような混血なのかと思った。俺はアウバスの血が入っているけど、あんたはスーファの血が入っているのかなって。……ラグーンに聞いたら、この国の由緒正しい血筋で、売春宿で生まれた俺なんかとは全然違う出自なんだって教えられたけど」

「ちが、違うんだ、俺は、全然そんなんじゃない！」

「あれはただの幻だろうって、俺がこんなだから、レイが夢見ちまうのも、仕方ないんだろうと、思っていたけど、……やっぱり、……」

　緑の光が翳る。オルガはその瞳を見て、何も言えなくなった。

　ルーファスは、熱くこもる感情を吐き出すように、はあ、と口の息を外に出した。

「これ……ありがとう。明日の授戒は、俺は何もできないけど。がんばって」

「ルーファス……ルーファス、あの……」

　オルガが言葉を選んでいるうちに、ルーファスは踵を返し、家の方へ戻った。

　レイには確かに以前、青雷の半神にと望まれたが、そんなものは単なる誤解から生じた、一過性のものだ。好きという想いも、淡い、水に浸せばあっという間に溶けてしまうものにすぎない。

　そう伝えたかったが、言葉にならなかった。部外者が口を出せる問題ではなかった。

　青雷は完全に、他人のものになるのだ。もうあの神獣に思い入れを抱いたとしても、どうしようもないというのに。

　寄合所に戻る途中、人の気配に気がついて顔を上げると、暗闇にレイが立っていた。

　レイは、苛立ちをあらわにしていた。暗闇でも瞳が非難の色を宿し、貫いてくるのが分かった。

「……なんでルーファスに会いに行ったんだ。これからの修行に、ルーファスは関係ないだろう！　俺らのことは放っておいてくれ！」

　あまりに激しい口調に、オルガは思わず身をすくめた。レイは、乱した息を整えるように大きく息をつくと、傍にあった樹に寄りかかった。やるせなさそうに両手で顔を覆う。

「……すまない。俺らのことで……君にはなんの関係もないのに……」

ごめんなさい、とオルガは言うしかなかった。不用意に会いに行ったことで、ルーファスを傷つけた。それは確かなのだ。キリアスの言う通り、自分が関わるべきではなかったのだ。

「いいんだ。ごめん。俺が悪いんだ。全部、俺が……」

レイは両手を外して顔を上げ、雲足が速い空に目を向けた。そこにしばし視線を留めた後、静かに呟いた。

「……以前君は言ったな。簡単に、想いを伝えるなと。それはいつか、巡り会う依代に言うべきだって」

レイは静かに視線を足元に落とし、きつく目を閉じた。

「……今本当に……身に沁みて、君があぁ言った理由が分かる」

人はなぜ、優しさだけで、愛し合えないのだろう。

誰もが、それを求めているはずなのに。

オルガは遠い星を、見つめるしかなかった。

3

精霊を宿す授戒には、やり方が多々ある。

依代と操者同時に授戒する場合は、授戒紋を身体に描き、その部分から流れる血を護符に封じられた精霊の上に落とし、契約とする。

操者の授戒紋は、授戒されると消えてしまうが、依代の授戒紋は斑紋の上に契約紋として残る。

「青だったお前の斑紋の上の神言(しんごん)が、今度は赤に変わるんだ」

本来だったら師匠に描かれる授戒紋だが、オルガはキリアスの手によって描かれていた。

「……どんな風に見えるんだろう。赤だと、血みたいに見えるのかな」

「さあ……でもどんな契約紋でも、俺にとっては最高に美しいものにしか見えないよ。どの操者だって、自分の依代の斑紋に重なる契約紋を、なぜか見せたがらないじゃないか」

「そうなの？」

「皆同じだよ。俺一人のものだから、見せたくないって思うんだ。……さあ、できた」

キリアスは着物の片側を脱ぎ、左腕に自分で描こうとしていた。オルガは自分が描きたいと申し出たのだが、キリアスにもラグーンらにも却下されたのである。

「お前まだ、神言をすべて習得していないだろう」

ヨダの古代語である神言は、難解と言われるヨダ語よりもさらに難しいと言われている。オルガは神言の専門家であるルカに直々に教わったとはいえ、三分の一程度しか学んでいなかった。表山で基礎を教わってこなかったのだから、これはオルガが悪いわけではない。

対するキリアスは、もともと王位継承者として教育を受けた者である。十八歳で入山した時、既に一通り修めていた。

「文字がわずかでも違うと戒が失敗するんだぞ。下手したら命に関わるんだ」

そう言われればオルガも従うしかなかった。

「よし、大丈夫だ」

ラグーンとジュド、そしてイルムにも描かれた授戒紋を見せ、間違いがないことを確認する。

通常は寄合所の儀式の間で授戒を行うが、ラグーンは、ジュドと自分の住居の一室で行うと告げた。

「ガイから鳳泉の授戒は慎重にしろと言われているんでな。寄合所が吹っ飛ばされるかもしれん。この家ならぶっ壊れても、また造り直せばいい。そろそろ新しい家が欲しかったしな」

床に結界紋を描いた部屋で、北にラグーン、南にジュド、東にイルム、西にレイが結界を張るために準備していた。

ここまで大がかりにしなければならないのかとオルガは身体を強張らせた。

キリアスと二人、床の結界紋の中心に座ると、ナハドが布の上にのせた濃紺の文箱を恭しく運んできた。中に入っているのは、トーヤから封印を外し、新たに護符の中に納められた、最高位の神獣である。

オルガはその護符の文字をまじまじと見つめた。今、これが自分に宿るのだ。鳳泉。これを宿した瞬間に、想像を絶する未知の世界が眼前に広がるのだろう。

キリアスが後ろからきつく抱きしめてくる。もう大丈夫、とオルガは力強い腕にそっと手を乗せた。大丈夫。何があったって、この人は自分を守ってくれる。

また、あの世界に入れるのだ。感情も感覚も全てを共有する、二人で一つの身体を分け合う世界に。

悲しみも苦しみもあったけれど、それでもあの唯一無二の世界に戻りたい。自分の生も、何もかもがこの人と一緒、という、言葉では言い表せない世界へ。

それぞれの授戒紋の上に、小刀を乗せる。ほんの少し力を込め、授戒紋が描かれた皮膚が切れ、血が流れる。

鳳泉の名が書かれた護符に、二人の血がぽたぽたと数滴、重なるように落ちた時に、それは起こった。


オルガは、自分の視界が突然黒一色になったことに驚いた。

以前青雷を共有した直後、五感が乱され認知能力がめちゃくちゃになり、凄まじい不快感と恐怖におののいたが、あの時とはまた違う。

ここは、一体どこなのだろう？

現実世界という感じがしない。

空間に、区切りがないのである。身体が地に着いている気がしない。何も見えず何も聞こえず、物質を感じない。全くの無だ。

青雷の時には五感の全てが混濁した状態になったが、今度は全く失われてしまったのだろうか？　いや、感覚も感情も失われても、半神のことだけは認知し、否応なく求める。それが共有のはずだ。

だが、この空間にはキリアスの姿が見えない。身体を添わせるようにして授戒したというのに、なぜキリアスの気配さえも感じ取れないのだろう？

「キリアス様？」

常に傍にいてくれるはずの男の名を呼ぶ。その時、黒だけの空間に、水がにじむように、ぼんやりと輪状に広がるものが見えた。

次第にそれは白く変化していき、人の姿が現れた。

真っ白な髪、着物、肌。ぱちりと開かれた瞳が赤でなければ、白の輪に完全に同化して見えなかったかもしれない。それほど、瞳以外は全て白かった。

その姿を、オルガは、以前に目にしていた。

「先読(さきよみ)様……？」

思わず口にすると、二歳児にしか見えない少女は、ぱっと顔を輝かせるように笑った。

その表情にオルガは驚いた。以前は、姿が見えていても、まるで鏡に映った姿を見ているような感覚だった。近くにいても全く別のところにいる、そんな遠い存在でしかなかったというのに、今は違う。

こちらは暗闇に、あちらは光の中にいるというのに、生々しさが肌に伝わるほどに近く感じる。

「オルガ！　オルガね⁉」

先読・ラルフネスは、嬉しくてたまらないというように満面の笑みで名を呼んできた。光の輪の中でぴょんぴょんと飛びはね、喜びを表現している姿は、幼児の身体だが十二歳の少女そのものの仕草だった。

「鳳泉を授戒したのね。ああ、良かった！　私の鳳泉！　嬉しい！　トーヤがいなくなってしまって、私、やっぱり寂しくて悲しくって、ずっとずっと待っていたの！　オルガが次の鳳泉だってことは、前から分かっていたし、ああ、良かった！　ねえ、私の話が分かる？」

「は、はい、分かります」

ラルフネスはきゃあきゃあ喜んでくるくると身体を回転させた。

「良かった、これで安心、楽しくなれる！　ねえ、こっち来て、オルガ。私ね、ずっと待っていたの！　仲良くしてね、ねえ、何が好き？　色々お話して」

トーヤが呪解した後たった一人、宵国で不安の中にいたのだろう。堰(せき)を切ったように話すラルフネスが、オルガはかわいそうで、また愛おしく感じた。

トーヤが大事に育てたこの国の未来を、自分は託されることになるのだ。こんなに可愛らしい少女を育てられる喜びに、オルガは心が躍った。ラルフネスの方へ、一歩足を踏み出す。

「いいですよ、ラルフネス様。何をして遊びましょうか」

オルガがラルフネスの方へ手を伸ばした次の瞬間、またも世界は黒に覆われた。

一体何が起こったのか、オルガには分からなかった。今度の黒は、風のように激しく、己を包み込んでくる。ラルフネスとの間を邪魔するように、黒い竜巻が空間を走り回る。

「いやあ！　お兄ちゃま、何するのよお！」

ラルフネスが、泣き声で非難する。オルガはいつしか黒い竜巻にからめとられ、揺さぶられた。

自分の身体なのに、自分の身体ではない。知覚も、意識も、全てが混濁の中に放り投げられる。これはあの、青雷を共有した直後の状態に似ていた。

しかし、そんな中でも、オルガは先読・ラルフネスの声と、半神・キリアスの声だけはしっかりと耳にすることができた。

「お兄ちゃまなんて嫌い！　大っ嫌い！　オルガを返してよ！　私の鳳泉なんだから！」

『お前のものじゃない、ラルフネス。俺の、半神だ！　鳳泉は二人で一人。オルガだけがお前の鳳泉じゃない！』

キリアス様、かわいそう、やめて、どうしてそんなひどいことを言うの。寂しくてずっと待っていたのに。

オルガはそう責めようとしたものの、口にするどころか、意識を保っていられなくなった。

次第にばらばらになっていくような意識を、オルガは完全に手放した。


「オルガ！」

結界の中で、キリアスは叫んだ。

鳳泉授戒の衝撃は、凄まじいものだった。ラグーンらが懸念した通り、儀式に使った部屋はぼろぼろに崩れ、床は半分地に沈み、屋根も半壊し、何か所か支えを失った家はぎしぎしと傾いていた。

たとえ床が傾いても、東西南北から結界を張る四人の守りは強固だった。床の結界紋は壊されたが、ばらばらと天井から木が、瓦（かわら）が落ちてきても、守られた結界には塵（ちり）一つ落ちてこない。

キリアスの授戒紋は、赤黒く、突如生命を宿したかのように、うごめいていた。左腕の肘から下に描いたはずの文字が、うねうねと上腕部を這い、肩にまで向かおうとしている。

気を失っているオルガの斑紋の上に、赤と金の文字が混じり合うように広がってゆく。まるでこの赤と金が、新たなる動脈となるかのように、静かに斑紋に溶け込んでいった。

オルガは気を失っているが、顔つきは穏やかで眠っているようだった。対するキリアスは、五感と本能の全てが混乱の極みだった。青雷授戒の時にも感じた、凶暴な欲望が暴れ回っている。

精霊を宿すとは、獣を受け入れることなのだ。

そして操者は、己の力動でこれを制御しなければならない。

最も愛する者を、守るために。

ああ、全てを投げ捨てて、この目の前の身体を乱暴なまでに貪りたい。キリアスは、目の前の斑紋が輝く身体に、触れまいと必死だった。指一本でも触れてしまえば、犯してしまうに違いない。

「キリアス、絶対にオルガに触れてはならんぞ！　お前の意識は、半分は先読と繋がっているはず！」

ラグーンの声に、キリアスはぎりぎりと噛みしめていた奥歯の間から、声を漏らした。

「オルガ、が、気を失って、ラルフネス、とは、切れた。オルガが、オルガが目を覚まさなければ、俺の、力動は、流せない。間口がまだ開いていないんだ。だが、オルガが目覚めれば、またラルフネスと、繋がってしまう……」

「そこをお前の半神としての力で、なんとかしろと言っているのだ！　先読は、己を救ってくれる鳳泉を、狂ったように求めてくるらしい。当然だろう。自分を理解し、助けてくれる存在なのだから。しかし操者は本能でそれを拒絶する。己の力動を注ぎ込みたい依代を、絶対に渡してたまるかと思うらしい。まさに獣よ！　この国の生き神と戦うためには、鳳泉を操作するほどの力強き獣の力が必要なのだ。正念場だ、キリアス。先読を導くのは鳳泉の神獣師だ。それを忘れるな！」

ラグーンの声は、途切れ途切れにしか耳に入ってこなかった。もう、このままオルガから離し、獄に繋いではくれないか。そんな弱気が頭をよぎり、キリアスは血がにじむほど唇を噛みしめた。

震える手で、床に落とした短刀を手に取る。後方で結界を張っているジュドが、長針を構えるのが目に入った。だが、キリアスは朦朧（もうろう）とする意識で、目だけで訴えた。

そして、肩にまで到達しようとしている赤と黒の文字の侵食を止めるように、左腕に刀で線を引く。噴き出した血は、赤と黒の文字をあっという間に覆った。

「吸ってろ、俺の血を」

わずかに正気を取り戻したキリアスは、刀を放り投げ、床に横たわる半神の身体を抱えた。

手は震えていたが、半神の身体を締め上げるような力ではないことに、混濁した意識のどこかで感謝した。

そして、ゆっくりと、かすかに開いた小さな唇に、自分のそれを重ね、二人の間にある間口を開けた。

父や母と抱擁する感覚と、キリアスとのそれは、あたりまえだが全然違う。

同じように守られ、慈しみを感じるのに、なぜなのかは分からない。

ただ、この腕の中ならば、全てを委ねてもいいと思うのだ。

分散していた意識が少しずつ集まっていくのが分かる。

その浮遊する意識の心地よさは、オルガの心を弛緩させた。ああ、このまま永遠に漂っていたい。

意識の次に、オルガに戻ってきたのは、聴覚だった。

「お兄ちゃまなんて大っ嫌い！　私のことが嫌いなんでしょう！　国王に選ばなかったから！」

「そんなことはない。もう理解している。お前とセデイアスを避けてたのは、悪かったと思っているよ」

「嘘！　じゃあどうしてオルガを隠すのよ！」

「ラルフネス。俺たち二人はお前を守る。だが今は修行中なんだ。確実にお前を救い、導くために、俺たちは修行をし、鳳泉を完全に授戒しなければならない。

俺はお前の兄だし宵国でもお前に冷静に対応できるが、オルガがお前にきちんと向き合うには、もう少し時間が必要だ。心細い気持ちは分かるが、こうして俺とは話せるんだからいいだろう」

「お兄ちゃまなんて大嫌いだもん！」

「……まあ、そうなんだろうな。俺がお前と会わなくなった年齢の姿にさせられているしな」

続いてはっきりした視覚に、オルガは仰天した。

場所が宵国であることは、ラルフネスがいることで分かった。ちょこんと座って、ぽろぽろ涙を流してすすり泣いている。

驚いたのはその対面に胡座をかいて座っている少年だった。まだどう見ても十四・五歳ぐらいの、だが明らかにキリアスの面影がそこにはあった。

オルガが目覚めた気配を察したのか、今よりももっと青を宿した瞳が向けられる。生意気そうな目尻と眉、少年の幼さを残した頬に、オルガは胸が高鳴った。

こんな状況だというのに、過去のキリアスの姿を見てときめくなど何を考えているのかと自分を戒めるも、動揺が隠せなかった。だがキリアスは、目配せするような視線を送るだけで何も言ってこない。

「オルガ、そこにいるの？」

「ああ」

ラルフネスには姿が見えていないらしい。

「お兄ちゃまの姿は変えられるのに、どうしてオルガの姿は探せないのかなあ」

ラルフネスが不満そうに口を尖らせる。

「これが鳳泉の操者の力だ。お前は今まで依代のトーヤしか知らなかっただろうが、俺が完全に鳳泉を操れるようになったら、もっとここは生きやすい世界になる」

「今だって悪くないもん。別に困ってないもん！　お兄ちゃまがいる方が嫌！」

はあ、とキリアスはため息をついた。

「やれやれ、トーヤも言っていたが、反抗期だな。まあ、俺もそうだったから文句言えないが。ちょうどこの身体くらいの齢にな」

ぷい、とラルフネスが可愛い頬をふくらませて顔を背ける。

この兄妹、性格が似ているかもしれないとオルガは思った。最初に出会った頃、世の中全てに不平不満を抱いてむっつりしていたキリアスを思い出す。

そんなことを考えていると、思考が筒抜けの状態だったのか、キリアスが嫌そうに振り返った。だが、そんなしかめっ面を向けられても、今の成人したキリアスではなく、自分より年下の拗(す)ねた顔なので、可愛らしくてたまらない。

そんな気持ちも筒抜けなのか、キリアスはますます顔を歪めてくる。そんなキリアスにラルフネスは首を傾げた。

「オルガ、なんだって？」

「いや、なんでもない。やっぱりまだ、あいつをお前に繋げるわけにはいかない。少なくとも俺が自分で実体を作れるまではな。ほら、ラルフネス。セディアスと遊んでこい」

「嫌なの。あの子の傍にいると、今は、嫌な未来ばっかり見ちゃうの」

口を尖らせたラルフネスを、キリアスはしばし見つめていたが、その身体を抱え上げて膝の上に乗せた。

「もう少し待っていろよ、ラルフネス。トーヤから離れて不安だろうが、俺だって意地悪してオルガのこと

を隠しているわけじゃないんだ。俺らは未来と、お前を守るために鳳泉を授戒した。いつかきっと、お前が目にしている未来も変わるだろう。心配しなくていい」

綺麗に切りそろえられた白い髪を撫でられて、ラルフネスの表情はわずかに和らいだ様子だった。

口ではなんだかんだ言っても、やはり血の繋がった兄妹なのだと、オルガは微笑ましく思った。

意識が流れ出すのを感じる。

ああ、この世界から離れるのだと、オルガは戸惑うことなく感じた。

◇◇◇

瞼の裏に光が映る。

静かに目を覚ましたオルガは、意識が身体の隅々にまで行き渡っていることを感じた。

それと同時に、すぐに分かった。

自分のものではない力動が、もうこの身体に入っている。

鳳泉の胎動を感じても、心が少しもざわつかない。それどころか、まだ完全に目覚めぬその神獣を、ある種の愛おしさで受け入れている自分を、オルガは感じた。

青雷以外の精霊がこの身体に宿れば、自分の心と身体は無意識に拒絶するのではないかと思っていたが、杞憂に過ぎなかった。

新たなる神獣を、器が余裕で受け入れているのを感じる。まだ鳳泉が完全ではないからだろうが、オルガは自分の器の大きさを、初めて自覚した。

さあ、おいで。ここがお前の宿る場所。

器を存分に広げ、鳳泉の卵をゆったりと抱く。今までとは真逆の、火の神獣を恐れていたことが嘘のように、オルガの心は落ち着いていた。

瞼を開けたオルガは、世界が微妙に傾いているのを見て妙に思った。まだ感覚が正常に戻っていないのだろうか？

だがすぐに床全体が傾いているのだと気づいたのは、気を失っているキリアスの姿が目に入ったからだった。

左腕に流れる血に、一瞬にして正気に戻る。

「キリアス様！」

キリアスに飛びついて、血の流れている箇所を確認する。左肩下に刀傷があった。止血しようと布を求めあたりを見回した時、結界を張っている四人の状態が目に入った。

さすが神獣の操者だけあって、レイが一番力を残していた。まだ結界が空間を包んでいたが、レイ以外の三人は、もう結界を張る力を失っていた。

イルムは疲労困憊の様子だったが、まだどうにか意識を保ち、身体を支えていた。だがジュドもラグーンも、気を失っていた。

「御師様！」

「オルガ！　お二人は大丈夫だ。授戒は！　成したのか！」

オルガは必死で頷いた。鳳泉を宿しているのが分かる。キリアスの左腕は血に染まっていたが、授戒紋は消えていた。

レイは安堵したように結界を解いた。イルムも力が抜けたように身を横たえる。

張り詰めた空間が和らいだ気配に、待機していたナハドとルーファスが、慌てて中へ入ってきた。


鳳泉授戒から五刻（五時間）という時間が流れていたことを知り、オルガは絶句した。

「最初の授戒直後の衝撃はまだましだったな。キリアス様がご自分で片腕を切られて、一瞬正気を保たれた際に、君に接吻して間口を開けた途端、地盤が揺れた。世界がひっくり返りそうな気がしたよ」

レイの言葉にナハドは頷いた。

「実際そうだったと思いますよ。裏山全体が歪んだ気がしました」

ジュドとラグーンの屋敷は半壊状態になってしまったため、気を失った面々は寄合所に集められた。

なんとか動けたのはレイだけで、イルムも気を失うように眠りについてしまったため、ナハドとルーファスがいなかったら介抱一つにしても難儀しただろう。

オルガは、授戒したというのに全く何も影響がなかった。それどころか逆に元気なくらいである。

「と、いうことは間口は通ったのですね」

ナハドの問いにオルガは頷いた。

「間口が通ると自然に宵国と繋がるので、俺の方は最初こそ戸惑いましたが、青雷を宿していた頃とさほど違いはなかったので、混乱は続きませんでした。けど、青雷と鳳泉では大きさが全然違うので、力動をどう操っていいのか分からなくなるでしょうね。キリアス様は大変だと思います」

はあ、とナハドはため息をついた。

「しかしオルガ様、青雷を先に宿されていて良かったですねえ。青雷での修行を積んでいなければ、とても十六歳では授戒などできず、国を救うなど無理だったでしょう」

それはオルガも思っていたことだった。あの二年間の青雷の修行があればこそ、ここまで落ち着いていられるのだ。自分の中にいる神獣の状態を把握できているのも、冷静に状況を読めるのも、青雷を宿した経験があったからだった。オルガは眠り続けるキリアスを見つめた。

「オルガ、さん。師匠が、起きた。呼んで来いって」

別部屋に寝かせていたラグーンとジュドが目を覚ましたらしい。ルーファスの促しに、オルガはすぐに応じた。

ジュドはなんとか身体を起こし、傍らのラグーンを心配そうに覗き込んでいたが、ラグーンはまだ伏せったままだった。

「オルガ、成したか」

口を利くのもやっとだろうに、目を閉じたままラグーンが訊く。

「はい、御師様。宿りました」

「卵のようか」

ああ、やはり同じ依代、分かるのだとオルガは興奮して頷いた。

「はい！　卵のように感じます。青雷はもともと大きすぎて、逆に身体の一部分しか感じず、その実態を感じられたのは共鳴してからでしたが、まだ鳳泉は目覚めていないのを感じます」

ラグーンは口角を歪めるようにして、微笑んだ。

「やはり、卵か。鳳泉は鳥、そう感じるだろうと思ったが。鳳泉が完全に目覚めず、孵化していない状態をはっきりと感じられるとは、やはりお前の器は無限。普通は、精霊を宿した直後はどの依代も、精霊を漠然としか感じられん。操者との修行によって、己の器を大きくしていくことで、己の宿す精霊の全貌が見えてくるのだ」

器を大きくする修行はオルガも以前行っていた。その素地があったためにここまで広い器で鳳泉を受け入れることができたのだ。

「感謝します、御師様。以前の修行のおかげで、こんなに落ち着いていられます」

「礼ならば俺にではなく、お前を守っていた青雷に言え」

オルガは深く頷いた。その際に涙が散ってラグーンの頰に落ちたが、ラグーンはそれを咎めなかった。

「ラグーン、もういいだろう。いったん、休め」

ジュドがラグーンの胸を叩いて落ち着かせようとしたが、ラグーンはもう一度語気を強くした。

「もう一つだ。オルガ。俺はこれだけは分からん。宵国は、どうだったのだ。お前たちはあの世界を、たった二か月でものにできると思うか」

「俺には、何も分かりません」

「分からぬのはこちらの方なのだ。お前の率直な気持ちでいい。言ってみろ」

先程考えたことが、頭に浮かび上がる。

「御師様。鳳泉の神獣師がどれだけ深く、広く、宵国と繫がることができるかどうかは、鳳泉を宿す器の大きさによると思います」

「器が大きければ大きいほど、宵国を広く、深く泳げるということか」

「それを感じました。ですが宵国の世界は、際限がありません。正直、器がどれほど大きいかは二の次なのです。なぜなら、依代の器が大きくとも、操者の力動の大きさと自在さがなければ、宵国に鳳泉の力を及ぼすことはできないのですから」

「言うのお、お前」

く、く、と目を閉じたままラグーンは嗤った。

「なるほど、ガイの言っていたのはこれか。指名を受けるのは依代、鳳泉を宿せるほどの器の方が重要と言われているが、真の意味で力量を問われるのは操者だとな。弦が役立たずではいかに名器だろうとなんの意味もなさん。全ての精霊師の修行は同じだ。ジュドよ、道が見えたぞ。やはり我らのやり方に間違いはない」

「楽しみは明日からだ。もう休め。ラグーン」

赤子をあやすように胸を叩かれ、ようやくラグーンは口を閉ざした。

授戒した。

◇◇◇

千影山からはるか遠い場所で、それをもう一人、感じた者がいた。

鳳泉が、新たなる授戒を成した。

封印が解け、ついに、新たな身体に宿った。

意識せずとも口角が上がるのは、その男にとって何年ぶりのことだっただろう。

生温かい息が口の端から漏れる。臓腑(ぞうふ)の底からこみ上げてくるものに、男はたまらず自分の腹の上に手をやった。

臓腑。そう、ここには、十六年前にヨダ国から奪った、『先読(さきよみ)の腑(ふ)』がある。

精霊を宿す者を魔獣化してしまえる能力。

男は、それを自らの体内に宿していた。

だからこそ、知っていた。もともと封印されて死に至った先読の臓腑から作られたこの能力の、もう一つの力。宵国に入ることができる能力を。

今までは、鳳泉は依代に封印されている状態であったが鳳泉の依代は宵国に繋がることができ、常に先読と宵国を守っていたために手出しができなかった。

だが戦争が始まれば、必ずやヨダは、新たなる宿主を求めるだろう。

連合軍という、いまだかつてない大軍が押し寄せる危機に、あの国は必ず『時飛ばし』で国そのものを消そうとしてくるに違いない。鳳泉の力で。

十六年前に操者が死に、鳳泉が依代に封印されたままでは、『時飛ばし』は行えない。必ずや封印を解き、新たな依代に宿らせるはずだ。そこに、つけ込む隙が生まれる。

そして、ついに、ついに新たなる宿主が現れた。

急がなければならない。男は思った。操者が、依代が、鳳泉を自在に操作できるようになってしまったら、間に合わない。その前に、鳳泉の神獣師がまだ未熟なうちに、あの国を、宵国から乱し、破滅させねばならない。

　男は、口の端から流れる血を指先で拭(ぬぐ)った。思いがけず嗤いがこみ上げたために、『先読の腑』が己の臓器をまたも食い破ったらしい。

　男……セフィストは、その血をゆっくりと指の腹に擦りつけた。

　己の腐った血が、どんな色をしているのかも、セフィストには分からなかった。

4

　目覚めたキリアスはしかめっ面(つら)だったが、オルガはその顔にも宵国で見た少年の面影を思い出して、顔が緩むのを止められなかった。

「同い年だったら良かったのに。キリアス様、ホントに可愛かった」

「お前……何をのんきなことを言っているんだ」

「あれは、先読様が作っている姿なんでしょ？」

「そうだ。お前も俺も、宵国ではまだ実体を作ることができていない。お前、今まで宵国で自分の姿なんて見たことないだろう。『こういう姿であるはずだ』と、現実の自分の姿がそこにあると思っているだけだ」

「じゃあまた、あの可愛いキリアス様に会えるかもしれない？」

「オルガ！　俺は真面目に話しているんだぞ！」

　そもそもキリアスが近寄らせてもくれないのがいけないのだと、オルガは口を尖らせた。

　オルガは、獄に入っているキリアスと向かい合っていた。オルガは獄の格子戸に張りつくように座っているが、キリアスはオルガとできるだけ距離を取ろうとして、獄の隅に座り込んで動こうとしなかった。

「お前が俺に近寄ろうとしなければ、俺も獄になんて入る必要がないんだぞ。お前はそのくらいの力動の乱れなら、もう自分で簡単に調整できるだろう」

　キリアスは恨めしそうに言った。青雷で経験済みのオルガは力動の調整などお手のものである。だが依代の十倍以上の力動とその調整を必要とされる操者は、たとえ以前精霊を操った経験があろうと、また「振り出しに戻る」状態になる。精霊の属性はそれぞれが違うからだ。

　今、キリアス側はあふれる力動を調整し、鳳泉を操れるようにしようと試行錯誤を重ねている。当然力動とともに性欲も高まっている状態なので、目覚めてすぐに自分から獄に入ってしまったのだ。

「操者側の苦労を、もう少し理解しろ！」

「一回精を抜いちゃった方が楽になるのに。普通の性交だと我を忘れて閨口を開けちゃいそうになるって言うなら、俺、口でする？　それとも足使う？」

「ラグーン!!」

　キリアスの絶叫に、ジュドがオルガの首根っこを摑んで地下の獄から引きずり出した。

「気をつけろ、オルガ。ラグーンの下で修行をした者は、口からぽんぽんと恥ずかしげもなく卑猥な言葉が出るからな。それが修行の単語のようなものだから仕方ないが」

「だって、溜めたって仕方ないのに。自分で処理するよりも俺が抜いた方が力動もずっと楽に」

「まあ、普通なら俺も存分に性交を勧めるところだが、今回ばかりは禁欲だ」

　まだ本調子ではなさそうなラグーンが地上で待っていた。

「宵国にはラルフネス様がいる。十二歳の妹に、お兄ちゃんたちちょっといけないことをするから部屋から出てこないでねとはキリアスも言えんだろう」

「ラグーン……言い方……」

「だから、自分で力動を調整し、宵国で先読すら自在に操れるようになるまで、キリアスはお前に触れるわけにいかんと分かっているのだ」

　それはもちろんオルガも理解している。だが、もうキリアスは先読の目をごまかすことも可能だった。それでも完全ではないというのだろうか。

「御師様。今までの鳳泉の操者と依代はどうしていたんでしょう。皆さんそんなに禁欲的な方々ばかりだったのですか？」

「だから普通は、頼むわけだ。先読の方へ、宵国へ来るなと。修行中だから、遠慮してくれと。カザンとトーヤの時もそうだっただろう」

ああ、そういえばそうだったとオルガは聞いた話を思い出した。師匠であるガイがカディアスを通して、ステファネスにそうしてくれと頼んだのだった。

「ガイの時には、先読イネスには頼めなかったらしいんだ。イネスは依代のリアンに惚れ込んでいたから、『これから鳳泉を宿して性欲の塊になりますから接触しないで』と言われてハイそうですかと納得する女じゃなかった」

「では、どうしたんでしょう」

「お前、ガイが『そんなの構わず依代とやりまくって目の前で公開性交してやった』『延々一人でヌキ続けた』とか俺らに教えると思うか？」

オルガは清廉なガイの佇まいを思い出した。死んでも言いそうにない。

「ガイ様のことです。きっと、ぐっと我慢してお一人でこっそり処理されていたんでしょうね」

「オルガ……言い方……」

「さあ～どうかねえ。まあとにかく、先読というのは現実世界に留まっている時間が限られ、通常の教育など受けない。関わる人間が限られるため、鳳泉の神獣師の役割は重大なのだ。俺らは知るよしもないが、ラルフネス様はどうだった」

オルガは心が弾むままに答えた。

「すごくすごく可愛いんです！　キリアス様には反抗して、嫌い嫌い言っているけど、根はとても素直な御子です。俺と遊びたがっていた。あんまり可愛いので、つい俺も関わりたくなっちゃって、キリアス様に止められて、遮断されてしまいました」

「キリアスが正しい。お前は幼すぎて、先読を育てるなどどうかと思ったが、キリアスがちゃんと分かっているから安心だな。生まれてすぐに委託されるならともかく、途中から関わるならば線引きは必要だ。ラルフネス様の身体がいかに成長しないとはいえ、心は十二歳の少女なんだ。お前に惚れさせてはならんのだぞ。お前の父親と同じ轍は踏むな」

冷水を浴びせられた気がして、オルガは浮かれた気持ちを引き締めた。

　この段階での修行が、今後の先読と鳳泉の神獣師の関係性を決定づけると言ってもいい。キリアスは、妹・ラルフネスに、先読の不幸を与えたくないのだろう。

　ラルフネスがあれほど可愛らしく、利発な少女に育ったのは、トーヤが惜しみない愛を与えたからだろう。それを決して歪ませてはならない。


　今後の修行も結界を張りながら行う必要があるが、ラグーンとジュドの二人は結界を張るのをいったん休むことになった。

「年齢を考えたらそうした方がいいって、イルムが」

「ああ、でも俺もそう思っていたよ。君らは宵国でほんのわずかしか過ごしていない感覚でも、こちらでは長い時間が経っている。お二人にとってかなり負担だろうから」

　レイはすでに力動が回復している様子だった。

　オルガたちがいる寄合所にジュドとラグーンの二人も移ったが、レイとルーファスはセツの家で過ごしている。ルーファスは、ナハドと二人で必死に結界を張った四人を介抱していたが、回復の兆（きざ）しが見えたところですぐにセツの家に戻ってしまったのである。

「じゃあ、明日からまた結界をお願いできそう？」

「ああ。俺はもう平気だよ」

「付き合わせてごめんね」

「自分の修行にもなるんだから、全然気にしなくていいよ。それより、わざわざそれを伝えるために来てもらってごめん」

　本来なら皆が寄合所に集っていればいい話なのだが、ルーファスは輪の中に入りたくないのだろう。

　そしてレイは、半神としてルーファスの傍にいることを常に選んでいる。二人が寄合所に来ないのも仕方なかった。

　今も、伝言を渡しにやってきた気配を察して逃げてしまったのだろう。不用意に近づいて傷つけてしまったのは自分だ。嫌われているのは悲しかったが、気長に待つしかない。オルガは傷ついた獣のように身を潜（ひそ）めているルーファスの気配に、そっと目を閉じた。

上衣を手に、背中から包み込んでくる優しい手を、払う。

その手の力も、温かさも、自分はもう知っている。決して人に余計な力を加えてきたりしない。どれほど払いのけても。

変わらぬ優しさで、肩が静かに抱かれる。

「ルーファス。後でゆっくり来てもいい。自分で気配を読んで、判断してくれ。俺が弱っていたら助けてほしいから、間口はちゃんと開けておいてくれ。できるか？」

優しい。どこまでも。

この人は、こんなに簡単に助けてほしいと口にできるのに、なぜ自分はそれができないのだろう。

この人は、きっと分かってくれるのに。

無言で頷くと、顔が近づいてきた。斑紋の上に息がかかってきたため、思わず顎を引いて拒絶した。

レイはすぐに納得して、額の上の髪あたりに口づけてきた。

そしてそのまま、レイの体温が離れていくのを、ルーファスは感じた。

◇◇◇

翌朝、レイが寄合所に向かう支度をしているのを、ルーファスはちらちらと見ていたが、自分は支度をしようとはしなかった。

行きたくないのでわざと準備をしようとしないのは、もう相手にも伝わっているようだった。だがいつものことながら、レイは優しい。準備をせずに肌着のまま部屋の隅で固まっていても、じっと待っていてくれる。

そんな優しさを、入山するまで自分は知らなかった。

初めてその優しさに触れた時、あまりの心地よさに、この優しさを得られるならなんでも従おうと思った。彼の愛情を受けられるならば、なんだってできる、と。

だが今は、その愛情を、どこまでも試している自分がいる。

「ルーファス。一緒に行きたくないか？　後で一人で来たい？」

鳳泉の修行が始まったことに、ルーファスもすぐに気がついた。小さいながらも精霊をレイと共有しているのだ。

早く来るように、と呼びかけられていたが、歩みはのろのろと地を這うような遅さだった。

それでも近づいてきていることに安堵したのか、間口が閉ざされ、レイは結界の準備に入った。

完全に遮断され、ルーファスは足を止めた。

自分は弾かれて、レイは、鳳泉の修行をするオルガのために結界を張っている。

妬く必要はないのは百も承知だった。オルガにはキリアスという半神がいる。鳳泉を授戒し、すぐにでも共鳴できる相手がいる。決して、その関係が揺らぐことはない。

いや、レイが裏山でオルガと出会った時にはもう、オルガの心はキリアスだけにしか向けられていなかった。

問題は、レイがオルガを半神に望んだということだ。精霊を共有などしなかった。青雷を宿していたオルガを見て、自分の半神にと望んだだけ。

単純に、恋に落ちただけだ。

銀色の髪と、真っ白な肌。綺麗な湖を写し取ったような瞳。

一瞬だけレイの中で見たオルガの姿は、まるで外国の人形のようだった。

最初は、レイが望んでいる、理想の依代の憧憬だろうと思ったのだ。全く真逆の姿の自分は、その理想からかけ離れた存在で申し訳なかったが、それでもレイは優しかった。理想の依代の姿は共有した際に一瞬だけ見えただけで、その後は二度と出てこなかった。

自分で良いと思ってくれたのだろうかと、ルーファスは安堵したのだ。

ところが、実際に青雷を宿していた者がいて、その人物を半神に望んでいたと、ラグーンから聞いたのだ。

「いずれ本物に会ったらすぐに気がつくだろうから、教えておいてやるけどな」

ラグーンはそう言ったが、そんな真実は知りたくなかった。だが確かに、同じ神獣師、顔を合わせないで済むはずがない。

余計なことを訊かないほうがいい。そう思いつつも、ルーファスはラグーンからその人物について詳しく聞き出した。

　本当に、あんなに可愛らしいのか。あんなに白い、傷一つついていない、綺麗な肌をしているのか。同じようにヨダ国の人間らしからぬ容姿なのに、自分とは何もかも違う。やはり、異国の民との混血児なのか。

「いや。逆に王族の血が濃すぎてああなっていると思っていい」

　自分とは、何もかも違う存在。レイは、純粋に、その人に恋をしたのだ。

　それからはもう、どうやってもレイに顔を向けることもできなくなった。

　この醜い斑紋を、その上に這う精霊の仮契約紋を、一体どういう目で見ているだろう。

　レイはめげずに寄り添ってくれた。間口を全開にして、自分の心を好きなだけ探っていいと言ってくれた。そう言われても、もうルーファスには自分の間口を完全に開くことはできなかった。容姿だけでなく、心まで醜い自分に近づいてほしくもなかった。精霊を共有していることが苦痛でならなかった。

「ルーファス。頼む、俺の中に入ってくれ。俺が君にどんな想いを持っているか分かるはずだ」

　レイは何度もそう言ったが、ほんのわずかでもあの銀色の髪が、透き通るような肌が見えてしまったら、もう二度と立ち直れそうになかった。

　そして、山に鳳泉の修行者が入ることを知らされた時、絶対に会いたくないと思いつつも、現実の姿を遠目からでも確かめたいと思ってしまったのが間違いだった。

　容姿だけでなく、心まで美しい人物だった。

　ああ、もしこの人物が青雷の依代だったなら、レイはどれほど幸せだっただろう。

　自分がそれを、奪ってしまったように思った。

　あんなに優しいレイには、こんな依代がふさわしかっただろうに。

　なぜよりによって、自分だったのか。

　寄合所に向かう足が完全に止まる。

　草の上に降る雫がなんなのか、ルーファスには分からなかった。

　嫉妬すらない。あるのは嫌悪だけだ。自分への。

　どうしてこんな肌に生まれてきてしまったのだろう。

　どうして、斑紋が顔にまで醜く広がっているのだろう。

どうしてこんな粗野で乱暴な性質なのだろう。どうして、人の優しさに素直に縋れないのだろう。

もっともっと、美しい神獣を宿すにふさわしい、綺麗な器を持って生まれたかった。

心が次第に麻痺していくような感覚に、ルーファスは幼少の頃から慣れてしまっていた。

痛みをこれ以上感じないようにするための、自己防衛本能だ。

そのために、麻痺が、通常の逃避とは違うことに、気づくのが一瞬遅かった。

『……あまりにも負の感情が分かりやすすぎて、こちらに引っかかってしまったが、思いがけない〝器〟と巡り会ったものだ』

その声の存在にルーファスが本能的に反応しなかったら、一瞬のうちに〝闇〟に吸い込まれていたかもしれない。

ルーファスは意識を、力動を、闇の外へ、外側へと向け、捕らえようとしてくる声から逃げようとした。

幼い頃にさんざん施設の職員に言われたことを思い出す。

斑紋が大きいと宵国に落ちやすい。死の国への入口は、常に近くにある。気をつけなければならない。

『良い器だ。お前、神獣を宿せる者だな。その器、俺がもらってやろう。さあ、名乗れ。お前の正名を、俺に与えるのだ』

これはなんだ。この男の声はなんだ。

ルーファスは、いまだかつて味わったことのない恐怖を抱えながら、闇に飲み込まれまいとした。そして、渾身の力で、ただ一人の名を叫んだ。だが、間口を閉ざしてしまっているレイは、声に応えてはこなかった。

内側から響いてくる囁きは、決して威圧感を与えるものではなかった。

むしろ、寄り添い語りかけるような、穏やかな口調だった。品の良い声音で囁くように告げてくる。

『……かわいそうに。もともとはその男に好いた者がいたか。その者を半神に、と望んでいたのだな。お前はそのことを知りたくもなかっただろうに、わざわざ告げたとは、またしてもあの山の連中は、人の心を踏みにじり、虐げたのだな。お前の心は醜くなどないぞ。そう思うのは人として当然のことだ』

肯定されれば、そこに縋りたくなるのが人の心というものだ。

弱ければ、弱いほど、特に。

『……その男は、お前を選ばんぞ』

認めたくないと思っている方に、なぜか、流されやすくなる。

『残念ながら、男は好いた者を忘れはしない。必ず、心のどこかにその者の影はまとわりつくだろう。これからも精霊を共有し続ければ、その影を見ることになる。男が必死で隠そうとしても、お前の目には見えてしまうぞ。真に、その男が望む半神を』

拒絶しようと耳を塞ごうとしたルーファスの意識は、一瞬にして真っ黒な闇に覆われた。

『俺が助けてやろう。お前の心を救ってやる。お前を苦しみから、解放してやれるのは俺だけだ』

その声は、あくまで柔らかで優しげなものだったが、背筋を凍りつかせるような恐怖を与えた。

◇◇◇

結界の輪の中では、キリアスとオルガが重なるようにして倒れていた。

間口を繋げ、宵国へ飛んだのである。北側から結界を守っていたレイは、己の中の衝撃にびくりと身を震わせた。

「レイ？　どうした」

ジュドが結界の外から声をかけた。南側で結界を張るイルムの様子に変化はない。レイは視線を泳がせ、訴えた。

「結界を、外してもいいですか。ルーファスの、ルーファスの様子がおかしい。精霊の状態が変だ。そちらに意識を向けたい」

ラグーンは結界の中のキリアスの力動が落ち着きつつあるのを目にし、続いてイルムの状態を確認した。

「まだお前の結界を外すわけにいかん。ジュド！　キリアスの力動が落ち着くのを見計らってレイと交代してやれ。ナハド！　ルーファスのもとへ行くぞ！」

言うが早いか、ラグーンは走り出した。ナハドが慌ててその後を追う。

意識をルーファスに向けると、その気配がかなり乱れていることをラグーンは察した。これは、何かあった。五十をゆうに超えた老人とは思えぬ速さでラグーンは駆けた。

寄合所に向かう道の途中で伏せているルーファスの姿を見たラグーンは、一瞬にして全てを理解した。この状態は、何度か見たことがある。この姿に変わってしまった者の姿を、見たことがある。

魔獣化している。

ラグーンはためらわなかった。ルーファスに宿している精霊は、修行のために用いるそれで、神獣などとは比べものにならないくらい小さな精霊だ。だが、小さくとも魔獣は魔獣である。それでもラグーンは、即座にルーファスを抱きかかえた。

そして、目を疑った。

ルーファスの斑紋の上を這う契約紋は、顔全体を侵食するほど広がり、紫と黒の色がうごめいている。そして、魔獣化に苦悶（くもん）するルーファスの口から、血があふれ出ていた。

この血の量は、おそらく舌を嚙み切ったのだろう。

ラグーンはすぐにこの状態を、異常だと察した。

魔獣化は、己のとてつもない負の感情に負けて起こる現象である。

負の感情といっても、些細な感情の起伏程度ではそう簡単になるものではないのである。己の自我が破壊されるほどの憎、哀、絶望が引き金とならない限り、闇に食われてしまうことはない。精霊師は決して、人格者揃いではないのだ。己を魔にしてしまえるほどの感情は、修行をしていてもそう爆発するものではない。

そして、もしその爆発が起こってしまったとしたら、すぐにそれを後悔し、魔獣化を止めようなどという意識など働かないのだ。後悔する余地が残されているような程度なら、魔獣化など最初からしない。

だがルーファスは魔獣化しそうな自分を自覚し、それを命でもって止めようとしている。これは明らかに異常な状態だった。

ラグーンはすぐに筆石（ふでいし）を取り出すと、岩場に結界紋を描いた。

「師匠!?」

「ナハド、寄合所から一番大きな医療精霊の護符を持ってこい！　急げ！」

ナハドが駆け出したのと同時に、ラグーンは護符を取り出し、神言を唱えた。

「我が戒を与えし精霊『露魚』よ。宿主からお前の戒を解く。我の声に従え」

まだこの段階では、精霊を呪解すれば魔獣化は防げる。だが、ラグーンは目を疑った。精霊が、ルーファスの身体から離れない。

ルーファスの身体に入れている精霊は、ラグーンが作ってルーファスに宿らせたものである。それが、従わないなんてことは絶対にありえない。

「これは、もしや……！」

ラグーンは一つのことに思い至ったが、今はそれを考えるよりも一刻も早く魔獣化を止めるのが先だった。ラグーンは渾身の力を込め、叫んだ。

「呪解せよ！」

宵国の中でオルガは一人、異質さを感じた。

キリアスは今、またしても一人でラルフネスと接触している。その姿は、オルガからは見えていなかった。ラルフネスと一緒に、空間を遮断してしまっているのだ。気配は感じるものの、二人だけの世界を作って中に入ってしまっている。

おそらくキリアスは、宵国の中でラルフネスが安心して過ごせる空間を構築するすべを探っているのだろう。先読は宵国で自在にどこまでも動けるとはいえ、見ない方がいい世界もある。知らなくてもいい世界を知ってしまえば、それだけ毒は溜まるのだ。

鳳泉の操者として自分たちが動きやすくなるためだけでなく、先読がこの世界で生きやすくなるために、キリアスは試行錯誤している。先読を狂わせず、穏やかで健やかな生を歩んでもらうために。先読を導くのは鳳泉の神獣師の役目だ。

この世界に操者を繋ぐための器である依代は、今は何もできることはない。オルガは一人宵国で瞑想していたが、ふと、妙な胸騒ぎを感じたのである。

これは、なんだろう。異質なものが、混ざってきている感覚だ。

卵のまま眠っている鳳泉が、目覚めようとしているのか？　いや、そんな感覚ではない。これは、明らかに〝異質〟だ。

オルガはキリアスを呼ぼうとしたが、そのわずかな異質さは、今にも気配が消えてしまいそうだった。異質さを探るため意識を集中すると、世界の方が勝手に動く。

意識すれば、宵国は望む世界を見せてくれる。これは鳳泉を宿しているからだろうか。オルガはこの世界の不思議さに早々に慣れた。

異質さは、次第によりはっきりと感じられるようになった。邪悪な塊が巣くっている。何かが猛烈に、救いを求めている。

そして、オルガは目に飛び込んできたものに、衝撃を受けた。

そこにあったのは、男の姿だった。灰色の頭巾がついた上衣を纏（まと）っている。そしてその片手に、小さな魚が握りしめられている。

魚には、斑紋が浮かんでいた。その斑紋の模様をオルガは見たことがあった。魚は、目からも、口からも血を流し、必死に男の手から逃れようとしている。

男がオルガの存在に気がついて顔を向けたが、オルガはその魚の姿に、男への恐怖を忘れた。驚きと怒りで染まった心を、爆発させた。

「ルーファスを離せ!!」

◇◇◇

受けた衝撃に、結界を破壊してしまったのをオルガは感じた。

現実世界に戻った時、オルガは何かにぶつかった気がしたが、誰かの腕に抱きかかえられて守られたのだとすぐに理解した。

「キリアス様……」

だがその身体は、キリアスではなくイルムだった。オルガの受けるはずだった衝撃を全て受け止めたのだろう。顔を歪ませている。

「イルム！　大丈夫」

　そこでオルガは、イルムとともに樹に引っかかっている状態であることに初めて気がついた。結界が破壊され、飛ばされたのだろう。イルムがとっさに身体を盾にして守ってくれたのだ。

「レイ！　待て！」

　ジュドの声に振り返ると、レイが走っていく姿が木の上から見えた。レイはジュドの声など聞こえぬように、一心不乱に駆けていく。どこに向かおうとしているのかすぐにオルガには分かった。

「オルガ！　説明せい、一体何があった！」

　ジュドはキリアスを引っ張り上げていた。オルガは空に飛ばされたが、逆にキリアスは身体の半分が地にめり込んでいた。土の中に入ってしまっていても、なんとか這い出ようとする様子を見ると、怪我はないようだった。

「御師様、ルーファスが！　ルーファスが、宵国で何かに捕まっていた！」

　それを聞くと、ジュドは何かを察したのか、すぐさま駆け出した。イルムに背中を押され、オルガは振り返った。行け、と言っているのだろう。イルムは大丈夫だからと言うように目で訴え、再度背中を押してきた。

　オルガは樹から飛び降りると、ジュドの後を追った。

　寄合所に向かう道の真ん中で、ルーファスが地面に仰向けに倒れていた。その上にラグーンが屈(かが)んでいる。ナハドと、レイが近寄れないでいる。結界の中にいるのだとオルガはすぐに悟った。ラグーンの口に、護符から立ち上った医療精霊が入ってゆく。

「ラグーン！」

　ジュドが思わず叫んだ。無理もない。大きすぎた。とてもではないが、齢五十を過ぎて宿せる精霊の大きさでない。

　だが、なぜラグーンがここまで大きな医療精霊を使おうとしているのか、オルガはルーファスの状態を見てすぐに分かった。

　舌を嚙み切ったのだろう。口からあふれる血は、胸元まで染めていた。既に意識はほとんどないが、身体はまだなんとか反応があった。レイは、結界の中に無意識に足を踏み入れそうになるのをナハドに止められていた。

「ルーファス……ルーファス……！」

操者は器がないため、医療精霊を入れることができない。どれほど助けたくとも、為すすべがないのである。身体をぶるぶると震わせながら、レイはただ見つめることしかできずにいた。

　ラグーンは息も絶え絶えになりながら、なんとか医療精霊を体内に入れようとしていた。だが、加齢のせいで器も小さくなり、また力動も弱まっていた。

「ラグーン！　無理だ！　お前はもうそんな大きな精霊を宿せる器じゃない！　しかもお前、ルーファスの中の『露魚』を呪解して力動を相当使っただろう！」

　ジュドの悲痛な声に、たまらずオルガは叫んだ。

「御師様！　俺がやります！　代わってください！」

　だがラグーンは、口元になかなか入っていかない医療精霊をまとわりつかせながら、オルガを見据えた。

「鳳泉を宿し、いまだ操れぬ状態にあるお前に、他の精霊など入れられん」

「しかし、御師様……！」

「これは、いずれ、青雷を宿す器。死なせるわけにはいかん。絶対に」

　ラグーンの言葉に、もうジュドは何も言わなかった。覚悟を決めたように、口を引き結び、命を賭(と)して医療精霊を体内に入れようとしている半神の姿を、食い入るように見つめた。

　ラグーンは身体をびくびくと痙攣(けいれん)させながらも、なんとか医療精霊を体内に全て宿した。ラグーンの身体が発光し、どろりとした黄金の液体がルーファスの口の中に静かに、静かに入ってゆく。

　ラグーンが気力と生命力の限界にきていることは傍目にも明らかだった。一気に身体中の水分が失われたかのように、顔は眼球が飛び出るほどに目が窪み、頬が瘦(こ)けてゆく。早く、早く終わってくれ、早く。オルガは身体を震わせながら必死に願った。ジュドはそんな半神から、一瞬も目を離さなかった。

　ルーファスの口から医療精霊がラグーンの身体に戻る。ラグーンの気力がもったのはそこまでだった。がくりと身体が地に倒れると同時に結界が切れ、ジュドは飛びかかるようにしてその身体を抱き起こした。

「ラグーン！」

　医療精霊をそのまま体内に留めておけば、逆に身体を喰われてしまう。だがもうラグーンには、それを戻すだけの力が残っていなかった。

「ラグーン！　戻せ、精霊を戻すんだ！　出してくれ！」

　ジュドの懇願がラグーンの耳に届いたのか、口を開いて医療精霊を吐き出そうとした。わずかに精霊が口から出てくるが、一緒に血も吐き出された。おそらく既に、臓器の一部が損傷したのだろう。

　ジュドは、そのわずかに出てきた精霊を、力動によって力尽くで引っ張り出した。オルガはそれを護符に受け止めると、結界を張った。

「御師様、全部戻りました！」

　オルガが振り返ると、ジュドはラグーンの身体を抱きかかえ、じっと動かずにいた。

「御師様……！」

　まさか、とオルガは這うようにしてジュドの傍に寄った。

「……大丈夫だ。こやつは、こんなことでは死なん」

　ジュドはラグーンの身体に顔を埋めながら言った。

「……死なん。なあ、ラグーン。……お前は、死なん」

　あたりに血の飛び散った空間で、声を出せる者は誰一人いなかった。


　医療精霊を入れた身体に、治す目的とはいえすぐに医療精霊を入れれば、それだけで負担がかかる。イルムが医療精霊でラグーンを治そうと申し出たが、ジュドは拒否した。

「体力と気力の回復が先だ」

　万が一臓器が破損していた場合、取り返しがつかなくなるかもしれない。イルムはそう伝えたが、ジュドはそれでも拒絶した。もうこれ以上の苦しみを与えたくなかったのだろう。

「それよりも、状況を最初から説明せよ。オルガ、宵国でお前が見た男は、五十歳ぐらいの年齢だったか？」

　ジュドの詰問（きつもん）に、オルガは必死で記憶を辿った。

「いいえ。一瞬でしたが、もっと、若かったです。五十歳、ではないと思う。俺の両親よりも若い感じだった」

「……では……セフィスト・アジスではない？」

　キリアスの言葉に応えず、ジュドはオルガを見据えたまま言った。

「ちゃんと思い出せ。ライキに似ていたか」

「い……いいえ……ライキさん……？　では……」

一瞬だけだったが、ぞっとするような瞳だった。どうしてもライキやクルトと面差しが結びつかない。

「セフィストはライキの父親だが、顔立ちよりも体型がそっくりなんだ。通常よりも背丈があり、手足が長い。ライキが入山した時は、ああ間違いなくセフィストの子供だと思った」

身体全体が頭巾つきの上衣に覆われていて、宵国に浮遊していた状態だったため、体格などは分からない。

「しかし、お前たち以外に宵国に入れるのは、本来はセディアス王子のみ。しかも、ルーファスの精霊を捕らえ、殺そうとしていたのなら、単なる幻や過去の残像などではない。誰かが宵国へ入っているのだ。それは、『先読の腑』を所有しているセフィスト以外には考えられん」

ジュドの言葉に、キリアスは頭の整理が追いつかなかった。

「しかし、セフィストはルカと同い年なんだろう？」

「オルガ誕生時の非常事態のどさくさに紛れて、先読の腑が盗まれ、セフィストの手に渡った時に三十代半ば。そこで時間が止まっているとしてもおかしくない。と言うのも、ルカはセフィストが、おそらくは『先読の腑』を自分の身体の中に封印し、使っていると考えているんだ」

本来『先読の腑』を使う能力のない者が、その力を手中にするために、必ずやセフィストは『先読の腑』を身に宿しているだろうとルカは断言した。

「そうでなければ、あれほどの力を発揮できるわけがない、とな」

だが、セフィストには依代のような器がなく、身に宿すことはできない。

「……だから……封印した」

「そうだ。鳳泉がトーヤに封印されたようにな。命で繋ぎ止めれば、その精霊の力を用いることができる」

「しかし、それでは」

「そう。だから歳を取っておらんのだろう。そして、放っておいても、おそらくもう命が短い」

死にかけだろう、とジュドは吐き捨てるように言った。

「十六年、経っているからな。だからこそ、ヨダを潰すのに躍起(やっき)になっているのだろう。おそらくアウバスの方は、とっくの昔に完全に掌握していたはずだ。手を結ぶスーファ側に、精霊撲滅(ぼくめつ)、斑紋弾圧の声が高まるのをずっとずっと待っていたのだろう」

　今は、セフィストがどんな状態か、その執念を推し量るところではなかった。大事なのは、宵国となぜ、今になって繋がったかということだ。

「お前の考えはどうだ、キリアス」

「……『先読の腑』を所有していたのだから、いつだって宵国へ飛べたのだろう。だが、それができなかったのは、鳳泉の神獣師が、トーヤが宵国と繋がっていたからだ」

　ジュドは頷いた。

「俺もそう思う。宵国へ飛べば、あの世界を支配しているトーヤにたちまち見つかり、あの世へ問答無用で送られてしまう。だからこそ、先読が幼く、王が存在しなくとも、セフィストは宵国に飛べなかったのだろう」

　だからずっと待っていたのだ。トーヤの封印が外される時を。大国が足並み揃えてヨダ国へ侵略を開始すれば、鳳泉の力で『時飛ばし』を行うしかない。国を消してしまうしか、この難から逃れる方法はない。

　必ずや鳳泉は新たなる依代に宿る。そして、一朝一夕では、鳳泉を操ることなどできない。操者が試行錯誤している間に、宵国へ飛ぶことができる。そうすれば。

「ラルフネスが危ない……！」

　キリアスは震え上がった。先読抹殺。宵国を通して、もしかしたらそれが行われてしまうかもしれないのだ。

「ナハドよ。今すぐ王宮へ行け。王に、このことを全て伝えるのだ」

　ジュドの命にナハドが戸惑いながらも頷こうとした時、キリアスが叫んだ。

「俺も、俺が王宮へ行く！　傍で守ってやらなければ」

「馬鹿者！　お前はここで、宵国から守るのだ！」

　ジュドの一喝にキリアスは視線をさまよわせた。

「だが、俺はまだまだ宵国で鳳泉を操作できない。どうやってラルフネスを守るんだ。もし……もし、ラルフネスに万が一のことがあったらこの国は……」

「だからこそ修行して一刻も早く鳳泉を操るのだ。セフィストの影など一瞬も入らせぬようにしろ！　王宮では修行はできないのだ。お前は、ここで先読を守るしかないのだぞ！」

　ジュドの言い分はもっともだった。今、鳳泉の操者としてやれることは、鳳泉を完全に手に入れ、共鳴を果たすことしかない。

　オルガもキリアスと同じ思いだった。宵国でラルフネスの笑顔を見た今となっては、あの可愛い少女に万が一にでも魔の手が忍び寄ったらと思うと、いても立ってもいられない。

　扉が開き、レイが姿を現した。蒼白な顔は、疲れきっていたがわずかに安堵が浮かんでいる。良かった、ルーファスの容態が落ち着いたのだろうとオルガはほっと息をついた。

「師匠、申し訳ありませんでした。ルーファスを助けて頂いたために、ラグーン師匠が……」

　即座に頭を下げてきたレイを、ジュドは止めた。

「礼には及ばぬ。弟子を救うのは師匠の役目だ。ルーファスに、影響はないのだろうな？」

「精霊を外しましたので、器の状態は分かりませんが、身体は一応落ち着いたようです。出血も心配するほどではなかったようで、口の中も、完治しております。いったん目を覚まし、私の呼びかけにも応じました」

「ならばレイ、すぐにルーファスを表山に移すぞ」

　レイが弾かれたように顔を上げる。だが、納得するものがあったらしく、歪めた顔を俯かせた。

「精霊を外したのだ。もうお前の傍に置く必要はない。お前はこのまま鳳泉の修行に付き合ってもらうが、ルーファスは表山で守らせる。精霊を宿していないとはいえ、一度はセフィストに捕まった。また宵国を通して狙われないとも限らない」

「……今しばらく……身体が少しでも回復するまで、ついていてはなりませんか」

「ならぬ。今すぐにでも修行を開始しなければならぬのだ。ぐずぐずしていてはセフィストに宵国を乗っ取られてしまう」

　ラグーンも表山に移す。そう続けたジュドに、もうレイは何も言えなくなった。

　ルーファスは状態が落ち着いたが、ラグーンはまだ生死の境をさまよっている。この状態で自分から半神を離すことが、ジュドにとってどれほど苦渋の決断かは考えなくとも分かることだった。だが、ナハドが王宮へ伝令に行き、イルムとレイが結界を張るとなると、ラグーンの面倒を見る者がいなくなってしまうのは確かだった。

「それでは、私は王宮へこの事態を知らせ、すぐに戻ってまいります」

ナハドは旅用の上衣に改めて腰に剣を差しながら告げた。別れる際にイルムにそっと顔を寄せ、口づける。イルムは微笑んで伴侶を送り出した。

キリアスは、ナハドが向けてきた一瞬の視線を受け止め、下山するナハドの背中に続いた。

「キリアス様。依代は、器が大きければ大きいほど、宵国に繋がりやすくなります。ルーファス様は表に移ることになったので安心でしょうが、申し訳ありませんが、イルムを気にかけてやってくれませんか。本来ならイルムは神獣を宿せるほどの器でした」

キリアスは昔、ナハドの口から精霊師になれずにイルムとともに下山した話を聞いたことはあったが、神獣師の候補にさえなっていたと知ったのは最近である。病にかかり、力動が失われ、操者であったナハドが神獣師候補から外れたのだと聞いた時、よくも依代のイルムがともに下山するのを許されたものだと思った。

「運が良かっただけです。もしかしたら、イーゼス様からライキ様にイルムを奪われていてもおかしくなかった。ハユル様が光蟲(こうき)の依代に留まってくださらなかったら、絶対に俺はイルムを諦めさせられていたでしょう」

ナハドはそこでまっすぐにキリアスを見つめた。

「俺がイルムへの想いを貫くことができたのは、運が良かっただけだった。もしかしたら俺は、第二のセフィストになっていたかもしれないんです」

ナハドが覚悟して口にしたその言葉を、キリアスは咎める気にはなれなかった。

自分だとて、諦めようとした時があった。

最終的にその手を取ることができても、そこに至るまで、周りの人間にどれほどの苦痛を与えたことか。

誰も、何も傷つけずに、立つことができた人間など一人もいない。

喪失の恐ろしさを、愛することの苦しみを、抱かなかった人間など、ただの一人もいないのだ。

一歩間違えれば、憎しみに狂う人生を歩んでいたかもしれない。

はたして自分は、ヨダ国が生んだその魔物と、どう戦えるのか。

キリアスは、己の中にある気持ちに、迷いが生じるのをどうしても止められなかった。

国のために、このヨダが精霊を宿す国である限り、半神を求める葛藤と苦悩は続くのだ。

そこから弾かれてしまった、運無き者の絶望を、永遠に浄化できないままに。

勝てるのか、という疑問が浮かぶ。

自分は、その絶望を前にした時に、それを迷うことなく振り払える力を、持てるのだろうか、と。

5

王都は、かつて生まれ育った場所であったが、セツが足を踏み入れるのは実に十六年ぶりだった。

宿していた神獣を失ってから、千影山から一歩も出たことがなかった。

土埃が舞い上がる中を荷馬車が行き交い、ぶつかりそうになる人々の苛立ちの声が飛ぶ。セツは、戦争が近づいてきている気配が、既に王宮だけでなく王都全体に広がっているのを肌で感じながら、忙しなく人々が行き交う中を一人歩いた。

いつも以上に人の出入りが激しい青玉門をくぐり、王宮内に入る。ほぼ機能していない商店街を抜けようとした時、商人が数人、固まって歩いていくのを目にした。

「あんたら、傭兵だな！　なんでこんなところにまで入っているんだ！」

商人の苛立った声に、セツはそちらに顔を向けた。

「見りゃあ分かるだろう。中枢のお偉いさんに呼ばれたからここにいるんだよ」

確かにその二人は身なりだけでなく、他国の者だと一目で分かる容姿をしていた。一人は確実にアウバス国出身の兵、もう一人は遊牧民族出身だ。国境周辺ならばともかく、王宮内の商店街にいる人間ではない。

傭兵らを囲むように、戦争に不安と苛立ちを見せる人々は囁き合っている。

「斑紋を宿すスーファの子供たちを王都に連れてくるために傭兵を雇ったとか聞いている」

「傭兵なんぞを雇って戦わざるを得ないのか。ヨダが自国軍で攻防できないなら、もうおしまいではないか」

無理もない、とセツは思った。まだ正式に宣戦布告は受けていないものの、戦争が避けられないことは国民のほとんどが知っているだろう。

もともと自給自足が基本の国で、作物や食料等は十分な備蓄はあったが、今後は戦争により冬、春にのんびりと収穫ができないかもしれないとなっては、不安だろう。

他国の者に対する差別意識が低い国ではあったが、戦前にどんどん人が流れ込んで食糧確保が難しくなれば、顔をしかめても仕方ないところであった。だが傭兵は一向に意に介さず、店に並んでいる果物を勝手に手にしてむしゃむしゃと咀嚼した。

「代金は、護衛団第一連隊長のハザトにツケておいてくれ。俺らをここに留めているのはあいつの都合だ。俺らだってこんなところにいるよりも、国境周辺に帰してもらった方がずっとマシなんだよ」

自分たちについている見張りに言って聞かせるように、遊牧民族系の男は周囲の人間にそう言った。

セツは苦笑してしまった。なるほど、傭兵は確かに自国の訓練された兵士とは毛色が違う。

「彼らか？」

『はい。傭兵団の団長です。この二人だけは王都に留めておりますが、傭兵団の他の連中は第四連隊が管理して、国境付近に配置しております』

商店街の樹の上で羽を休めていた鳥がいきなり人の言葉を話し始めたので、周囲はみな驚いて身を引いた。精霊師様だ、と囁き合う。

鳥は周囲に構わず、ぽかんとしている傭兵二人に告げた。

『仕事だ、ナッシュ、コイル。この方に従ってついてこい』

「国を出る？　本気か？　国境を封鎖しようとしているこの時に？」

　ナッシュの呟きに、護衛団第一連隊長で氷の精霊を操るハザトが鋭い目を向けた。

「口を慎（つつし）め。本来ならばお前など、お目にかかれる方ではないのだぞ」

　ハザトの厳しい声とは対照的に、セツは穏やかな口調でナッシュに語りかけた。

「別に構わない。ゼドとは面識があるんだろう？　スーファにいる彼が戻ってくるのを、国境付近で待ちたい。傭兵部隊に混ぜてほしいんだ」

　一体こいつが何を言っているのか説明しろと言いたげなナッシュの顔が、ハザトに向けられる。ハザトも困惑した表情だった。

「セツ様、内府（ないふ）からは望まれるままにせよとの命を受けましたが、傭兵らとともに行動するのは危険です。彼らを雇いましたが、戦争が始まったら逃げ出してもおかしくない連中ですよ」

　ハザトはナッシュとコイルの目の前だというのに正直に口にした。

「まあな。前線で、見張りと伝令役をやらされるんだ。逃げて何が悪いってところだが、傭兵団をいくつかの部隊に分けて、ばらばらに配置させられては、仲間を捨てて逃げる気はないんですけどねえ」

　ハザトはナッシュの混ぜっ返しを無視して続けた。

「お一人ではあまりに危険です。どうしてもとおっしゃるなら、護衛団に入ってください。そこでゼド様をお待ちください」

　鳳泉によって『時飛ばし』を行おうとしていることは、ハザトでさえまだ知らない。なぜ、危険な国境を越えてまでゼドを待たなければならないのか、疑問に思って当然だった。

　セツは、つい先程、十六年ぶりに黒土門（こくどもん）をくぐった時のことを思い出した。

◇◇◇

十六年前、青雷を失った門が、目の前にあった。

何もかも変わったようでもあり、変わらぬようでもある。近衛団の長として、半神とともに、この門を守ったのはわずか二年間だけだった。

しかも、最後は国に背く形で神獣師を下りた。そんな勝手を、周りが許してくれたからこそ、生きることができた。

「……久しいな。十六年ぶりか」

黒宮謁見の間で、カディアス国王の声を伏せた頭で受け止めるのも久しぶりだった。

勝手に青雷を呪解し、赤ん坊だったオルガに宿し、そのまま逃げるように千影山に去ってから、セツはまともにカディアスと顔を合わせていなかった。王の怒りも、恨みも全て、半神であるゼドが一人で受け止めてきた。ゼドは絶対に、なんと言われようと王の前にセツを出そうとしなかった。

「もっと早く、御前にて罰せられるべき罪でございました。申し訳ございませぬ」

「よい。それは申すな。俺の鬱憤も、苦々しさも全て、ゼド一人にぶつけてしまった。逆に長いこと合わせる顔がなかったのはこちらの方だ。すまなかった、セツ」

セツが顔を上げると、カディアスは困ったように微笑んだ。

「本当にすまん。俺は、ゼドには素直に謝罪できそうにない。どうにも、一度さんざんな姿を見せてしまっては、引っ込みがつかん。だからお前に、謝らせてくれ」

セツも、カディアスと同様に苦笑を浮かべるしかなかった。

もともとは義理の兄と弟という関係が、意固地にさせてしまっているのだろうか。

しかし、ゼドもカディアスの許しなど必要としまい。許そうが許すまいが、ゼドはただこの国の行く末を、どうにか正そうと必死になって生きてきただけなのだ。

姉が、弟が、そして自分が、国の正しい歩みを止めてしまったのだとゼドは思っている。

セイラの行動は、カザンの思いは、そして自分の選択は、決して偶然ではなく、未来が狂うと分かっていて選んだ道なのだ。どれほど険しかろうと、歩み続けなければならない。ゼドの思いを、セツは誰よりも理解してきた。

「王。私はゼドに、そして千影山に、十六年守られてまいりました。それだけがゼドが望むことだと、ゼドの贖罪の歩みを止めてはならぬと思っていたがゆえに、千影山で待つことを自分に課しました。しかし今、それに逆らおうと思うのです。ゼドは望んでいないと分かっています。ですが私に、国境の外に出て、ゼドを待つことをお許しください」

カディアスの視線が無言のまま注がれる。セツは、青を孕んだその瞳から目をそらさなかった。

国が今、大変な局面を迎えているというのに、一人でも多くの力が必要な時に、自分は半神を迎えるためだけに国を出ようとしている。

責められてもおかしくなかった。他の師匠らは身体に鞭を打って動いているというのに、どこまでも身勝手で、我儘な要望だ。

だが、戻ってくるゼドを確実に迎えられる場所は、もう千影山ではなかった。

「……鳳泉の『時飛ばし』が一体どのように行われるか、書院番が文献という文献をひっくり返しているが、まだよく分からん。ただ、確実に分かっているのは、千影山の表山と裏山のように、時空の歪みができて外側からの侵入を一切拒むということだ。外部との接触は完全に断たれる」

カディアスの説明に、セツは静かに頷いた。

「聞いております。内側は何も変化がなく、空も、森も、山も、人も、全て変わらないままだが、果たして外からどう見えるのかは、記録に残る目撃者の証言が曖昧で分からない、と」

カディアスはわずかに視線を下げた。

「商人一人、動物一匹入れぬ国になろう。もともと国内だけで食料の自給は可能だが、それでも他国との貿易が一切行われないままでは、繁栄は保たれない。ユセフスは『時飛ばし』で外部との接触を断つのは三年が限界、と数字として出した。国を元に戻すまで三年だ」

三年。それで完全にセツの心は定まった。カディアスの視線を求めるように、身体がわずかに前に出る。

「国を、出ます。外で、ゼドを待ちます」

カディアスは静かにセツを見つめていたが、手を横に向けた。それを合図とするように、内府・ユセフスが文箱を抱えて姿を現した。

カディアスはユセフスの手から、文箱の中に入っているものを取り出した。筒状に巻かれた、手のひらに収まるほどの文書だったが、なぜその大きさなのか、すぐにセツには分かった。文書には、結界が張られている。そして、おそらく中にある文字も、結界で守られているはずだ。

カディアスはそれを手にしながら、床に座るセツの前に膝をついた。

「ゼドにこれを渡してくれ。中には俺の文字で、ヨダ国王の代理人としてゼドを指名すると書かれている」

その言葉にセツは目を見開いた。カディアスはセツの手に、筒状の文書を握りしめさせ、続けた。

「もし、万が一、ゼドが『時飛ばし』に間に合わず、国に戻ることができなかったら、この文書をどう使うかはお前たちに任せる。これで、各国との同盟を結ぶもよし。身を隠すすべにしてもらってもよし。消えてしまった国の全権を、委ねるとゼドに伝えてくれ」

「王！」

「三年、消えるのだ。もしお前たちが取り残されてしまったら、追われる身になるかもしれん。守る方法が俺にはこれしか思いつかん。列強の中から国を消して逃げるんだ。あとの外交がどうなろうが、俺が決められることではない。お前に、全て任せるとゼドに伝えてくれ。何もせず、辺境の民の中に隠れひそんで待っていてくれるならそれでもいい。間違えないでくれ。これは、お前たちが再びヨダ国へ戻ってくるためのものだ」

セツは自分の手を握りしめてくるカディアスの手に、涙を落とした。

自分は戦わずに、男を迎えるためだけにこの国を出るというのに、これほどの信頼を与えてくれることに、打ち震える。

ゼドが、一人荒野をさまよいながらも切り開こうとしてきた道は、未来に繋がってくれるのだろうか。

何もできなかった。待つことしかできなかった。だがそれが、この国の先へ繋がってくれるのだとしたら、この守られていただけの半生を、許すことができるかもしれない。

「感謝……いたします。王。本当に……」

情けなくも語尾が震え、消えてゆく。だがカディアス王は、それ以上の言葉を求めなかった。

王宮でどんな話が交わされたのか、ここにいる誰一人知らない。

あの葛藤の日々、嘆きと恨みによって重ねられた日々が、多くの人間の想いによって浄化された奇跡を、知る者はいない。

そして、新たなる奇跡のために、初めて、自分だけの意思で行動する。先の読めない未来へ行こうとしているというのに、身体の奥は若かりし頃のように熱かった。

全員がいぶかしげな目を向けてくる中、セツは変わらぬ穏やかな微笑みを浮かべて言った。

「国境の外で、俺の半神を、待ちたいんだ」

6

王宮に向かって一直線に馬で走り抜ける男は、検番で身分を証明する時以外、一度も止まることはなかった。馬で駆けてくるその姿に、各検番所はすぐに門を開いた。

「国王の従者・ナハドだ！　千影山より火急の報せありと内府に伝えよ！」

内府の手前で馬を降りたナハドを、ユセフスとダナルが内府から飛び出して出迎える。

「どうした、ナハド！」

「内府、どうかすぐに王に目通りを！」

神獣師を介さずに国王に用件を伝えるのは、本来御法度である。だがユセフスはすぐにダナルとともにナハドを引き連れて黒宮へ向かった。

「いかがした、ナハド。キリアス達に、何事かあったのか」

謁見の間にやってきたカディアス王が玉座に腰を下ろす前に、ナハドは告げた。

「鳳泉修行中に、セフィスト・アジスと思われる人物が、宵国へ侵入しました」

一瞬にしてカディアスの顔が青ざめる。宵国を知っているがゆえの、反応の早さだった。ユセフスとダナルは、意味が分からないという表情だった。

「トーヤを呼べ！　神官長のイサルドもだ！」

そう叫ぶと、カディアスは膝をつき報告の姿勢を取っているナハドの前に膝をついた。

「詳しく状況を話せ」

「鳳泉授戒は無事に成されました。鳳泉はオルガ様の身に宿り、無事お二人は間口が繋がりましたが、まだまだ鳳泉は本当に目覚めてはおりません」

これは精霊を知らないカディアスには意味が分からない。ユセフスを振り返ると、ユセフスはカディアスを安堵させるように頷いた。

「大丈夫です。鳳泉がオルガの身体に馴染み、キリアスが力動でそれを目覚めさせる修行に入ったのです。間口がこんなに早く開けられたなら、順調です」

「既にキリアス様とオルガ様はラルフネス様と宵国でお会いになっていますが、オルガ様は他に、宵国に入り込んできた異質な存在を見つけたとか。それが敵だと確実に分かったのは、青雷の依代として修行中だったルーファス様がその者に殺されかけていたからです」

そこでカディアスは眉を曇らせた。

「青雷？　まだ俺は授戒を許していないぞ」

「いえ、前段階の修行として、小さな精霊を宿していたんです。それが、セフィスト・アジスの目に留まった。危機一髪のところでラグーン師匠が助け出しましたが、かなり大きな医療精霊を用いたため負荷が高く、ラグーン師匠は、危険な状態です」

「そいつがセフィスト・アジスだとなぜ分かった⁉」

ダナルが大声で詰問する。それに答えたのは、ナハドではなかった。

「鳳泉の神獣師以外で、他に宵国へ飛ぶことができるのは『先読の腑』の所有者以外にいない」

ルカだった。ルカは謁見の間の他の人間に目もくれず、ナハドに刺すような視線を向けて訊いた。

「オルガは、そいつの姿を見たか。年齢は？　何歳ぐらいだと言っていた」

「一瞬しか見えなかったそうですが、とても五十歳近くには見えなかったと。おそらくは三十代半ば……」

「ならば『先読の腑』を盗み出した時期と一致するな。やはり、封印でその身に宿したか。命を喰わせ続けてよくぞ十六年も生き残ったものだ」

ルカはそこで何かを考え込むように視線を据わらせた。鬼気迫る姿に、その場にいた連中は言葉をかけることができなかった。

「ルカ」

神官長のイサルドを伴いながら、トーヤが姿を現した。

「セフィスト・アジスだって？」

「他におらん。やはり、宵国へ飛ぶことができたのだな」

「じゃあ、俺の封印が外れるのを、ずっと待っていたわけだ」

「そういうことだ。お前は依代で、先読浄化まではできないが、宵国で浮遊する邪気ぐらいは簡単に察知して、あの世へ飛ばせるんだろう」

「そりゃあ、一応神獣師ですから。操者には及ばないけど、そのくらいの力動は使えるよ」

やれやれ、とトーヤはため息をついた。

「俺が先に死ぬか、セフィストが死ぬかというところだったわけだ。執念だねえ」

トーヤの言葉にルカは無言だった。たまらずカディアスが二人に近づいた。

「トーヤ、ラルフネスはどうなる。先読に、宵国へ飛ぶなと言っても、眠っただけで宵国へ飛んでしまうんだぞ」

先読は現世に意識を留めておける時間が限られているのだ。傍から見ればただ眠っているだけだが、宵国に飛んでいることが多い。

「ご自分から宵国の入口を閉じ、わざと入らないようにすることは可能です。だがそれは先読の精神と身体に負担をかけることになります。ラルフネス様はまだ十二歳、あまりに長くそれをさせては、それこそお命に関わります」

「しかし、宵国へ飛んだら、セフィストに殺されるかもしれないんだろう！」

「そこは、新たなる鳳泉の神獣師に、何がなんでも守ってもらうしかない」

毅然（きぜん）としたトーヤの言葉に、カディアスは一瞬息をのんだが、片手で顔を覆った。

「鳳泉の……修行を、たった二か月で、『時飛ばし』まで習得しろというのに、先読まで守れ、と……。千影山には、もう師匠は、ジュドしかいないというのに」

「それでも、やってもらわないと困ります。この国の未来は、あの二人に託すしか方法はないのですから」

しばらく黙っていたルカが、ぼそりと呟くように言った。

「他の精霊師らも、宵国へ引っ張られないように『宵返し』の神言を腕かどっかに書いといた方がいい」

その言葉に、ようやくダナルとユセフスは事の重大さに気がついた。

「そうか、『先読の腑』とは……！」

「そうだ。全ての精霊は宵国といとも簡単に繋がる。だからこそ精霊師にとって、先読は恐怖の対象なのだ。先読は全ての精霊師をあの世へ送れる存在。鳳泉の神獣師も、『先読の目』によって、全ての精霊師の自由を奪うことができる。そして『先読の腑』は、精霊を魔獣化することができる」

ルカの瞳が、挑むように空を睨んだ。

「今までは宵国と繋がることができなかったからこそ、正名でその魂を奪い、術をかけることしかできなかったのだ。だが今は、宵国と繋がることができる。広い宵国を自在に飛び、弱さに震える魂を見つけ、そこに宿る精霊を捕らえ、魔獣化させることが可能なのだ。


ルーファスがやられたようにな」

精霊師が、それから身を守るには、『宵返し』の神言でそれをはねのけるしか方法がない。

「……一体、それでどれだけ守ることができるかというところだが……」

ルカの呟きは、ユセフスの声でかき消された。

「今すぐライキとイーゼスを呼べ！　精霊師全員に、『宵返し』の神言を身体に書かせるのだ。クルトとハユルをすぐにここへ！　急げ！」

首席補佐官のエルが走るのと同時に、トーヤも踵を返し神殿に走った。

「トーヤ！」

「王、我らは神殿でラルフネス様と王太子様をお守りします！」

イサルドがトーヤを追いかけながらそう言い残す。いっせいに動き始めた場で、ルカが静かに去っていく姿を、ダナルは目の端に捉えた。

「ルカ！」

「ダナル、あんたは早く近衛を呼んでくれ！」

ユセフスの声に、反射的にダナルがそちらに顔を向けたのを最後に、ルカの姿は黒宮から消えた。

長いこと書院に籠もっていたため、書院にはルカの部屋ができていた。

緊急事態がまだ伝わっていない書院で、書院番のチャルドが机の上に突っ伏して寝ていた。師匠のサイザーは、書院で書記官らに捕まって質問攻めにあっている。

ルカはチャルドの横を通り過ぎ、護符院の前に立った。

ここの結界は、『紫道』の結界によって守られている。もし一歩でも立ち入れば、クルトかライキにすぐに気づかれる。

だが、医療精霊以外の単体精霊の護符は、ここにしかない。自分で授戒した小さな精霊程度を宿しても、あまりに小さすぎてセフィストには気づかれないだろう。広い宵国で、数多の精霊の中で自分を探させるには、ある程度大きな精霊がどうしても必要だった。

ルカは、自分の机にあった一冊の本を、片手で抱え直した。

『先読の腑』がセフィストに奪われたと知ってから、ずっと寝る間も惜しんで文献を漁ってきた。これが正しいという保証はない。だが、もうルカには他に方法が思いつかなかった。

護符院に、ルカは一歩足を踏み入れた。『紫道』の子蜘蛛が反応するのが分かる。結界が破られたからといって、紫道は反応しない。ただ、宿主にそれを教えるだけだ。

ルカは、急いで単体の精霊を探した。単体精霊の数はそう多くはない。精霊の属性はどうでもいい。だが、力はある程度必要だ。そんな単体精霊をこの齢で宿せば、どんな状態になるかは明らかだった。

死に至りそうな苦しみとともに授戒すれば、セフィストはすぐに自分を見つけられるだろう。

ルカは、手にした単体精霊の護符を摑むと、護符院から飛び出した。

クルトにはもう気づかれている。今すぐに、これを授戒しなければ、間に合わない。

自分がやろうとしていることは、ダナルも、王も決して許すまい。

ルカは、外宮の青雷の殿舎に向かった。誰もいない青雷の殿舎の一室に入ると、すぐさま床に結界を張った。そして、結界の外側に、今度はもう一つの神言を描き始めた。

『宵返し』とは真逆の、『宵喚び』の術である。

宵国を跳ね返す術ならともかく、あの世への入口を自ら招くなど、成功するかどうか分からない。単体精霊を宿し、同時に宵喚びを行えば最後、あっという間にあの世へ行くかもしれない。

だがこの方法以外、ルカにはセフィストに会う方法が思いつかなかった。

「……俺を、探せ、セフィスト」

ルカは、宵喚びの神言を描ききると、すぐさま結界の中に入り、単体精霊の護符に、短刀で切った自分の右手を押しつけた。

「授戒せよ！」

◇◇◇

数多の精霊の中で最も奪われてはならないのが、神獣である。黒宮の儀式の間に連れてこられたハユルとクルトは、ろくな説明もなく、両腕を出すように言われた。

「ユセフス⁉」

「説明は後だ。見ろ、俺はもう『宵返し』の神言を描いた。一刻も早く、神言を腕に描かねば、お前たちの身が危険だ」

神官に押さえつけられるように袖をまくり上げられ、クルトは嫌がった。不快そうに頭を振る。

「クルト、今すぐライキも呼ぶ。大人しくしてくれ！」

「待って、待ってユセフス、クルトの様子が変だよ！」

ハユルの叫びに、神官らがクルトを離す。クルトは解放されると、そのまま床に突っ伏した。

「どうした、クルト？　何があった⁉」

様子がおかしいのはユセフスにも分かった。傍目にも、力動がかなり乱されている状態であることが分かる。

「……ライキ」

ぼそりとクルトは呟くだけだった。まだクルトは、苦しいとか痛いとか負の感情を、そのまま、まっすぐ外に出すことができない。かろうじてライキの前でそれを見せるくらいだった。

「ライキ……ライキ」

「ユセフス、クルトがライキに助けを求めている！さっきまでなんともなかったのに、変だよ！」

ユセフスは身体の末端が冷たくなるのを感じた。もしやもう既に、宵国でセフィストに捕まってしまったのか。紫道は、この国の要所をいくつも守っている神獣である。これが魔獣化してしまったら、もうおしまいだ。

ユセフスは文官の装束を身につけているため、剣を持っていない。王は別格として、通常文官は腰に剣を差していないが、腕に自信があったダナルは、現役時代から護身用に常に剣を携帯していた。

ユセフスはとっさにダナルの腰に差してあった剣を手にした。

「ユセフス！」

もし一羽の鳥が、凄まじい勢いで窓に体当たりしてこなければ、ユセフスは迷わずクルトに剣を向けていただろう。

『ライキ様より、ご報告が！』

慌てて神官らが窓を開けると、鳥は床に倒れるようにして羽根を伏せた。

『護符院に何者かが侵入したと、護符院の結界が破れたとのことです！』

「なんだと！」

ユセフスは倒れているクルトに目を向けた。この力動の乱れは、護符院に張られている子蜘蛛の糸が破れたためだったか。

「内通者か！」

『分かりません。現時点では、操者であるライキ様にはそこまでは分からぬと……。クルト様！　賊の、気配は感じられましたか！』

その言葉に、クルトは珍しくはっきりと顔をしかめていた。

「クルト？　クルト、答えていいんだよ？」

ハユルに身体を支えられ、クルトはぽつりと呟いた。

「ルカ」

　クルトの口からこぼれた名前に、ユセフスとダナルは顔を見合わせた。ダナルの身体がぶるぶると震え、獣のような唸り声とともに、己の半神を呼ぶ声が黒宮に響き渡った。

「ルカ!!」

　ダナルがその場を飛び出すのと同時に、ユセフスはありったけの声で叫んだ。

「探せ、すぐにルカを探すんだ！　気配が見えん、おそらく結界の中だ、探せ！」

◇◇◇

　一瞬にして意識が宵国へと飛ぶ。

　ああ、これが王や、鳳泉の神獣師が、『飛ぶ』と称する世界なのか。

　だが、自分は彼らと違い、自在に入り、そして出て行くことなどはできない。この世界に一度捕まったら、死あるのみ。常人は、この宵国で己を操ることなどできないのだ。現に、もう意識が霧散してもおかしくない状況だった。

　宵国の塵となるのが先か。セフィストが見つけるのが先か。

　これはもう、賭けるしかなかった。

　意識とともに、身体の一部が溶けていくような気がした。ぽろり、ぽろりと何かが乖離（かいり）していく感覚は、決して不快ではなかった。不快、という感情さえ抱かせない。ただ、ひたすら無に向かっていく。恐怖も、何もなく。

　これが、死か。

　ルカは、残された意識の断片で、そう思った。


「……ルカ」

　欠片になった意識が、身体が再び集まってゆく。

　中央に、かき集められてゆくそれらが一つの塊となるのを、断片は理解した。

　目の前の欠片が、一人の男の姿を描き始めた。

それは、離れればなれになったあの頃より、はるかに成熟した男の姿を描いていた。

変わらぬ微笑みだった。

その上品な、柔和な優しい笑みに、魅了された日々を思い出す。

今でも、美しい微笑みだと思う。

少しも心が付随していない、笑みだと。

「……単体精霊を入れたか。……そんなに俺に会いたかったか？」

セフィストの問いに、ルカは答えた。

「……ああ。会いたかったよ」

思いがけず、声は言葉となって外に出た。相手にも伝わったらしく、笑みが顔に広がる。

相手の手が、近寄ってくる。驚いたことに、頬にその感触が伝わった。思わず身を引いたが、距離は離れなかった。

「こうも早くお前の精霊を見つけられるわけがない。宵国に繋がる精霊は、魔獣化しそうな負の感情に捕らわれたものだ。お前の老いた器が限界であろうと、仮にも神獣師となった者。単体精霊を入れた程度で、簡単に宵国と繋がるはずがあるまい。ルカ、お前、『宵喚び』の術を用いたな？」

ルカは内心舌を巻くしかなかった。

『宵返し』の神言は知っていてもおかしくないが、自ら宵国へ飛び込もうとする『宵喚び』まで知っている精霊師は、皆無に近いだろう。

ルカとて、宵喚びの神言をもう一度書院で確認し、術として用いたほどだ。

この頭の鋭さに、かつて焦がれて憧れたものだった。今、ヨダ国の賢者と自分は謳われているが、セフィストの方がはるかに知識の泉となっただろう。

「セフィスト」

もう二度とその名を呼ぶことはあるまいと思っていた名を、口にする。

「俺の、正名を、覚えているか」

セフィストの顔から笑みが消える。

忘れたか。どうでもいい。ルカは、意識を集中した。かつて、ガイが語っていた言葉を思い出す。

宵国とは、概念が全てだ。己の概念を捨て去れば霧散する。願い、思い描き、生の世界に、死にもの狂いでしがみつかなければならない。

「ルカ。俺が今、わずかでも念じれば、お前がぎりぎりの器で宿している精霊は、あっという間に魔獣化するぞ」

セフィストの目が細められる。

「ダナルに、殺してもらうか？」

頬に触れていた手が、顎に移動する。わずかな手の力が、顎に指が食い込むのを感じるほどに、強くなる。

「醜い魔獣と化したくなければ、俺を、愛していると言ってみろ」

◇◇◇

外宮の青雷の殿舎に飛び込んだダナルとユセフスらは、目の前の光景に一瞬声を失った。

結界の布陣の中で、ルカが床にうつぶせになって倒れていた。目は半分見開き、意識がなくなっているのが一目で分かる。仮死状態だ、とユセフスは直感した。

鳳泉の神獣師や王は、宵国へ入る時には『眠っている』ような状態となる。どう声をかけても反応しなくなるが、それでも『魂が抜けている』という状態にはならない。

だが、宵国へ『飛ばされてしまった』者は皆、力という力がそがれてしまったように死人のような状態になる。最初は仮死のような状態から、次第に身体が死に至り、完全に事切れる。

ルカの状態は、決して『眠って』などいなかった。

「ルカ!!」

ダナルが獣のような唸り声とともに半神の名を叫ぶ。

「止めろ、ミルド！」

ダナルが結界の外に描かれた神言に足を踏み入れようとしたため、とっさにユセフスはミルドに命じた。ミルドの力動がダナルの身体を拘束する。

「離せ、離さんか！　ルカ！　ルカ!!」

狂ったようにダナルは吠えるが、現役の神獣師であるミルドの力動には敵（かな）わなかった。

師匠の代わりに、書院から連れてこられたのはチャルドだった。息を切らしながら中に入ってきたチャルドは、その場に描かれた神言に、息をのんだ。

「チャルド、この神言はなんだ！」

ユセフスの詰問に、チャルドは震え上がりながら答えた。

「よ……『宵喚び』の神言です。『宵返し』とは真逆の、宵国を自ら招く方法です……！　一歩でも、足を踏み入れればすぐに魂が持っていかれます！」

チャルドは震えを抑えられぬように、自分の腕を抱え込むようにしながら、必死で説明した。

「ご、護符院から、単体精霊の護符が一枚、紛失しました！」

単体精霊を宿し、自ら宵国への入口を開いたか。ユセフスは全て合点がいき、唇を噛みしめた。

かつて、対となることを望んだ男を、自らの手で葬るために。

「チャルド！　この『宵喚び』を消す方法はないのか！　これと結界を突破しなければ、ルカから単体精霊を呪解できん！」

だがチャルドは、視線を泳がせてがたがたと震えることしかできなかった。

『宵喚び』。わざわざ自分から死を招く術を破る方法など、あるわけがなかった。

◇◇◇

ジュドが早くも鳳泉の修行を再開すると言ってきた時、キリアスは難色を示した。

「ナハドが帰ってきて、ラルフネスや、他の精霊師らをどうするのか、王宮の判断を聞いてからでもいいんじゃないか。もしも、外側から変に刺激を与えれば……」

「馬鹿者！　後手後手に回ってどうする！　お前たちが一刻も早く行わなければならないのは、共鳴することだ。最優先すべきことだけを考えろ！」

ジュドの一喝に、キリアスは言いたい言葉を飲み込んだ。確かに、どれほど案じたとしても、今の自分たちにはやれることは一つしかない。

「やろう、キリアス様。早く、宵国へ飛んだ方がいいよ」

オルガの言葉に、キリアスは顔を上げた。

オルガは、キリアスやジュドに顔を向けていなかった。なぜか、何もない方向に視線を向けている。だがその目は、何も見えていないわけではなさそうだった。逆に、何かを捉えて見つめているような瞳の力強さが、そこには宿っていた。

「何か、感じるのか？　オルガ」

キリアスの問いに、オルガは視線を外さずに口だけをかすかに動かした。

「分からない。けど、早く……一刻も早く、宵国へ行かなければならないような気がする。俺の、中の、鳳泉が……」

オルガは、自分の腹のあたりに手を添えながら言った。

「卵から、孵化しそうな鼓動を感じる」

◇◇◇

ルカがその男の存在を知ったのは、千影山に入山して二年経った時だった。

千影山の修行場は、依代と操者に分かれ、双方は決して活動時間が重ならないように暮らしている。

普段の修行は結界の中で行われているとはいえ、生活する上でどうしても入れ違いになる、わずかな交差が生じる。

座学や、自主学習などの時間がそれだった。

操者が野外で修行をしている間、依代は座学を行うことが多かった。座学は教師の数が一人でも十分だが、体術などの修行はどうしても教師の人数を必要とする。特に荒々しい操者の体術指導に関しては、山の総責と教師の操者二人では手が足りないことが多かった。

「マーサ、ごめん。ちょっと手を貸してくれる？　怪我人が出た」

ルカが修行者だった頃、千影山の総責と管理人は女性の精霊師だった。また自習だ、と修行者の顔に喜びが走る。管理人である女性精霊師は、じろりと子供らを睨んだ。

「課題を確実に終わらせなさい。もし終わらせていなければ、夕食は抜きです」

喜びが一斉に失望に変わる。管理人・マーサの目がルカに向けられた。

「ルカ、あなたは課題を終えているから、本当の自習でいいわよ。蔵書室で本を読んでいてもいいです」

課題を終えていない修行者たちは、ルカをあてにしていたのでがっかりした。マーサはこれが分かっていて部屋から出そうとしたのだろう。ルカは仲間の恨めしそうな視線を感じながらも部屋を出た。そのまま、蔵書室に向かう。

蔵書室はルカの最も好きな場所だった。王宮には書院という場所があり、一生かかっても読み尽くせないほどの文献や書物が揃っているのだと聞き、書院番になりたいと夢を語ったことがある。

だが、管理人のマーサは、静かに微笑んだ。

「あなたはおそらく、神獣師になるでしょうね。その斑紋は、あまりに大きいわ」

それでも単体精霊師になりたい、とルカは申し出たが、マーサは微笑みを浮かべるだけで何も言わなかった。

蔵書室に入ったルカは、次に読もうと思っていた本を手に取った。

本に挟まっている貸し出し用の紙に、自分の名を書きかけて、ふと手を止める。

また だ。自分の前に、同じ本を借りている者がいる。

セフィスト・アジス。

依代の修行者の中には、いない名前だ。時間的に、表山で修行している操者だろう。

一体どんな人物かと、その名前にルカは思いを馳せた。

アジスといえば、神獣師を最も輩出する名家が思い浮かぶが、その分家だろうか？

ルカは本を開くと、すぐに中身の方に夢中になった。どれほどの時間が流れていったのか、気がつくと自分の頭上に声が落とされていた。

「……先生、呼んでいるよ」

顔を上げると、同じ年くらいの少年が面白そうに笑っていた。

「何回も話しかけたんだけど、全然気がつかないんだもんなあ」

操者だとすぐに分かった。依代よりも体格が大きく、日中野外で活動していることが多いために日に焼けている。ルカは関わってはならない相手が目の前にいることに動揺した。思わず後ずさると、相手は口元に指を立ててきた。

「ルカ！　早く戻ってきなさい、授業終わったわよ！」

マーサの声に、ルカは蔵書室を占領していたのは自分の方だと気がついた。慌てて出ようとすると、いきなり手を掴まれた。

「君が、ルカか。俺ら、本の趣味合うよね」

ルカは、目の前の操者の名前にすぐ思い当たった。

彼が、セフィスト・アジスだと。


光蟲の依代になりなさい、と告げられたのは、セフィストとの出会いからおよそ一年経ってからだった。

「操者の候補はもう既に裏山で修行しているのよ。あなたよりも二歳年上なの。まだあなたは十七歳、本来なら裏山に行くのは十八歳なんだけどね。操者が、裏山で一人で修行しているのが辛いんですって。あなたなら、裏山に行っても大丈夫だと思うんだけど」

ルカはその時まで、セフィストが自分の相手になると信じていた。セフィストが言うには、自分は神獣師になれるほどの力がある、そしてルカも神獣を宿せるほどの器がある、二人で神獣師に、半神になるのだと約束していた。

「先生、相手は、決まっているの？　もう、替えられないんですか？」

ルカの言葉に、マーサは怪訝そうな顔をしたが、すぐに悟り、さっと顔を青ざめさせた。

「ルカ！　あなた……」

「先生、その人の半神になっても、他の人を好きでいてもいいんでしょう？　どうしても、その人を好きにならなくてもいいんでしょう？」

「ルカ！」


表山が大騒ぎになったのはそれからだった。

何度追求されても、ルカはセフィストの名を明かさなかった。

裏山の師匠らは問答無用で裏山に入れろと強く言ってきたが、それを頑としてはねのけた千影山の総責と管理人の慈悲がなければ、そのまま死を選んだかもしれない。

　あの時、セフィストに、一緒に逃げてくれと頼まなかったら、逃げたあの数日間がなかったら。

　たとえ無理矢理半神を持たされたとしても、永遠に初恋を美化し、セフィストを想い、ダナルという男を、正視できずに終わったかもしれないのだ。


　どうやっても逃げ切れるものではない。

　一緒に逃げてほしい、と伝えた時、セフィストは困惑したようにそう言った。

　おそらく、アジス家が先鋒となって捕らえようとしてくるだろう、と。

「俺の末弟の話をしたことがあるだろう。トーヤは器を大きくするために、一切の感情を持たないよう地下牢のような場所で育てられている。そんなことを平気でする家だ。俺がアジスの名に泥を塗ったとしたら、叔父らは絶対に許さない。反逆者を自ら捕らえると名乗り出て、家の恥を消そうとするだろう」

「セフィストは、裏山にいる光蟲の操者候補を知っているの？」

　ルカの問いに、セフィストはわずかに顔をしかめてみせた。

「ダナルだろう。二歳上だったから知っているけど、粗野で、態度も言動も乱暴な男だよ。しかも全然文字が読めないんだ。教師らが本を読ませようとすると癇癪を起こすくらいで、学校にも通っていなかったんじゃないかと皆言っていた。そんな奴でも確かに力動は強かった。けど、今なら俺は負ける気がしない」

　だったら、とルカは心が急いた。

「自分が、光蟲の操者になるって、名乗り出てくれる？」

　セフィストの名は決して明かさなかったが、自ら名乗り出てくれれば、変わるかもしれない。ルカは一縷の望みに賭けたかったが、セフィストは首を振った。

「光蟲の操者だけは、力動の得意不得意に関係なく、適性を見ると言われている。俺が名乗り出てどうにかなる問題じゃない」

「俺は」

　もう会えなくなるくらいなら、国を出たい。

幼かったと、言わざるを得ない。

セフィストが抱えているものを、知らなかったわけではない。

アジス家という、ヨダ国で最も名門の家柄の長男として生まれ、葛藤も大きかっただろう。

二人で千影山から逃げ出したが、すぐにアジス家の追っ手に捕らえられた。

その指揮を執っていたのが、裏山にいたダナルだった。

その姿を、鬼のように恐ろしいと思い、こんな男の半神となるくらいなら、自決した方がマシだと、そう思った。

だが結果的に、セフィストとは別れさせられ、無理矢理に近い形で光蟲を授戒した。

最初の頃は、一生忘れまい、と誓った。

たとえダナルを半神としても、この宿命から逃れられないとしても、自分は想い続けよう、いつか、再び会うことができるかもしれない。

修行を重ねても、ダナルに心を奪われないように必死だった。共有する感覚は、どうしても相手を自分の一部と思ってしまうが、神経をすり減らしながらもそれを拒絶した。

ダナルの哀しみも、苦しみも、怒りも、絶望も、全て心の中に入ってきたが、目を閉じ、耳を塞ぎ、渾身の力で退けた。

心までは、渡してはならないと、己を必死で戒める日々だった。

光蟲の神獣師として王宮に入り、三年ほど経った頃、セフィストの次弟のギルス・アジスが、極秘で面会を申し出てきた。

セフィストに関する情報を何か聞けるかもしれない。ダナルに見つからないように細心の注意を払いながら、面会に応じた。

ギルス・アジスは、セフィストよりも二歳年下で、近衛団に精霊師として配属されたばかりだった。

セフィストによく似たその青年の顔には、暗い、憎悪しか浮かんでいなかった。

「あなたと逃亡した兄が、アジス家を勘当され、このたび近衛団に入った自分が、次期アジス家当主となることが決まりました。俺は裏山に入る前に婚約者との間に子供を作りました。当主になると同時に、結婚します」

　そう伝えるギルスの、歪んだ口元を、茫然と見つめるしかなかった。

「俺は半神に、女と結婚することを納得してもらうしかなかった。兄は、もし神獣師とならなかったら、今の俺と同じ道を歩むしかなかったはずだ。あなたは納得しましたか。それとも、やっぱり逃げましたか。俺だって、家を捨てて逃げようとした。だがアジスは、親父も叔父たちも、絶対にそれを許さない。俺の半神を殺すと脅してきた。末子を幽閉して育て、神獣師として国に献上することで保ってきた家だ。精霊師一人、闇に葬ることなど平気でする。俺の半神は、俺に妻子がいてもいいと言ってくれた。それでもいい、それでも唯一無二だと言ってくれたあいつしか、俺はいらない。家も、妻も、子も、くそ食らえだ。俺は、半神を守るためなら、なんだってする。あんたにできたか。もしも兄貴が家を継ぐことになっていたら、女と所帯を持つと言われたら、俺の半神と同じことができたか！」

　言葉を、返すことができなかった。

お前らは、ただ逃げただけだ。ギルスの目は、そう言っていた。

　ギルスは侮蔑と憎悪を孕んだ視線で、吐き捨てるように言った。

「それでも、兄は途中で、事の重大さに気がついたのか、逃れられないと思ったのか、あなたと逃げてすぐ、我が家に自分から連絡してきたんですよ。裏山にいる俺らの叔父にあたる、鳳泉の依代だったイア様に、口添えしてもらいたいってね。自分に自信があったんでしょうよ。神獣師の操者として求められるだろう、とね。どこまでも卑怯な男だ。山の師匠らは、兄の操者としての才能など、足蹴にしましたよ。潜伏していた宿がすぐに見つかったのは、それが理由です」

　身体の末端から、冷えていくのが分かった。

　ギルスは、わずかに視線を緩め、呟くように続けた。

「ダナル様には、このことは絶対にあなたには言うなと、口止めされたんですけどね」

　ギルスは、やりきれないというように背を向けながら、最後の言葉を投げてよこした。

「……家を継ぐにあたって、そんな約束は反故にしたくなったんです。……先程のあなたの目を見たら、話しに来て良かったと思いましたよ」

知って良かったとも、知らない方が良かったとも、思わなかった。

ただ、あの葛藤は、なんだったのだろうと思った。あれほどまでに人を傷つけ、何も見ようとせず、何も知ろうとせず、ただひっそりと息をするだけの日々を送ってきた、愚かさ。

もう少し本質を見る力が、勇気が、自分にあれば、わざわざ人に教えられずとも、気づいたはずなのだ。

この世界は、自分の思いだけで、回っているわけではない、と。

さんざんダナルを拒絶し、傷つけてきた。許されたいなどと、思ったことはない。ダナルが毎日毎日、何も言わずに光蟲の殿舎の窓を開けてくれる瞬間を、見つめることしか、望まなかった。

わずかでも、自分の状態を確認してくれる。たとえそれが半神としての義務であろうと、あれほどの仕打ちを繰り返してきた自分に向けられる慈悲に、幸せを感じた。

だがダナルは、こんな身勝手で愚かな自分を、受け入れてくれた。

もう人を、愛することなど、自分には許されないと思っていたのに。

「……ダナルを、愛している」

たとえこの身が醜い魔獣と化し、全て忘れ去ってしまったとしても、この言葉だけは偽るわけにはいかなかった。

この言葉に辿り着くまで、どれほどの想いを重ねたか、この男に知ってもらおうなどとは思わない。

だが、己の心が、狂おしいほどに愛おしい唯一無二、その名前以外を語ることを許さなかった。

「最初はお前のように、この国に対する恨みしかなかった。この人生を呪い、死ぬことすら許されない運命を呪った。あの頃の俺の気持ちのまま、お前はまだ生きているのだろう。ならば、国を滅ぼしてやりたいと思う気持ちも分からないではない。だが、だからこそ、俺には分かるぞ、セフィスト。お前の、その復讐心は、本当に国に向けたものか。お前の憎しみは、逃げて逃げて、国にも家にも自分にも負けて、どこにも行き場がなくなった、自分に向けてのものだ。お前が失ったものはなんだ⁉　必要だったのは俺か⁉　違うだろう。お前は単に、自分の力を否定されたことが許せなかっただけだ。ただの一度も戦おうとしなかったくせに。俺とともに、玉砕覚悟で死を選ぶ覚悟すらなかっただろう！」

セフィストは黙ってその言葉を聞いていたが、瞳になんの感情も浮かべずに、口角をつり上げた。

「だから今、死を選びながらも、お前らを滅ぼそうとしている」

「罪のない人々を巻き込みながらな」

ルカは即座に吐き捨てた。

「俺も、今まで褒められたことをしてきたわけじゃない。この国の存続のためという大義名分を振りかざし、俺はこの手で戦友の身体に神獣を封印し、魔獣化した弟子を葬った。だが後悔はしていない。俺は神獣師となり、国のために、血反吐（ちへど）を吐きながらも大義を貫いた神獣師らを、この目で見てきた。彼らを突き動かしたのは正義ではない。義務でもない。名誉のためでもない。大義をがむしゃらに振りかざさなければ、斑紋や力動を持って生まれる子供たちが、列強の餌食（えじき）になってしまう。ヨダに生まれる子供が、一人でも、精霊を宿す可能性があるのなら、その子供を助けたい。それだけだ。それが、この国が存続しなければならない理由だ！」

ルカは渾身の力を込めて、意識を集中させた。そして、左手でセフィストの身体を掴むと同時に、右手でセフィストの腹を突いた。

案の定、セフィストの腹に穴が空く。その穴の中には、黒と赤の渦（うず）がとぐろを巻いていた。

先読みの腑だ。やはり、ここに封印していたか。

腕半分が穴の中に取り込まれる。セフィストは、自ら穴に吸い込まれに来たルカに哀れむような嗤（わら）いを見せたが、それは一瞬のことだった。

ルカの腕は、ただセフィストの腹の穴の中に吸い込まれたわけではなかった。ルカの腕に、セフィストの腹で渦巻く『先読の腑』がぐるぐると巻きついていく。

「何……!?　これは……」

そこでようやくセフィストは、ルカの右腕に、封印の神言が書かれていることに気がついた。

宵国までは護符を持ち込めない。ルカは一か八か、自分の腕に封印の神言を書き、宵国でも効力を発揮するか試そうとしたのだ。無論、腕に書かれているということは、己の身体に封印するということだった。

「この『腑』の持ち主である先読の正名が書かれてい

る。持ち主のもとに戻りたがっているのが、分かるか。その身から引き剝がされていくのを感じるだろう」

「ルカ、貴様……！」

セフィストの顔に憎悪が走る。ルカはそれを見て、ようやく笑った。

もう二度と、口にすることはないと思っていた名前を、神言に乗せる。

「『先読の腑』よ。我が声に従え。これより、セフィスト・ヘルド・ヨダ・ニルス・アジスよりその封を解き、ルカ・セグレーン・ラオスディバル・ニルス・レシトの命をもって、その身を封じる」

千影山から逃げ出した時、婚姻の真似事をして互いの正名を交換したことが、今になって役に立つとは。

ルカがその神言を唱えた途端、黒と赤の渦巻きはルカの右腕を覆い尽くした。

◇◇◇

宵国に入ったキリアスは、ラルフネスの姿を探そうとしたが、気配が全く感じられないことにすぐに気がついた。

セフィストを警戒して、宵国へ飛ばないようにしているのだろうか。

だがそんなことが、まだ十二歳のラルフネスにいつまでも可能だとは思えなかった。近いうちに必ず限界が来る。先読は、好むと好まざるにかかわらず、宵国へ飛ばされてしまうものなのだ。

やはり、ジュドの言う通り、一刻も早く鳳泉を完全に目覚めさせ、宵国で鳳泉の力を自在にふるえるようにならなければならない。

「オルガ？」

オルガの気配を探して呼びかける。まだこの宵国で、自力でオルガの姿を実体化できたことはない。完全に共鳴をしなければ、鳳泉の姿、それを宿しているオルガの姿は見ることができないのだろう。

（キリアス様）

オルガの気配がまとわりつく。反射的に、その全てを抱きしめたい衝動に駆られる。形、なんでもいい、形となるもの。自身の思いが、オルガに伝わるのが分かる。そうだ、オルガ。俺の思いを、汲んでくれ。

キリアスの目の前にいきなりぽんと現れたのは、小鳥だった。

身体はほとんど黄色で、小さな羽根の先端だけが赤い。まだうまく飛べないのか、まん丸の腹を出して仰向けでぱたぱたと必死に羽ばたいている。普段ならば可愛らしいと思うところだが、こんな事態だというのにまだこんな小鳥にしかならないのかと、キリアスはがっくりとうなだれた。

(俺がこの姿作っているわけじゃないよ!?　キリアス様が俺をこう見ているんだからね!?)

「ああ、分かってる、分かってる……。この程度の力動の調整しかできていないということだろう。おまえの中にある鳳泉の力を、これしか引き出せていないということだ。俺の力量不足だよ」

オルガが差し出した掌に、すっぽりと身体を収める。その様子は、寒い冬場に、隙あらば人の上衣の中に入ってきた十四歳だった頃の姿を思い出させた。

(卵よりは進歩したよね。俺の姿、具現化できたもんね)

「進歩、と言うのかどうか。青雷の時のように、お前の姿をあれほど美しくさせられる自信がなくなってきた」

手の中のオルガが頭を持ち上げた。ぴくぴくとくちばしを震わせる。

「オルガ?」

(キリアス様、妙な気配を感じるよ。宵国に、何か、妙な力が加わっている)

言われて、オルガと感覚を重ねる。オルガが感じているものを、そのまま自分の中で受け止める。オルガの不安や焦りなども同様に入ってきてしまうが、それを分離することは青雷の修行の際に習得済みだった。

「オルガ、これは?」

(ルーファスを襲っていた奴の、邪気を感じる)

その〝場所〟を探すのは、操者である自分の役目だった。

「オルガ、怖いだろうが、感じてくれ。その場所を見つけ出す。邪気に意識を集中するんだ」

オルガが邪気に集中する。以前であれば、怖さに尻込みしていただろう。強くなったのか、操者を信頼しているからか。おそらく両方だろう。キリアスは必死に戦おうとする己の半神を誇らしく思った。

オルガがびくりと身体を震わせるのと、キリアスが邪気とは別の、もう一つの気配に気づいたのはほとんど同時だった。

「ルカ!?」

気配を掴んだキリアスは迷わなかった。その気配を掴んだ、という感覚とともに、己の方に渾身の力で引き寄せる。

その場に、自分たちが向かったのか、それともこちらへ引き寄せたのかは分からない。しかし、その情景は、引っ張ると同時に細長い帯状になって、目の前に浮かんだ。

一つの光景が、わずかにずれながら、まるで絵のように描かれている。その絵は、動いていた。ルカが、右腕を男の腹の中に突っ込んでいる。男の腹から、赤と黒の渦がとぐろを巻いて、ルカの右腕に巻きついていく。

だが突如、その渦は動きを止めた。

「封印……が？」

ルカが自分の右腕を食い入るように見つめた。腹の中に腕を突っ込まれている男の顔に、酷薄(こくはく)そうな笑みが浮かぶ。

「正名を奪うことで人を魔獣化してきた俺が、自分の正名を放置してきたと思うのか？」

男の……セフィスト・アジスの手が、ルカの顎をがしりと摑む。

「残念だったな。失敗だ、ルカ。このまま、俺に喰われろ」

だが、ルカの瞳からは力強さは失せなかった。むしろ、いっそうの輝きを増し、その口から、キリアスが聞いたこともない神言が呟かれた。

『ルカ・セグレーン・ラオスディバル・ニルス・レシトの腕に宿りし、ウリオス・ミル＝ヴォル・ヨダの腑より戒を授けられし『先読の腑』よ。封を解き、戒を成せ』

次の瞬間、ルカの右腕が弾けるように飛んだ。

オルガの絶叫が響き渡る。それで、帯状の光景が、実体に変わった。

右腕をもがれたルカが、こちらに目を向ける。セフィストは身体を屈め、苦痛に顔を歪めていた。ルカが残された左腕で、セフィストの身体を摑み、キリアスに怒鳴った。

「キリアス、浄化しろ！　俺ごと、この男を浄化するんだ！」

　ミル＝ヴォルとは、神言で先読を表す。先読の正名に冠される言葉だ。先読の正名は王以外には鳳泉の神獣師しか知らない。

　ウリオス・ミル＝ヴォル・ヨダとは、封印されその身が屍蠟となり、目を、腕を、そして腑を、精霊として授戒された、古代に存在した先読だろう。

　一体どれほどの文献を読みあさり、先読の腑の所有者の正名に辿り着いたのか。効果は絶大だった。いかにセフィストの身に封印されようと、この精霊の本来の持ち主の正名が息を吹き返しては、宿主の契約など破られる。セフィストの持つ『先読の腑』の能力が引き剝がされ、ルカの腕に宿り、新たなる授戒に成功したのだ。

　だがルカの右腕は、その強大な力に耐えきれず、弾け飛んだ。

「まだだ、俺の力ではまだ、この男から完全に封を解き、『腑』の力を取り戻せた訳ではない！　キリアス、このまま浄化しろ！　ためらうな、浄化するんだ！」

　ルカが、苦痛で身動きが取れないセフィストを押さえ込むようにしながら叫ぶ。

　自分ごと浄化をしろと、このまま、あの世に送れと言っているのだ。

　キリアスは、己の力動を、どこに向けていいのか分からなかった。

◇◇◇

　王宮内に響くダナルの咆哮を追ったカディアス王は、青雷の殿舎内に飛び込んだ瞬間、その凄惨な有様に絶句した。

　倒れたルカの口からは絶えず血が流れ出し、瞳孔が開き死に瀕した身体は、びくびくと痙攣していた。

「王！　宵喚びの神言です！　一歩も入ってはなりません！」

　ユセフスが叫ぶが、為す術もない状態なのはすぐに分かった。ミルドの力動に押さえ込まれているダナル

が、吠え続ける。

「離せ、俺を離せ！　ルカ!!」

ルカの身体が大きく揺れ、突然右腕が赤と黒に染まってゆく。腕はそのままねじ上げられるように、ルカの身体から弾け飛んだ。

飛んでいった腕と、空に舞った血に、一瞬皆が身構えた。その一瞬、ミルドの力動が緩んだ隙を、ダナルは見逃さなかった。床に描かれた宵喚びの神言など、目に入らぬようにルカのもとへ駆け出した。

「ダナル！」

宵呼びの神言の中に一歩でも足を踏み入れたが最後、一瞬にして宵国へ魂を持っていかれてもおかしくなかった。だがダナルは、そこに描かれた文字に身体を捕らわれながらも、一歩、また一歩とルカに近づいた。

膝をついても、悪鬼の形相（ぎょうそう）で床を這った。衝撃で皮膚が切り裂かれ、血が噴き出しても、まだ動くのを止めなかった。

そしてついに、床に描かれた神言と結界を破り、ダナルの手がルカの身体を摑んだ。次の瞬間、ユセフスとミルドは中に飛び込んだ。

◇◇◇

宵国でキリアスは、またしても別の〝気〟が近づくのを感じた。

その気が一体なんなのか、一瞬にして悟った瞬間、もうためらわなかった。

ルカの身体を、抱え込むような〝気〟。キリアスは、全力動をそれに集中した。

去れ、と念じた瞬間、現れたのは、大きく、真っ赤な翼だった。

片羽根だけだったが、わずか一振りしただけで、その赤い翼は宵国から目の前の情景全てを払った。

全ての気配が去ると同時に、巨大な赤い羽根は姿を消した。

「俺は絶対に、お前をあいつに渡さん」

ルカの瞳から、静かに一筋の涙がこぼれ、頬を伝った。

血に染まった青雷の殿舎は、あっという間に人であふれた。

医師のカドレアとアモンは、ルカをこちらに渡してくれるようにダナルに何度も頼んだが、ダナルはルカを離さなかった。それどころか、ダナル自身も、無理矢理神言と結界を突破したせいで、まるで切り刻まれたように全身血まみれだった。

カドレアとアモンが、ダナルに抱かれたままのルカを必死で治療をするのを、カディアスはただ見つめるしかなかった。

やがて、ルカの瞼がわずかに震え、うっすらと瞳を開けた。

生気を失った顔に、わずかに生の希望が灯(とも)る。カディアスは安堵のあまり、上体を揺らした。

ダナルは、ルカが目を開けても、身動き一つせずに、まるで睨むように見下ろした。

そして一言だけ、言い聞かせるように言った。

7

目の前に現れた金色の蝶は、いきなり鱗粉(りんぷん)をばさりと散らした。蝶でも憎たらしく見せることができるとは、逆にたいした男である。

『オメー、修行に入ってどのくらい時間が経ったか分かってんのか？　四十日だよ、四十日！』

悪態をつく蝶に、キリアスは憮然とした。

「お前以外と話したいんだが、イーゼス」

『キリアス、オルガは大丈夫？』

イーゼスの半神のハユルの声がした。違う、とキリアスは思わず叫んだ。

「お前以外の人間というのは、ユセフスかダナルか、トーヤだ！」

『残念ながら俺かハユルの声しか届けられん。だがトーヤもユセフスもここにいる。お前の声はこちらまで届けられるから遠慮なく話せ。なんだ？　ユセフス。

〝テメー半神とイチャコラしてる場合じゃねえぞ〟だってよ』

おそらくユセフスはそんなことは言っていないだろう。キリアスがいらいらするのを、ナハドが顔をしかめて咎める。貴重な時間を無駄にするなと言いたいのだろう。

「トーヤ、俺たちはもう、イルムやレイの結界なしでも宵国へ自在に飛べるようになった。だが俺の力動はまだ、宵国で全開になっていない。というより、どうやっていいのか分からない部分が多いんだ」

『〝そんなこと言われたって、俺は依代だったし操者の悩みなんか分からないよ〟だってさ』

「それでも聞いてくれ！　というのも、鳳泉は、他の神獣や精霊とは真逆なんだ。俺はオルガが青雷を宿していた頃、間口は繋がっていても、なんというか、その入口が狭すぎて入れない感覚だったんだ」

依代は精霊を宿しても、最初から間口が全開にはならない。操者との修行によって、徐々に間口を広げていく。

「だから最初、猛烈に『ああコイツに入れたい！』って思うじゃないか」

『お前もラグーンの弟子だな、キリアス』

「入口の広さがまだ十分俺のを注げる状態じゃなくて、ああもう、こんな小さい穴だったら俺のぶち込みたくても壊しちまうだろ！　ってあの欲求不満」

『黙っていたが、ここに王もおられるからな、キリアス』

「いったん入る、つまり共鳴すると、ああもうこの中最高だ死ぬほど気持ちいいってなるんだけどな」

『俺の話聞いてねえな？』

「だけど分かるだろ、イーゼス！」

『分かる。はっきり言って、全ての操者が同じだと思う。真逆というのはもしかして、穴がでかすぎて挿入しても気持ち良さを感じないってことか⁉　不能になっちまうぞ！』

そこでいきなり蝶が消えた。しばらくして、目を凝らさなければ見えないほどに小さな蝶が、『さいてい。最低。サイテイ』と呟いた。ハユルの方だろう。

『ここにいる依代らに寄ってたかって責められた……。お前のせいだぞ』

恨めしそうなイーゼスに構わず、キリアスは続けた。別にこっちはふざけているわけではない。

「気持ち良さ云々は置いておいて、穴がでかすぎるというのは本当だ。おそらく鳳泉が、オルガの中ではなく、宵国へ繋がっているからだろう。オルガの姿は、完全ではないが見えるんだ。力動で鳳泉の力も引き出せる。だが、宵国という世界が広すぎて、力動が分散してしまうもどかしさを感じるんだ」

本来なら、依代一人の中で済む精霊の世界が、鳳泉は宵国と繋がっているために、無限に広がっている。

いかに鳳泉の操者が筆頭と呼ばれるほど力動が強くても、あの宵国の隅々まで力を発揮できたわけではあるまい。

今までの鳳泉の操者たちは、無限に広い宵国の中で、どのように力動をふるい、鳳泉を御してきたのか。

「ラグーンは言うんだ。オルガの間口。精霊を宿している、器の間口。全ての操者が恋い焦がれる依代の間口を、俺は見失っているんだろうと。鳳泉を授戒した瞬間から宵国へ飛ぶようになったせいで、宵国への入口をオルガの間口と勘違いしているのだろうと。それを見つけたらおのずと道が開けるのではないか、と」

ラグーンは先日危うく命を落としかけたが、回復しつつあった。頭と口だけは以前と変わらずに達者だが、足を全く動かせなくなった。痛覚すらないほどなので、もうこれはどうにもなるまいと本人が早々に諦め、王宮でカドレアやアモンに診てもらうことも拒否した。

「焦れば焦るほど分からなくなる。トーヤ、修行の時にはどうだった？　カザン……操者のことを、覚えていないか。ガイから聞いたことでもなんでもいい」

『キリアス～。いくらなんでも無神経すぎないか。トーヤは覚えてない、としか言わなかったぞ。今、王があちらに連れていかれた』

すまないことを訊いたとは思うが、鳳泉の神獣師はトーヤ以外に存在しない。修行は口伝でしか示されず、参考になる文献なども一切残されていない。キリアスはガイに教わっていた期間はあっても、宵国へ繋がった話など聞いたことがなかった。なんらかの指針があるなら、それに縋りたい一心だった。

「ルカの容態はどうなんだ」

急いた気持ちを落ち着けるために王宮のことを訊くと、イーゼスはため息をついた。

『あれだけのことをして、腕一本で済んで良かったと思うしかないだろう。まだまだ半死半生で危険だとカドレアはつきっきりだ。ルカの腕に、セフィスト・アジスの『先読の腑』の一部が封印されただろう。意識が戻った時ルカは、あれを使ってセフィストの術を封じ込められたら、と言っていたんだ。だけどなあ、そんなの天才のルカ以外の誰ができるってんだ』

ルカの腕は、厳重に結界に封じ込められている状態らしい。

『はたして力の一部を奪ったことで、セフィストをどれだけ抑え込めているか……。せめて、精霊師らが、宵国へ引きずられないぐらいの効力を発揮してくれていると、ルカも腕一本失った意味もあるんだが』

キリアスは宵国でのセフィストを思い出した。ルカに封じ込められそうになり、苦悶の表情を浮かべていた。そう簡単には、回復はできていないだろうと思われる。

だからこそ一刻も早く宵国を支配し、セフィストをなんとかして止めなければと思うのだが、修行の先が見えない。

『キリアス、真面目な話、本当に時間がない。雇った傭兵らの話では、もう既にスーファ側、アウバス側も正規軍を派遣し、付近の支配下の遊牧民を武装させ、まとめている。敵軍の数は、どんどんふくれ上がっている。それを止めることはできない』

ヨダにできることは、内部からの攪乱と、国を、消す。それしかないのだ。

「ラルフネスの状態は？　俺はあれから、宵国で一度もラルフネスに会っていない」

『イサルドが言うには、セフィストを警戒して宵国に入らないようにしているが、それも限界に近い、宵国に飛んでしまうのは時間の問題かもしれない、と』

八方塞がりの状態に、キリアスは頭を抱えたくなった。しかし泣き言を漏らしている場合ではない。


損壊したジュドとラグーンの家の裏側で、王宮のイーゼスと連絡を取り合っていたが、蝶が消えてもまだキリアスは寄合所に戻る気になれなかった。

切り株に腰を下ろしたままのキリアスに、ナハドも促しの言葉はかけなかった。

「私もガイ様に修行をつけられましたが、あの方は確かに言葉で説明するような教え方はなさいませんでしたからね」

ナハドの言葉にキリアスは頷いた。

「感じて、見つけろという態度だったからな。二年という時間をかけるなら分かるんだが、二か月だぞ、二か月……」

「キリアス様、オルガ様は、器はもう十分に大きいんですか？　依代の方だって、完全に精霊の力を目覚めさせるのは時間がかかりますよ。青雷の時はどうだったんです」

「守護精霊だったから、最初から力は全開だった」

「ああそうか」

「とにかくオルガの器は大きい。最初は赤ん坊の時から青雷を宿していたからだろうと思っていたが、あの大きさは多分生まれつきなんだろう。鳳泉を宿した直後も、器が小さくて苦しい、なんて全く感じなかったそうだ。これ、ラグーンに言わせれば異常なくらいなんだってな」

「そうですね。イルムも精霊を宿してすぐは苦しみましたよ。操者と感覚を共有したがゆえの認知の混乱以上に、いきなり異物を宿した拒絶反応があったんです。ラグーン師匠はこれを『悪阻（つわり）』って表現していましたが」

「それが全くない。器の大きさが尋常でないからだろうとラグーンは言っていた。青雷は生まれた直後から宿していた守護精霊だったから、あまり宿した感覚がなかったらしいが」

「どちらかといえば『取り憑かれている』感覚だった

でしょうからね」

「しかし鳳泉は、子供を抱えているような感覚らしい」

鳳泉の姿は、全てではないがオルガにはもう見えているらしかった。

力の差を、いやでも感じる。

自分はカザンより、ガイより、劣っているのかいないのか、つい考えてしまう。

『時飛ばし』を行えるほどの力を、本当に備えているのか。

ガイが生前、鳳泉の操者として推してくれたとはいえ、誰よりも優れていると太鼓判を押されていたわけではないのだ。

「キリアス様、余計なことは考えませんように。宿している依代の方が先に精霊に慣れるのは当然のことです。あなたが考えるべきは、いかにして鳳泉を自分のものにするか。それだけです」

ナハドらしく、慰めというよりも叱責に近い口調の声が飛ぶ。分かっている、とキリアスは受け止めた。

弱っている心に、ナハドの言葉はありがたかった。

「仮にもこの国の王子として育った者が、情けないことだな」

宵国で目にした、ルカの強さと比べたら、こんな心の弱さに、王宮の連中が呆れるのも無理はない。

自分ごとセフィストを浄化しろ、というルカの叫びに、全く迷いはなかった。

あの時、ダナルの気配がルカを包まなかったら、あのまま浄化しろと言われて、自分はできただろうか。

もしかしたら次の一瞬、セフィストがルカの命を奪い、取り返しのつかないことになっていたかもしれないのだ。

この期に及んで、人の生き死ににためらいが生じる、己の心の弱さを、キリアスは嫌悪した。

皆が皆、命を賭けてこの戦いに挑んでいるというのに。

「……弱さとは、悪ではありますまいに」

ナハドの呟きは、一瞬にして風に溶けるほどのささやかなものだった。

顔を上げると、オルガが駆けてくる姿が目に入った。

己が半神の存在を、力を、信じて疑わない、無垢な依代の姿が。

アウバス国の空は、白く煙っていることが多い。

その理由が、いつもセフィストには分からなかった。

この国の気候は一年を通して温暖で、太陽を近く感じる。それなのに空は、青を隠していることが多かった。

「スーファも、空は白いことが多いです」

スーファの大使がぼそりと呟く。だが白さは白さでも、色が違う。スーファの白は太陽を覆い尽くすほどの雲のせいである。スーファはアウバスと違い、年の半分は寒気に覆われる。

太陽の恵みの多いアウバスは、こんがりと日に焼けた褐色の肌の人間が多い。対するスーファは色の白い人間が多い。ヨダで生まれ育ったセフィストは、スーファがアウバスを見下している理由が、まさか肌の色によるものだなどとは夢にも思わなかった。それを知った時は、あまりの馬鹿馬鹿しさに閉口したが、これは案外利用できるかもしれないと思い至った。

近隣諸国のヨダ国に対する、得体の知れない者に対する恐れ、それを差別へと変えることは、案外たやすいかもしれない、と。

セフィストはスーファで精霊を悪とする考え方が蔓延していくのを心躍らせながら見つめていた。あとは、スーファにきっかけを与えてやるだけでいい。

ともに、あの精霊を宿す魔の国を、滅ぼさないか、と。

スーファはいぶかしがるだろう。自分たちには精霊を滅ぼすべきであるという神の教えがあるが、そちらがヨダを潰したい理由は何か、と。

馬鹿面を全開にして疑問をぶつけてくるだろうが、そんなものに対する答えなどは腐るほど用意できる。

戦争に理由などいるか。

お前らは、お前らの大義名分が、まともなものだと思っているのか。


セフィストがアウバス国の中枢に入り込むことができたのは、国王の信頼を得た力のある呪術師だったからという理由だけではない。

　フリスタブル二世という専制君主が存在するとはいえ、貴族諸侯らがそれぞれ力を備えている国である。国王の気に入りとはいえ所詮は呪術師、周りを読まずに馬鹿な行動を取れば、一瞬で牢獄行きになってもおかしくなかった。

　セフィストはルカとの逃亡の果てに、千影山からも実家からも追い出されることになった。

　用心棒から娼婦の紐、様々な仕事に就いたが、持って生まれた力動を再び使おうと思ったのは、下山してかなりの時間が経ってからである。

　精霊を祓う呪術師として、ヨダ国内ではなく、近隣諸国、辺境の地、遊牧民の部落などをさまよった。

　何年もひたすら土地から土地へ、情勢を見つめながら多様な文化に触れ続けた生活から、自然と膨大な知識を得た。アウバスの大貴族らがセフィストの言うことにまともに耳を傾けようとしたのは、その見識の高さゆえだった。

「お待ちしておりましたぞ、呪術師殿。伏せっておられたと聞きましたが、大丈夫なのですか」

「今すぐにでもスーファ帝国とともにヨダ国に軍を向ける準備はできているというのに、あなたが弱っておられたら、士気に関わる」

　大貴族らが投げかける言葉は、世辞ではない。

　長い歴史の中で、アウバス国の貴族らは小競り合いを繰り返してきた。

　ここに集う大貴族らは、セフィストが長い時間をかけて少しずつ懐柔し、邪魔な者を排除してきたことで、多大な恩恵を得た者たちである。

　そして戦争という、確実な富を得る機会を得て、喜び勇んでいる。

　だが、彼らも負ける戦などまっぴらごめんだ。

　今アウバスは、長年警戒し合ってきたスーファと初めて手を結ぼうとしている。しかも相手は精霊を宿す国だ。あの秘密主義の国が一体どうなっているのか、どう戦えばいいのか、セフィストがいなければ皆目見当がつかない。

　他国の情勢にも詳しい、博識の呪術師の存在なしに、この戦争に乗ろうなどと思わなかったのだ。人を乗せた以上、しっかりしてくれと言いたいのだろう。

　セフィストは貴族らに優雅な微笑みを見せた。

「申し訳ございませんでした。戦争前に、準備を万端にしようと、少々無理をいたしました。なんの問題もありません」

　セフィストはフリスタブル二世の傍に立った。

「私の術で調べましたが、今ヨダ国の先読は、予知能力を使うことはできません。まして、貴国の先帝が発狂させられたように、魂を捕らえる力も発揮できません。そこはご安心ください」

「それはまことでございますか。人外があの時のように、皇帝の魂を穢(けが)してしまわぬかと、家臣はそれだけを案じております」

　案じているのは、皇帝本人のことではなく、自分たちの身の安全だろうとセフィストは内心毒づいた。スーファの重い腰を上げさせるのに、一番彼らが恐れたのが先読の存在だった。なんせスーファは先帝が、前の先読・ステファネスに宵国へ引きずり込まれて発狂しているのだ。人外の恐ろしさを十分知っている彼らは、先読の攻撃が自分へ降りかかりはしないかと、それを一番恐れたのだ。

「先読は宵国へは行けません」

　鳳泉の神獣師が完全に目覚めぬ限り、先読が宵国へ自在に飛ぶのを禁じるしかないだろう。全てセフィストの計算通りだった。

　だが、自らも深傷(ふかで)を負ったのは誤算だった。

　以前に比べ、力が落ちていることが分かる。

　身体的に、もうもたなくなってきただけではない。

　あの時宵国で、ルカの腕に封印された『先読の腑』の一部。完全な封印には失敗したものの、確実に力の一部がもぎ取られたのが分かる。

　まんまと誘いに乗った自分も馬鹿だったと、セフィストは自嘲(じちょう)した。

　あれだけ分かりやすい罠(わな)が張られていたというのに、何をのこのことルカの前に行こうと思ったのか。

　あの口から、一体何が聞けると思ったのか。

「欲しいのは土地だ。あの土地でしか、光紙(こうし)の原料となるクゴの蟲(むし)は育たないのだから」

　ふと意識を戻すと、貴族らがああだこうだと戦争の取り分の話をしていた。

「スーファは、先帝の仇を討ち、教義を守りたいのだろうが」

「もちろんそれが第一ですが、光紙の安定した確保は重要な課題です。貴国は、クゴの飼育に成功したと聞きましたが」

「まだ劣化品しか作れていない。光紙を必要としているのはお互い様だ。戦後にヨダをどう分割するか、ここは明らかにしておきたいところだ」

　激しい貴族らの主張に、スーファの大使はちらりとセフィストを見たが、セフィストは取り分になど全く興味はない。

　正直、ヨダを潰した後、光紙とクゴの利権のために二つの大国が握っていた手を離し、即座に斬り合いを始めても、一向に構わなかった。

　セフィストが求めているのは、ヨダ国の滅亡のみだった。

　先読を殺し、王の首を刎ね、神獣師らを獄に繋ぎ、操者の目の前で依代らをいたぶり、犯して殺せればどうでもよかった。

　自分が、今まで生きてきた目的は、それだけだったからだ。

　恋人を奪われ、裏切られ、どこまでも堕ちながらも、汚泥の底でもがきながら細い息を必死で繋いでいるのは、あの精霊を宿す国が滅びる様を見るためだった。

　決して自分を包み込むことのなかった、あの巨大な器が、割れて、粉々に砕け散るのを、目に焼きつけるためだった。

　場が熱くなるのを身体の片側で感じながら、セフィストはふと、窓の外に目を向けた。

　やはりそこから見える空は、白かった。

　風が強く砂が舞うヨダの空の方が、なぜ青いのだろう。

　雲はあっという間に形を変え、青の色を流し、また目に鮮やかな青を連れてくる。

　国を出て何年も経つというのに、セフィストの目には、まだヨダ国の青は鮮明に残っていた。

◇◇◇

　夜に、表山に行ってきてもいいかとレイが頼んできた時、キリアスは拒否はできなかった。

「すみません、朝には戻りますから」

「いや、もう俺たちはそこまで強固な結界がなくても、宵国へ飛ぶことはできる。それにまだ俺は、鳳泉の力を完全に引き出すまでには至らなそうだ。必要とする時に声をかけるから」

レイは安堵したように頷いた。ルーファスの身体は完全に回復し、ラグーンの医療精霊のおかげで後遺症も何もなく過ごしているらしいが、逆にラグーンが不自由な身体になったことを気にして、ふさぎ込んでいるらしい。

「御師様は逆に、気を遣われるのがうっとうしいとルーファスを怒っているらしいですけどね。……とにかく今は、ほんのわずかでも傍にいてやりたい。俺と精霊を共有していないから余計に不安でしょう」

キリアスはまじまじとレイを見た。

「なんですか？」

「精霊を共有していたのは、ほんの少しの間だったんだろう。それでも愛おしいか？」

「……そりゃあ」

レイは少々言いにくそうに口ごもったが、きっぱりと言った。

「ルーファスという人間を知った今は、失いたくないと思いますよ。精霊を外して、このまま愛想を尽かされないかと心配しているのは、実は俺の方です」

そのまっすぐな言葉に、キリアスは内心苦笑した。こんないい男、愛想を尽かされるはずがないだろうに。

「誰だってお前の半神になら、喜んでなりたがるだろうさ。俺だって、オルガを奪われたらどうしたらいいかと、お前を恨めしく思った。当時、オルガを拒絶していたのは自分自身だったたってのにな」

「それはあなたが、王子だったからでしょう」

レイはそう言ったが、それも違うとキリアスは思った。王子は王子でも、自分の権威しか見えていない王子だった。自分の欲望だけでオルガを巻き込んで、さんざんな目にあわせてしまった。

今はあの手が、自分を摑んでくれたことを、奇跡のように思う。

レイを表山に通すのを手伝ったあと、寄合所へ戻るべく、夜の森を歩いた。

鳳泉と繫がってからというもの、精霊らの気配を近くに感じるようになった。宵国と繫がりやすいからだろう。強い精霊を宿すと、精霊らは畏れて近づかないが、鳳泉は特に浄化される恐怖があるからだろう、千影山にひっそりと生息する木霊らが、恐怖に固まって息を潜めているのが分かる。

　口うるさいだけで特に害もない無邪気な木霊らが、恐怖に震えているのを感じて、逆にキリアスは申し訳なく思った。これはおそらく、まだまだ自分と宵国との境が曖昧（あいまい）になっているからだろう。

　木霊の恐怖が入ってくる。負の感情とは、こんなにも分かりやすいことを、キリアスは初めて知った。

　精霊らは人間の、恐怖や悪しき感情に吸い寄せられる。

　確かにそれらの感情は、虫が光に集まるように、目印として分かりやすいのだ。

　ルーファスの負の感情に、セフィストがすぐに気がついたのもよく分かる。

　オルガの方に意識を向けると、もう既に眠っているようだった。

　十六歳という年齢のせいか、オルガはまだまだ夜に弱い。ぐっすり眠っている様子に思わずキリアスは微笑みを漏らした。そのまま意識を閉じようとしたが、ふと、別の入口に意識が向くのが分かった。

　しまった、オルガと繋がろうとして、宵国の入口に足を踏み入れてしまった。境界がはっきりしていないので、すぐにこんな状態になる。キリアスはすぐに意識を外に向けようとした。

　だが一瞬、目の前を通り過ぎた負の感情に、意識が向いた。

　なぜそれに心を奪われたのか分からない。その〝負〟は、なぜか胸の奥をざわつかせた。知りたいのに、知りたくない、見たくないのに、見たい、そんな思いがこみ上げる。

　意識を向けているからだろう。その〝負〟は、まだそこにあった。触れれば、それが明らかになる。知らない方がいい、と何かが告げる。

　だが、知るべきだという声も、確かに聞こえた。

　キリアスは、ゆっくりと、自分の目の前に浮遊する、その〝負〟に、触れた。

◇◇◇

男が駆ける。

上衣で顔半分を覆うようにして、夜の、暗い路地を駆けてゆく。

色町の店の裏口付近で、灯りの下にいた一人の男は、駆けてきた男に気がついて弾かれたように顔を上げ、その名を呼んだ。

「セフィストさん！」

呼ばれた男……セフィスト・アジスは、口元を覆っていた上衣を下げた。

「グスカ。来てくれて良かった。誰にも話していないよな？」

「ええ、もちろんです。セフィストさん、相手の方は、ルカさんは無事なんですか」

「宿から絶対に出ないように言ってきた。グスカ、千影山は、もう俺たちが逃げたことを知ったんだろう」


これは、過去だとキリアスはすぐに気がついた。

セフィスト・アジスの過去だ。

なぜセフィスト・アジスの過去がここに浮遊しているのか、キリアスは戸惑った。宵国では確かに過去も未来も現在も、全てが混ざり合うように流れている。

だがそこからいくつかを、これが未来であると拾い上げることができるのは先読だけで、その中から最も可能性の高い未来を選び、表側に出すことができるのはヨダ国王だけだ。

鳳泉の神獣師は、宵国へ入り浄化することは可能だが、未来を選び取る力はない。

過去や現在が傍を流れていることは分かるが、それを手にして見るのは、自分の意思では無理なのだ。

それが今、過去に触れて見ている。これはどういうことかとキリアスは困惑した。

川の流れに漂うような過去・現在・未来の中で、これだけがなぜか異質だった。

おそらくこれは、ルカがセフィストの『先読の腑』の一部を奪い取った際に、こぼれたセフィストの思念なのではないかと、キリアスは思い至った。

『先読の腑』の一部は、ルカの腕に封印されたが、あの時キリアスは浄化を行ったわけではない。

セフィストの、『先読の腑』にこびりついていた執着が、思念として宵国に残されていたのだろう。

それになぜ自分が心惹かれたのか、キリアスには分からなかったが、とにかく一度触れてしまった。

このまま、目の前に映し出されるものを、無視して去るわけにはいかなかった。


酔っ払って娼婦と馬鹿騒ぎする男たちに背を向けて、セフィストはグスカに早口で尋ねた。

「アジスの方には、もう伝わったか」

「早々に。セフィストさん、山の師匠らは、絶対に逃亡者を許さないおつもりですよ。俺を山から下山させるのと同時に、アジス家に対して、あなたを捕まえろと命を下しました」

「……俺の親父に？」

「それと、俺の親父にです」

セフィストの父は、アジス家の当主で近衛団の第二連隊長を務める男である。

父と言っても、生まれてこのかた、ほとんど顔を合わせたことすらない。アジス家長男として生まれた父は、妻を娶り三人の男子をもうけたが、家や子供を顧みることは一切なかった。

精霊師である父親には半神がおり、父にとって家族など家の命令で作ったどうでもいい存在でしかなかった。

代わりにセフィストの父代わりになっていたのが、父の次弟でグスカの父のタレンである。

一つ年下のグスカは、まだ千影山で修行していたが、精霊師にはなれないだろうというところだった。

「……俺のせいで、下山が早まったんだな。すまん、グスカ」

「俺はいいんですよ。山にいたから情報もつかめました。山の師匠らは、裏山からダナルさんを追っ手として向かわせたそうです。今頃は、アジス家の連中と合流しているでしょう」

ダナル。セフィストはその名前を聞いて、身体の芯に火がつくのを感じた。

ルカの半神候補として、裏山で名前が挙がった男が、山を下りた。

俺からルカを奪い去るつもりで来るのだろう。勝ち誇るダナルの顔が脳裏から離れなかった。

あの粗野で、傲慢な、教養の欠片もない野獣のような男が、ルカに指一本でも触れるかと思うだけで気が狂いそうになる。

　光蟲の操者として、あの男が適任なのは分かる。人間的にどうかと思うところがなければ、精神がもたないと言われている光蟲の操者。ダナルのような厚かましさ、下劣さが必須なのだと。

　しかしそんな下衆の相手に、ルカがなぜ選ばれなければならない。なぜルカなら、光蟲の依代として耐えられると思うのか。あれほど知識を求め、常に向上していたいと願う崇高な心の持ち主が、なぜ人に忌み嫌われる神獣師にならなければならない。

　二人揃って、紫道の神獣師になるのが夢だった。

　神獣師になれば、アジス家を継がなくてもいい。精霊師になり、父親と同じ運命を辿るなど、真っ平ごめんだった。

　ルカを半神としても、長男である以上、必ず女と結婚し子供を作れと言われる。逆らえば、おそらく傷つけられるのはルカの方だろう。それを、平気でやる家なのだ。

　自由になるには、精霊師では駄目だ。必ず、神獣師にならなければならない。

ルカの斑紋なら、必ず神獣師として求められるだろう。そして、自分の力動も、精霊師として収まる程度では決してない。

　力動だけなら、絶対にダナルには負けない。

　自分の力を認めさせることができたら、裏山の師匠らも考え方を変えるかもしれない。

　表山の教師らに何度も訴えたが、教師らは、それはできないと言うだけだった。恋人同士は、禁忌なのだ。自分たちが推したところで、師匠らの考えは決して変わらない。何年か先の紫道の神獣師のことなど、師匠らは何も考えていない。今は光蟲のみ。そして、師匠らはその操者にダナルしか考えていない。

　ならば、自分で訴えるしかないとセフィストは決意したのだ。

　時空の歪みがあり、千影山の総責と管理人の目を盗んで勝手に表山から裏山に行くことは不可能である。裏山の師匠らに直談判することはできなかった。

　まずは山からルカを連れて逃げる。

　必ず追っ手は来るだろう。体面を重んじるアジス家は、自ら手を挙げて捜索しようとするだろう。

「頼みがある、グスカ。鳳泉の神獣師のイア様に、どうにか繋いでくれないか。その半神のルファサ様でもいい」

鳳泉の依代・イアは、セフィストとグスカの叔父にあたる。半神以外とは口も利かないという話だったが、山の師匠らに繋がる道は、それしかなかった。

「俺は必ず神獣師になる。紫道が無理だというなら、ダナルと、光蟲を争ってみせる。叔父らとて、イア様の次に鳳泉の依代としてトーヤをと考えているだろうが、神獣師が一人でも多いことに異論はないだろう。叔父や父に、そう伝えてくれ、グスカ」


セフィストが考えていた未来の構想が一変したのは、その翌日のことだった。

突然、安宿にアジス家の私兵が押し寄せてきた時、その物々しい雰囲気に、これは様子が違うとすぐに悟った。

ルカを逃がそうとしたが、安宿は既に兵に囲まれていた。アジス家の人間だけでなく、近衛兵の一部まで入っていることにセフィストは愕然とした。

「セフィスト、抵抗するな！　これ以上アジス家の名を汚すな。依代様をこちらに渡せ！」

近衛団に配属されている、アジス家の縁者の声だった。

嫌、お願い、離さないで。ルカがきつく腕を回してくるが、セフィストはなだめるように耳元に囁いた。

「大丈夫だ、ルカ。俺は必ず、認めさせてみせるから」

腕の中にいたはずのルカの身体が離れたのは、一瞬後のことだった。

ルカの身体が悲鳴とともに宙に浮き、部屋の外に出される。セフィストから離れたルカの身体を、外にいた兵士らがあっという間に捕らえる。

「ルカ！」

すぐさま兵を蹴散らそうとしたセフィストは、身体がいきなり重くなったことにすぐに気がついた。力動だ。しかも強力な。床から足が動かず、身体が次第に地についてゆく。巨大な石をのせられているようだった。

これほどの力動を使える人間は、そうはいない。ルカを奪った力も、同じだろう。

「ダナル……！」

セフィストは己の力動を内に溜め、一気にダナルの力動を振り払おうとした。だがすぐに、アジス家の私兵らが何人も飛びかかってきた。床に押し倒され、顔が、腕が、足が押さえつけられる。そこにダナルの力動がのしかかり、セフィストは力動を使っても男たちを払いのけられなかった。

「セフィスト、セフィスト！」

ルカが泣き叫ぶ声が聞こえる。応じようとしても、もう声を出す力さえ奪われていた。

「馬鹿者が！」

叔父のタレンだった。

「叔父上、グスカに、頼んだはずです。どうか、鳳泉の神獣師のイア様に、目通りを。裏山の師匠らに、俺を光蟲の神獣師として、認めてくれるようにと」

「息子がお前から連絡があったと、すぐに教えに来たから良かったようなものの、もう少しで家が潰されるところだった！　お前は、イア様に我らがそう簡単に接触できるなどと思っているのか。半神のルファサ様は、我らが神殿に近づくことさえ許してくださらないのだ。我が弟といえども、そう簡単に声を届けられる御方ではないわ」

グスカは、頼んではくれなかったのか。呟きは外に出ていたらしく、叔父タレンの罵(ののし)りは続いた。

「こんな真似をして、今更裏山の師匠らが話を聞いて下さるわけがないだろう。お前を捕まえなければ、一族全ての役職と財産を取り上げると命令してきたのだぞ」

「俺は、神獣師になれるんだ。その力がある。証明してみせる！」

「たとえそうでも、山の師匠らはお前をいらんと判断したんだ！　お前の証明などなんの意味もない！　お前の軽率な言動は、もう許されんのだ！」

セフィストは渾身の力で顔を上げた。

目の前にいるタレン叔父を睨み据える。

そして、セフィストの目は、タレンの向こう側にいる人物の姿を捉えた。

そこにいる男が、なぜそんな顔をしているのか、セフィストは一瞬だけ不思議に思った。

ダナルは、困惑と混乱が混ざり合ったような顔をしていた。

自分の為すべきことが、自分のしていることの意味が分からないような、逡巡が顔に浮かんでいた。いつもの不遜で粗暴な態度はどこにもなく、向けられたセフィストの目に明らかに怯んだ。

その情けない顔に、セフィストは唾棄したい思いでいっぱいだった。

こんな男に、ルカを奪われるのか。

どう考えても、自分がこの男に劣っているとは思えない。

なぜ、この男が認められ、俺は認められる機会を与えられなかったのか。

負けはしない。こんな男に、ルカが心を奪われるとはどうしても思えない。

「……ルカは、俺を忘れない」

その言葉を呟いた時、ダナルは初めてまっすぐに視線を向けてきた。

「お前がどう思うと、ルカは、お前の半神にならない。絶対に、俺を忘れない。愛しているのは俺だけだ。光蟲を、共有するがいい。だが絶対に、ルカはお前のものにはならない。永遠に、俺だけを求め続ける。精霊など、共有しなくとも、唯一無二になれるということを、教えてやる」

口から出た言葉は、まるで呪いを紡ぎ出しているようだった。

セフィストはその時、その言葉を信じた。

ルカは、自分を永劫に忘れない。その思いの強さが、呪詛となって相手に向かった。

それを受け止めるダナルの瞳には、怒りも、恐れも、何も浮かんでいなかった。

ただ静かに、呪いの言葉が自分に染み込んでいくのを、受け止めているかのようだった。

◇◇◇

ルカを奪われ、アジス家から放逐されたセフィストは、その足で千影山へ向かった。

ルカは、千影山へ戻されたはずだった。おそらくは問答無用で光蟲を授戒され、ダナルの半神とさせられるだろう。

いや、ルカならばその前に死を選んでしまうかもしれない。

だが、千影山はセフィストの侵入を拒絶した。

精霊を使って襲わせてくるのではない。あらゆる箇所に時空の歪みができていて、山のどのあたりを歩いているのか分からなくなるのだ。精霊師を育むこの神聖な山が、外部からのいかなる侵入者も拒むことができるのは、これが理由だった。千影山の総責が、自分を排除しているからだろうとセフィストはすぐに悟った。追放者は、断固として入れるつもりはないという意思がひしひしと伝わってくる。

だがセフィストも諦めるわけにはいかなかった。力動であらゆる結界を弾き、山の木霊のかすかな気配を目印に、山の上へ、上へと進んだ。

「……諦めんか。小僧」

その恐ろしいほどの〝気〟に、セフィストの肌は粟立った。神獣師。裏山の師匠だ。しかも一人ではない。二人、いや、三人。圧倒的な〝気〟は、表山の精霊師の比ではなかった。姿が見えなくとも、木々の上に立ち、自分を見下ろしているのが分かる。

言葉を発した師匠だけが、目の前の樹の上に立っていた。不安定な枝の上に足をかけていながらもまっすぐに立っている。凄まじい威圧感を放ちながら見据えている。

元・光蟲の操者で、ダナルの師匠であるエンガルドとすぐに分かった。

「八つ裂きにされたいか。このままお前の身体をばらばらにして崖下に落としてやってもいいのだぞ」

「エンガルド様、どうか、話を聞いてください。俺の力を試してください。光蟲の操者として、ダナルに劣っているという理由を教えてください。俺はどうしても、ダナルに負けているとは思えない」

エンガルドは、樹の上でかすかに眉根を寄せた。

「小僧。貴様、自分が何を言っているのか分かっているのか。自分を、試せ、だと？　俺がなぜ、お前の力を量らねばならぬのだ。貴様は、選ばれなかった。それだけのことだ。神獣師を選ぶのは、お前ではない。この国だ」

この国？

セフィストはまじまじと樹の上の男を見た。男の方はセフィストが何を言っているのか、本当に分からないようだった。

「俺はダナルが光蟲の操者としてふさわしい者だと思

った。一度決定した俺の意思は、そのままこの国の意思だ。師が惑えば弟子は道を誤る。ダナルのために作った道を、なぜお前に試させなければならない。力動の差など、どうでも良い。そもそも、ダナルを選ぶ時に、お前の存在など俺の頭になかった。その程度の操者が、何をぬかすか」

屈辱に震えながらも、セフィストは叫んだ。

「俺とルカは将来を誓い合ったんだ。互いに半神となろうと誓った者を、なぜそうも簡単に引き離せる！」

エンガルドは今度こそ呆れたというように顔を歪めた。

「恋人同士とやらか。精霊をわずかでも共有したこともないくせに、二神を持たせるなどとでも言うつもりか？　お前のやったことなど、たかが遊びだ。半神というものが、どんなものかも知らんくせに、俺とまともに口を利こうとするとはな」

エンガルドの〝気〟が殺気に変わる。セフィストは身構えたが、他の木々の間に隠れている師匠の一人が、静かに言った。

「やめろ、エンガルド。殺すまでもない。……小僧。このまま去れ。お前の願いは叶わぬ。光蟲の操者はダナルであり、その依代はルカだ。二人はこれから、困難な道を歩もうな。だが、それが半神という存在だ。……もうお前は知ることのない世界だ。このまま、全て忘れて、只人として生きろ。それがお前の幸せだ」

「ルカは、俺を忘れない」

セフィストは声の方を睨みながら言った。

「国がなんだ。人の尊厳を踏みにじり、何が国の意思だ。貴様らにとっては、只人の声など、雑音の一つにしか聞こえないんだろう。だがその声は叫んでいる。ルカの、泣き叫ぶ声が、俺には聞こえる。あれが、遊びだと、無意味なものだと言うならば、お前ら神獣師など、俺にとっては人ですらない。畜生と同じだ！」

エンガルドは、その時初めてセフィストに対し、目に入れるまでもないとでも言いたげだった視線を改めた。

代わりにそこに宿ったものは、この国を、この世界を見据えてきた人間の、強烈な意思の力だった。

「貴様の迷い言など、ここにいる者の心には少しも伝わらん。ルカの泣き叫ぶ声を、生涯その耳に聞き続けるがいい。お前がそれを、忘れないでいることができたら、もしかしたらお前は、半神というものを知ることができるかもしれない。だが、お前はそれを必ず忘れる。必ずだ。忘れないでやれば、ルカも少しは救われるだろうに、お前は絶対に、それを忘れるだろう」

呪詛のような言葉を最後に、エンガルドたちは姿を消した。

それから何度か、セフィストは千影山に入ったが、ただの一度も人の姿を見ることはなかった。

セフィストは、繁華街の一つである姜街の色宿の一室で目を覚ました。

既に陽は高く、部屋の女は湯場に出かけた様子だった。午後からの客の入りに備えて、身体を磨きに行ったのだろう。

薄布で覆っただけの窓からは、目に痛いほどの日差しが入り込んでいる。昼も夜もない生活を続けると、季節の移ろいなど、過ぎ去った頃にしか気がつかない。

夏の陽光をぼんやりと受けていたセフィストは人の気配を感じたが、構わず寝台の上で葉煙草を口にくわえた。

千影山からも実家のアジス家からも放逐されて、四年が経とうとしていた。

「いい仕事しているか？」

色町の管理を行っている橋渡場に所属する、紐と呼ばれる男を店に流すのを主な仕事にしている男だった。

「お前は用心棒なんかより、女らをたらし込むほうが向いていると思ったよ。店主の言うことをちっとも聞かないあの高慢な娼妓が、お前みたいな一見育ちの良さげな優男に嬲られれば、芯まで蕩けるだろうという読みが当たった」

アジス家を出てからセフィストは、すぐに繁華街の用心棒となった。

入り込んだ色町で、小競り合いに巻き込まれ、一瞬で相手をのしたのを見た橋渡場の男に、用心棒になることを勧められたのだ。

まともに働くことは、名家育ちのセフィストには無理だった。十四歳から千影山で修行に明け暮れ、学校も卒業していない十七歳が、人に頭を下げてこつこつと地道に人生を積み上げていく道を選べるわけがなかった。

それにまだ、セフィストは諦めていなかった。

自分の秘められた力動は、ヨダの一国民として生を終えるような、小さなものではない。

色町でセフィストは、裏社会にあふれる、表社会への不満の声を聞いた。

ヨダ国は、精霊を宿し、それを操る人間が人の上に立つ社会を築いている。力のない者がこの国でのし上がる道はなかった。

そんな社会に対する怨嗟の声や燻りが、裏社会にはあふれていた。

セフィストはそれらを一つ一つ拾い、様々な人間の動きを見つめ、繁華街で生活する人間の中に、うまく存在を隠して溶け込んでいる者たちの存在を知った。

他国の、間者らである。

それらの動きを注意深く見ることで、セフィストはこの国が抱える問題、他国との関係、他国が、一体ヨダ国をどう見ているのかを学んでいった。

俺がヨダに、力を及ぼす存在になれるとしたら、ここからかもしれない。

そんな漠然とした考えを、セフィストは抱いた。

色町に出入りする警備団の兵士らや、商人の話からは、王宮内部の話がたまに断片的に流れてきた。

「新しく神獣師様が内府に入られたらしいね」

「光蟲だそうだから、不正を行っていた役人らは震え上がっているらしいよ。さんざん水増ししやがったからな。いい気味だ」

「こうき？　なんだ、それ」

神獣がどんなものかすら、分からない者がヨダ国民にも多かった。

光蟲が、内府として王宮に入った。

それは、ルカが、ダナルと共鳴し、正戒を受けたことを意味していた。

やはり身も心も、ダナルに奪われてしまったのだろうかと、セフィストは耳を塞ぎたい思いに駆られた。

だが、ルカのほんのわずかな情報でも欲する心も止められなかった。

ルカは、ダナルを愛してはいまい。

ルカのことだ。きっと、俺を想い続けているに決まっている。

王宮の片隅で、人に忌み嫌われる神獣を宿しながらも、ずっと俺に会うことを願っているだろう。

俺は絶対に、ルカをあいつらから奪わなければならない。

「そう言えばセフィスト、お前、今の女の前に世話になっていた踊り子がいただろう。お前に捨てられて河岸を変えたが、また姜街に戻って、お前を探していると聞いたぞ」

セフィストは黙った。ここまで知っているということは、探す理由も分かっているだろう。

「女を孕ませるのは、三流の紐がやるこったぞ。避妊の方法は教えてやっただろう」

「紐時代の相手じゃなかったからな。俺の子かどうかなんて分かったもんじゃない」

「違いねえな。娼妓相手に貞操どうたら語るのも馬鹿らしい。だが、見切りを付けさせるのが男ってもんだぞ」

「子供なんて知らんから好きにしろとは言った。ついでに俺の実家も教えてやったけどな。金をせがみに行ったら最後、腹の子もろとも殺されるかもしれないが」

斑紋が大きかったら、その子供は間違いなく生贄として地下牢に幽閉されるだろう。

力動が大きければ、様子を見ようと判断されるかもしれないが、どちらにせよ、娼妓が産んだ子供がアジスに煮て喰われようが焼いて喰われようが、知ったことではない。

そんな子供、これからの自分の人生をかすめもしないだろう。

自分がしなければならないのは、国の中枢に手が届く人物になることであり、ルカをこの手に取り戻すことだった。

それ以外は全て、どうでもいいことだった。

セフィストはちらりと男の横顔を見た。

この男は、ばれていないと思っているが、他国の間者である。

セフィストは、あえて他国の間者らと付き合うようにしていた。

この閉鎖的な小国が、最も神経質になっているのが、外交である。

国の中枢に揺さぶりをかけられるとしたら、他国からの影響力だろう。

他国との繋がりをどうやって手にすればいいか。セフィストは色町にひそみ、接客に疲れた女の身体を慰めながら、毎晩考えていた。

繁華街に身を潜めていた間者らが、いっせいに摘発されたのは、それから半年後のことだった。

橋渡場に警備団の兵士がいきなり入り込み、目を付けていた男たちを次から次へと捕らえていった。

「麗街と姜街、暁街まで蜂の巣を突いたような騒ぎになっているって話だ。ほんの少しでも妙な動きをしていた奴は、片っ端からしょっ引かれている。スーファからの間者らしき連中が、このところ増えてきたのを、お上も知っていたんだろうな」

元は兵士崩れだという同じ紐仲間が、セフィストに教えに来た。

「中にはお前と親しかった奴もいる。姿をくらました方がいいかもしれないぞ」

セフィストは女の装飾品をいくつか摑むと、身一つで外へ飛び出した。

こんな程度のことで、お尋ね者の列に名を連ねるほど馬鹿なことはなかった。

今、捕まってしまったら、自分は奴らにとって害虫にも劣る存在でしかない。

真冬の切りつけるような風に、頰がすぐにぴりぴりと痛んだ。セフィストは上衣で顔を半分覆っていたが、あまりの風に力動で身体の周りを覆った。寒さが消え、薄い膜が張られたように、風も気にならなくなる。

「……表で三年しか修行しなかったにしては、それなりに力動を使いこなしているようだな」

全く気配が感じられないところからの声に、セフィストの身体は緊張のあまりびりびりと震えた。

以前、これとは対峙したことがある。

神獣師の、気配だ。

全くの無のようであり、それでいて、凄まじい力を秘めている、小さな穴の中で息を潜めているような、気配。

そこから一体何が飛び出すのか、分からない威圧感。

そしてこれは、千影山で対峙した師匠らのような、ただの人間の気配ではない。

紛れもなく、精霊を、神獣を宿した、気だ。

「あっら〜、いい男ぉ。好み〜ぃ。ねえお兄さん、俺とどお？」

　現れた男は、その辺の市民の格好をしていた。

　羽織っている上衣も流行(はや)りのもので、髪の結(ゆ)い方もこだわりを見せていた。三十代にようやく手が届いたというところか。どこかの小金持ちのどら息子といった風貌で、いかにも遊び慣れた様子だった。おそらくこれが、この男の素の姿なのだろうとセフィストは思った。だが素をさらけ出しても、警備団長であり、諜報機関『第五』を統(す)べる神獣〝百花(ひゃっか)〟の依代であることなど、誰も気がつかないに違いない。

　その依代……ラグーンは、セフィストを上から下までじっくりと眺め、口を歪めた。

「なるほどね。こういう男か。確かに、ダナルとは真逆だわな」

「やめろ、ラグーン」

　セフィストは、全く気配を感じさせない〝操者〟に意識を向けた。声がした方に意識を向けると、その男が隠している気配にようやく気がついた。

　やはり、依代同様、凄まじいほどの〝気〟だった。

　これが精霊を、神獣を宿すということなのかと、セフィストは自分が蛇に睨まれた蛙(かえる)のようになっていることに、いやでも気づかされた。

　精霊の前に、丸腰の人間が立つことの、愚かさ。

　力動があったとしても、なんの武器にもならないことを、セフィストは思い知った。

「は～あ、全くこういう男は、後ろから突き飛ばしてガンガン犯してやりてえぜ。お前と一緒に来なきゃ良かったよ、ジュド。ぶちのめしてぶち込んで、もう二度と女喜ばすことなんてさせなくしてやったのによ」

「俺も一緒に来て良かったよ」

　ため息とともに操者の方が姿を現す。一言も声を出せずにいるセフィストに、ラグーンは侮蔑の眼差(まなざ)しを隠さなかった。

「おい、アジスのボンボン野郎。テメーのその腐った自尊心なんざ、俺が一発ぶち込んで、ぼろぼろに破壊してやった方が、少しはマシになるとは思うがな。今回の摘発には、お前は絡んでいないって裏付けは取れている。さっさと消えな。もう二度と、他国の間者らとつるもうなんて考えんじゃねえぞ」

　自分の行動の意図が、読まれていることにセフィストは内心驚きを隠せなかった。

　自分の行動は、一挙一動見張られていたのか？

だが、ラグーンはそんなセフィストの心を読んだように、吐き捨てるように言った。

「テメーみたいな、自意識だけは高い奴の考えていることなんて、手に取るように分かるんだよ。テメーなんざ、参考人として呼ぶまでもない」

もう用はない、と判断したのか、ジュドがラグーンを促す。

「行くぞ、ラグーン」

ラグーンはしばしセフィストを見ていたが、呆れたようにため息をついた。

「……お前のような奴の自尊心に付き合わされたルカが気の毒だ。なぜ、認められようとした。なぜ、ルカ一人だけを求めなかった。ルカは何も欲しなかっただろうに」

「……俺は！」

セフィストは、打ちのめされそうになる自我を必死に保ちながら叫んだ。

「ルカを……ルカを、完全に、あいつらから、守ってやりたかったんだ」

アジス家の人間に認めさせるには、確実に力を手にするしかなかった。アジスの手から、ルカを完全に守るには。

ラグーンは、侮蔑も嘲(あざけ)りの色もその目に映していなかった。ただ、静かにセフィストを見つめて、言った。

「では、お前のその意思が、この国の意思に負けたということだろう」

神獣の気配が、静かに退いてゆく。

必死に縋りついてきたものが、壊されそうになる。

お前など、その程度の人間なのだという声が、何度も何度も心に杭(くい)を打つ。

認めたくなかった。

自分というものの、価値のなさを。

圧倒的なものが、それを破壊しようとしてくる。必死にセフィストは自分の心を守った。

ルカ。

離ればなれになった恋人の名を、必死で叫んだ。

救いは、ルカだけだった。ルカは、ルカだけは、俺をまだ求めてくれている。きっと、きっとまだ俺を待っている。

己の叫びにかき消されて、かつて耳にしたルカの泣き声が遠いものになっていることに、セフィストは気がつかなかった。

セフィストが呪術師としての道を歩み始めたのは、姜街での摘発の直後だった。

百花の神獣師と相対したことで、セフィストは精霊を宿し、それを操る者に対しては、精霊でしか戦えないことを悟った。

精霊の力の前には、いかに軍事力が優れていようと、できることは限られている。スーファ帝国やアウバス国が、ヨダとは比べものにならないほどの軍事力を誇りながら、光紙という他では得がたい産物を所有するヨダ国になぜ兵を向けられずにいるか、セフィストは身をもって知った。彼らは、知っているのだ。人外の存在の恐ろしさを。得体の知れないものに手を出す危険を。

裏を返せば、危険で恐怖の対象であるがゆえに、潰したくてたまらぬ相手には違いない。精霊に対抗できるだけの力を、手に入れなければならない。十七歳までに千影山で得られた知識などはたかが知れていた。セフィストは、精霊を独自に操る方法を模索するために呪術師となった。

百花の神獣師の話しぶりからすると、まだルカは、自分を忘れていない。おそらく神獣師として、ダナルの半神になっていても、まだそこから逃れようとしているに違いない。諜報機関『第五』は、それとなく自分のことを見張っているかもしれない。

ヨダから、いったん身を隠す必要がある。

セフィストは粗末な上衣に身を包み、辺境の地へ向かった。

力動により精霊を祓（はら）うことは、セフィストには簡単なことだった。精霊に取り憑かれた人々を助けることで報酬を得、時に困難な目に遭い、試行錯誤しながら術を開発していった。

本では得られぬ知識を、セフィストは実験を繰り返すようにして試しながら会得していった。

ヨダ国から離れると、遊牧民族らが多方に散らばっている。

彼らは、ヨダ国と遠い先祖が同じと言われており、独自に精霊を祓う方法を編み出していた。

精霊を排除する方法、取り込む方法、それらは国により、民族により、多様化していたが、セフィストが目にした限りでは、あくまで精霊を恐れるがゆえに排除するための行為であり、ヨダ国のように、精霊の力を利用して武力として用いている民族は一つも存在しなかった。

もともとは学ぶことが嫌いではなかった男である。セフィストは諸国のありとあらゆる精霊に関する知識を貪るように吸収した。

時にそれは、ヨダ国では禁忌とされる方法を目の当たりにすることによって得た知識だった。

その中でセフィストが目を付けたのは、〝宵喚び〟の方法だった。

ヨダでは宵国へ引っ張られないための〝宵返し〟は知られているが、死の国の扉を自ら開ける〝宵喚び〟は、禁忌と言われ用いられていなかった。

だが、砂漠の遊牧民族の中では、大きな決断を迫られた時、精霊に判断を委ねるための儀式として用いられることがあった。彼らは精霊を祓う言霊を持っていても、精霊を使役する方法は知らない。全ての精霊は宵国と繋がっている。彼らは必要に応じて宵国への扉を開き、そこを通じて精霊を喚ぶしかなかったのだ。

当然危険な術であり、精霊の容れ物となった人々が命を落とすのをセフィストは目にした。中には、セフィストが驚くほどの斑紋の大きさゆえに生き残った者もいたが、大抵は宵国に引きずられてそのまま絶命した。だが、術者が死の国の扉を開けても生き残り、精霊を宿す方法はあった。それが、正名を術で縛る方法だった。

正名を縛れば、器を持たない自分でも、この身に封印という形ではあるが、精霊を宿すことができる。だが、正名を縛ってしまえば、死後に浄化できなくなる。

この時のセフィストはまだ、永遠に浄化できずに宵国で悪霊としてさまよい続ける道を、選ぶことをためらっていた。

その道を選んでしまったら、もう二度と人として生きられない気がしたのだ。

大国から部族の村まで、様々な土地を巡ってきたセフィストは、姜街を出てから七年後に、再びヨダ国へ入った。

ヨダは、ヨゼフス王が譲位し、カディアス王が即位していた。

「先読様は、もう長いこと予知してないらしい」

「なぜ」

「狂ってしまっているらしい。生き神様を生かすために、王宮の精霊師らは色々やっているらしいが、神殿で、一体何人の神官が死んだと思う。俺の弟を含めて」

酒場で知り合った男は、弟が神官をしていたという話だった。

「俺の弟はもともと斑紋が大きくて、精霊師になれそうだったが、本格的な修行をする前に下山したんだ。精霊と、合わなかったらしい」

単純に器が小さかったということだ。裏山に入る前に下山させられたということだろう。

「だが、器が大きいし、それなりに修行したから、神官になるように言われたんだ」

「希望しなかったのに？」

「希望してない。あんな狂った先読に仕えると分かっていたら、あいつだって断った。だが、気が狂った先読の世話なんて皆したくなくて、神官のなり手がいないんだそうだ」

セフィストは知り合いの他国の間者に目配せをしながら話を促した。

「なあ、あんたの弟は、神官といっても先読様と接触できていたわけではないんだろう？」

「ああ。下位だったからな」

「下位」

「ご尊顔も拝めない。先読様に近づけるのは上位の神官だけで、あいつはその上位神官の身の回りの世話をしていたんだ。それで、先読が狂っていること、精霊師も手が付けられないって知ったんだ。あ、違うな。神獣師だった。どうも、神獣師の一人に先読様が懸想していて、もう一人の神獣師を神殿に近づけさせないとかなんとか」

酔っ払って話す男の赤い顔を見つめながら、セフィストは先読が予知を行えるのかどうか、本当に狂っているのか、話の核心をどう探っていくべきか悩んだ。

隣に座っているのは、スーファ帝国の間者である。スーファ帝国は今、ヨダの先読の状態を調べている。先読の力を量って、何をするつもりなのか。なんにせよ、セフィストはそれを利用しようとしていた。

「戒厳令だ！」

夜だというのに、検番が鐘をガンガンと鳴らす音が鳴り響いた。

セフィストと間者は、様子を知ろうと立ち上がった。

彼らだけでなく、周囲の酔っ払った連中も、一気に酔いが醒めたように椅子を倒して出口に向かう。

戒厳令とは、国王ではなく神獣師が直接軍や行政に指令を出すもので、戦時下のような危うい状態でなければ発令されない。

だが、これが出されると、町という町の門が閉ざされ、外へ出られなくなってしまうのだ。色町で数日過ごすわけにいかない連中は、慌てて走って逃げ出す。

セフィストが今いる暁街は、最も王宮に近い繁華街だ。人を押しのけ、セフィストは鐘を打ち鳴らす検番へと走った。

「見ろ！」

その声に顔を上げると、夕日が落ちてかなり時間が経った空に、再び赤い光が浮かんでいた。

だがそれは、目が慣れると、決して光から生み出される色ではないことが分かった。

まるで、血潮が飛んでいるかのようだった。

「お……王宮の、奥だ。神殿で、血が、流れている」

誰かの呟きが、横を通り過ぎた。

黒い雲が渦を巻き、血潮を吸い上げる。

そのあまりの禍々しさに、セフィストは、人外が、この青き国の空を黒々と覆い、自らの血をまき散らしているように感じた。

これが、先読か。

それともこれが、この国最高位の神獣と言われる、鳳泉の力か。

初めて目にした、先読と神獣の存在に、セフィストは鐘の音を忘れた。

あまりに圧倒的なその力の前に、己の存在の小ささを、自覚することもできなかった。


セフィストが次に神獣を目にしたのは、先読交代の宣下が王宮から出され、王都が祝福に包まれた時だった。

数日前には暗黒の闇に包まれていた空は打って変わって青一色となり、その空に、神獣・光蟲が金砂を降らした。

「新たな先読様がお立ちになった！」

「これでまた予知が下される！」

「新王万歳！」

「先読様、万歳！　神獣師様、万歳！」

行き交う人々は金色の光に触れようと青と金の空に手を伸ばし、王家を讃え、喜びの声をあげた。

「なんて美しい神獣だ。生きているうちに、こんな恩恵にあずかれるとは思わなかった」

「これが光蟲というのか」

「この神獣師は、内府様だろう。素晴らしいねえ。こんなに美しい精霊を宿される方は、どんな御方だろう」

人は皆、微笑みを浮かべ、その美しい神獣を夢心地で見つめた。

その中で一人、セフィストは、空に流れる金砂を、別の瞳で見つめていた。

己のもとに降り注いでくる金の光を、決して手にすることはできない。

俺は、その光を、手に入れることはできないのだ。永遠に。

これを宿している人間は、これを操る人間に、何もかも委ねているのだろう。

身体も、心も、感情も、生も、未来も。

俺のものだったはずのそれは、もうどこにもないのだろう。

全て。ルカの何もかもが、ダナルのものになった。

もう俺が欲しいものは、この国から取り戻したい者は、どこにもいないのだ。

青き空、空に輝く黄金の光、人々に降り注いでいる祝福は、セフィストにとっては絶望でしかなかった。

人々の心に沸く国への忠誠と誇りは、セフィストにとって憎悪でしかなかった。

小さな、愚かな、自尊心。

そうだろう。

誰に言われなくとも、自分が一番よく分かっている。

だが他に、方法があったか。

ルカを助けたかった。生かしたかった。アジスの追っ手から、なんとしても逃がしたかった。

単純にお前が弱かったからだと、お前らは言うのだろう。

力がなかったからだろうと。

そうだろう。

そんなことは、自分が一番よく知っている。

強くなれる方法があるのなら、一番知りたかったのは俺だ。

なぜ俺は選ばれなかったのか。

俺には何が足りなかったのか。

国が、お前を選ばなかったのだとあいつらは言った。

国に負けたのだろうと、あいつらは言った。

ならば、なんとしても勝ってみせよう。

たとえ何を犠牲にしても、お前らの国の意思を、俺がねじ曲げてみせる。

ありとあらゆる術を身につけてみせる。この身を削っても、何を犠牲にしようと、何を苦しめようと知ったことではない。

お前らが、こんな小さな人間の声など、聞こえないというのなら、それをお前らの守る民の悲鳴と絶望の声に変えてやろう。

それならば、王宮の奥に、山の中に籠もって、人の運命まで自在に動かしている貴様らにも届くだろう。

そうして、思い知るがいい。

貴様らの指先から弾かれた人間、お前らが踏みにじった人間が一体何をもたらすのか、愚かな後悔とともに、身をもって知るがいい。

8

男の怨念が視界いっぱいに広がった後、それは静かな風によって流されていった。

一人の人間が抱いた、自我が崩壊するほどの憎悪は、音もなく、なんの余韻も残さず、闇に溶けた。

ただ、確実にその恨みが、ヨダに牙となって向けられている事実のみを残して。

セフィストの思念が去った後、キリアスが佇んでいる場所は、宵国ではなく千影山だった。

寒空の下、月光のみが己の足元を照らしていた。木々のざわめきが、光を揺らす。無情なほどに速い雲の流れが、光を翳(かげ)らせる。


あれは、俺だ。


なぜ、セフィストの思念に触れたくなったのか、なぜ、見なければならないと思ったのか、ようやくキリアスは理解した。

あれは、あの過去は、もしかしたら自分が辿っていたかもしれない未来だ。

あの愚かさは、あの後悔は、あの恨みは、あの絶望は、そしてあの現在は、自分が歩んでいたかもしれない人生だ。

王になれる、王になるのだと思っていた。

ラルフネスが自分を選ばないはずはない。誰よりも自分は王にふさわしいのだから。虚弱な弟が、王に選ばれるはずがない。嫡子として誕生した俺が王にならずして、誰がなるというのか。

そんな傲慢で、自分しか見えていなかった世界は、ある日突然崩壊した。

先読が選んだのは弟で、そのことは、一体誰が何をどうしようと変えようがないものだった。

この国が選んだのは、お前ではない。

その事実を、受け入れられなかった。

今思えば、王である父も、内府であるユセフスも、よく即座に王位継承権を剝奪し、千影山に放り投げなかったものだ。キリアスは二人がどれほど自分を大事にしてくれたか、後になって知った。

ラルフネスがセディアスを次代の王に指名したのは、キリアスが十四歳の時だった。その場で廃嫡が決定しなかったのは、単純に父王が親馬鹿だったからにすぎない。

そんな父王の愛情に甘えて、さんざん好き勝手をして、自分はこの国の王になるのだと、成人するまでわめき散らしていた大馬鹿を、ついにユセフスが千影山に放り込んだのは無理もない話だった。

千影山に入ってからもさんざんだった。ユセフスを恨み、王になれぬなら神獣師になる、精霊師程度であいつらにこき使われてなるものか、この国を牛耳る立場になってやると思っていた。

勝手に自分の実力でなれば、問題なかろう。だが、キリアスはオルガを巻き込んで、その地位を得ようとした。

あの事態に、よく自分は山の師匠連中に殺されなかったものだと思う。

おそらく師匠らは、カザンとステファネスの子が入山した瞬間を、息を詰めて見守っていただろう。

あの子供が生まれるまでの、怒りと絶望と混乱と恐怖と哀しみを、千影山を跳ね回るオルガを見て、思い出しただろう。

そして誰一人、十四歳の少年に、悪い感情など抱かなかったに違いない。

生きていてくれて良かった。

どれほどの犠牲の上に生まれてきたとしても、両親の愛をいっぱいに受けて、無事に健やかに育って良かったと、皆が皆、そう思ったに違いない。

斑紋の大きさはどうあれ、ここから自分を知り、この国を知り、一国民として自分の幸せを築いていってほしいと、誰もが思ったに違いないのだ。

だがそれは、自分一人の、身勝手な思惑によって壊されたのだ。

勝手に青雷を授戒した時の、ガイの、ダナルの、ルカの、ジュドの、ラグーンの、セツの、そしてゼドの衝撃は、いかほどだっただろう。

たった一人の、自尊心を満たすための、傲慢で、愚かな心が、彼らが必死で紡いできた道に、汚物をまき散らしたのだ。


これが、この国の意思だ。

以前、ガイがそう言っていたことがある。


オルガの半神としてお前が選ばれたことが、この国の意思なのだろう、と。

決して、お前が選び取った道だとは思うな。

その意味が、長いことキリアスには分からなかった。

自分でオルガを勝手に半神にし、勝手に神獣を授戒しようとした。

そのくせ、青雷ではなく、鳳泉の神獣師となれ、オルガを半神とすることは許さないと父王に命じられ、一度はそれを受け入れたのだ。

愛する者を傷つけたくないと思う心は本当だった。たとえ、それがオルガの望むところではなかったとしても、命令に逆らってオルガが獄に繋がれたり、命の危険に晒されることは避けたかったのだ。

だが、一連の自分の行動は、果たしてセフィストと何が違うのだろうと思う。自分の気持ちしか見えていなかった。

あの瞬間まで、キリアスは、セフィストと、何も変わりがなかった。

正名を渡せ。魔獣にそう言われるまで。

自分がしたことは、この国の王子として、してはならないことだった。

先祖と子孫に繋がる正名を、そして神獣を敵の手に渡す。

この国の全てを渡してしまうのと同じ行為だった。

だが、キリアスはあの一瞬、何もかも消え失せたのを感じたのだ。

王子としての誇りも。兄としての責任も。己の自尊心も。戦っている者たちも。この国の未来も。

魔獣の手の中で泣いているオルガを救いたい。

それだけだった。

あの行動が、正しかったか、正しくなかったかなど分からない。

ただ一つ分かっているのは、あの無の中の、たった一つを選び取ることがなかったら、今はないということだ。

キリアスはセフィストに問いたかった。

長くルカを想う中で、葛藤と苦しみの中で、あの一瞬の無が存在することが、ただの一度もなかったか。

もしかしたら、あったかもしれない。そして、その無の中で、選んだものが愛する者でなかったとしたら、その瞬間、お前は国の意思に負けたのだ。

こんなちっぽけで、愚かな人間が、選び取れるものなど、たかが知れているのだ。

幾千年もの時の流れの中で、その凄まじい濁流の中で、人間が渾身の力でもってこの手に掴むことができるのは、全身全霊をかけて、真に欲する一つだけだろう。

それを手にした人間にだけ、国の意思は宿るのだろう。

◇◇◇

オルガは規則正しい寝息を立てていたが、キリアスがそっと身体を添わせると、すぐに反応した。

「すまん。起こしたな」

「ううん。いい」

自分から腕の中に収まりに来る。ぴたりと身体を密着させて頬を擦りつけるその様子は、宵国で見た、小鳥の姿を思い出させた。

「……愛してるよ、オルガ」

「うん」

呟きに、素直な返しが来る。愛おしさに、キリアスは思わず甘えてくる身体をきつく抱きしめた。

「宵国、飛んだ？　キリアス様」

胸元でオルガの小さな声がした。身体を離し、その顔を覗き込むと、眠そうだった目はぴたりと焦点を合わせてきた。

「お前も、見たのか？」

「ううん。何も。ただ、キリアス様の心が、不安定になったのを感じただけ。何を見たの？」

キリアスは正直に告げた。

「セフィストの、思念を見たんだよ。過去の話を」

オルガは黙って見つめてくるだけだった。その静かな瞳を見ながら、キリアスは自分の心情を吐露した。

「自分と、重なる部分が数多くあった。昔の俺の身勝手さを、思い知ったよ」

「皆、そうだよ」

オルガは暗闇の中で、瞳を揺らめかせながら言った。

「俺だって、青雷を宿している時、キリアス様を憎んで、魔獣化しそうになったことがある」

キリアスは絶句した。

魔獣化。初めて聞いた話だった。一体、どんな状態で、そんなことになったのか。腕の中にいる半神の、思いがけない過去に、心が震える。

「……ルーファスのように、外側から力を加えられての魔獣化じゃない。俺自身がそうなったんだ。ねえ、キリアス様、人は、弱いよね。俺はあの時、つくづく分かった。生まれながらに強い人間なんて、一人もいない。誰だって弱い。魔獣となるか、人として保てるか、その差はほんのわずかだ。本当に、紙一重だ。誰だって、そんな危険を孕んでいる」

オルガの瞳が離れ、天井に向けられる。揺れる瞳は、はるか遠くを見つめるそれに変わった。

「けどあの一瞬の魔獣化があったからこそ、俺は、キリアス様を本当に愛することができたんだと思う。人を愛したら、魔になることがあるんだと知ったからこそ、俺は、王様から本当の両親の話を聞いても、正気を保っていられたんだと思う。そして、だから、キリアス様を選ぶことができたんだと思う」

だからこそ俺は、鳳泉に、精霊に、この国に、選ばれることができたのだろう。

オルガの言葉を、キリアスは抱きしめるように受け止めた。

そして、今まで自分が見てこなかったものに、視線を合わせた。

可愛くて、愛おしくて、ずっとずっとこの手の中に包んでいたいと思っていたもの。

小鳥の姿のまま、大事に手の中で守っていけたらいいと思っていたもの。

それは、既に、自分の手をとうに離れて、大きな、美しい翼を広げることが可能だったのだ。

それを自在に羽ばたかせることが、操者である、自分の役目だった。

「……オルガ。今まで、話していなかったが、『時飛ばし』を行って、生きながらえることができた鳳泉の操者は、一人もいない」

遠くを見つめていたオルガの視線が戻される。

だが、それは、予想していた通り、静かなままだった。

「死ぬつもりはない。だが、覚悟してくれ。俺は、俺の持てる全力を出す。結果、どうなったとしても、受け入れてくれ。万が一俺が死んだとしても、絶対に、後を追うな。……どうか、守り続けてくれ。この国を。鳳泉の、神獣師を続けてほしい」

オルガはゆっくりと身体を起こした。

揺れる瞳からこぼれ落ちるものを、わずかな月光が照らす。

言葉を紡ぐ唇が、ゆっくりと開いた。

「先読様と王子様は、必ず、俺が守るから」

あまりに美しい微笑みを、キリアスはただ、見つめた。

そして、わずかに開いた唇に、吸い寄せられるように顔を近づけた。

開いた場所は、全ての操者が恋い焦がれる、依代の間口そのものだった。

その中の、たった一人しか見ることができない唯一無二の世界に、キリアスは静かに入った。

9

ゼドの目の前にあるのは、「魔の山」と言われる山脈だった。

ヨダ国よりも北に位置するスーファ帝国のさらに北に、スーファ帝国に長年抵抗し続けている北方民族がいる。

北に住む彼らの文明はスーファに到底及ばないが、その戦闘能力の高さから、侮れない存在となっていた。

「スーファと彼らが敵対している理由は、彼らが住む地の森林資源だ」

案内役であるスーファの神職者・ライアルが山並みを見つめながら言った。彼は精霊を魔とし、斑紋のある子供たちを迫害する新教義に反対し、地下活動をしている。子供たちをヨダ国へ亡命させることと引き換えに、ゼドに協力していた。

「スーファの西側は、無茶な伐採の影響で樹が生えなくなった土地があり、材木の値段が跳ね上がった。北には、まだまだ森が広がっている。北方に領土を与えられた大貴族は、目の上のたんこぶの北方民族を服従させて、思う存分材木を手に入れたくて仕方ないのさ」

北方民族の土地とスーファ帝国の境界には、大貴族の要塞がある。その要塞を通り、彼らのところに行くのは不可能だった。そこでライアルが提案したのが、魔の山を越える方法である。

「俺は神に仕える前、北方民族とも戦ったが、魔の山を越えたことはない。あそこは、死の世界だ。通年雪山だが今は冬、動物一匹いないぞ」

それでも行くか、とライアルの目が問う。

スーファと敵対する国同士、北方民族とヨダ国で同盟を結ぶ。

そして、スーファとアウバスの連合軍がヨダ国に侵攻する時に、北から揺さぶりをかけてほしいと北方民族に依頼するのが、ゼドに任された仕事だった。

北方民族がそれを受けてくれるかどうかは分からない。魔の山を越え辿り着いても、すぐに殺されるかもしれない。

それでも、スーファ帝国の勢いを止める方法は、これ以外に考えられなかった。アウバスとスーファがヨダ国に侵攻するのは、もはや止められない。鳳泉で、国を消す。信じがたいことが起こったことに動揺するスーファにもっと混乱を与え、ヨダ国から目を逸らさせたい。

『時飛(ときと)ばし』はずっと続けていられるわけではない。早めに戦争を終わらせるには、国を消すだけでは足りない。なんらかの打撃を与えねば、彼らは諦めるまい。

「あんたこそ、大丈夫なのか。俺は精霊師だから体温の調整も可能だが、ただの人間に雪山越えは辛いだろう」

ゼドの言葉を、ライアルは鼻で嗤(わら)った。

「今さら何を。斑紋付きの子供らをヨダに逃がす条件として、山越えに協力しろと言ってきたのは誰だ」

「山越えしか方法がないと言うなら、付き合ってもらわんとなあ」

ゼドは軽い口調でそう言いながらも、白い山脈を睨(にら)み据えた。

必ず、北方民族と手を結び、大国の足を止めてやる。

(……待ってろよ、セツ)

半神(はんしん)の名を心の中で呟(つぶや)き、ゼドは案内役とともに魔の山へ向かった。

◇◇◇

セツがいる場所からは、ヨダ国の国土の半分以上を見ることができた。

かなり高い山の中なので、気温はぐっと低い。雪は少ないが風が吹きつけるので、木々はまばらで背丈が低い。ナッシュの軍団は、その木々の間に野営をしている。背後から、声がかけられた。

「セツさん、この標高では姿は捉えられないが、あんまり崖の上に堂々と立つなよ」

ナッシュだった。シンバの後ろに積んでいた高山に住む小動物を、どさどさと降ろす。偵察のついでに食料を獲ってきたらしい。

ナッシュの傭兵軍団は、いくつかの箇所に野営をし、スーファやアウバス、他の遊牧民族の行軍の様子をヨダに伝える役割を果たしていた。彼らの仕事は戦うことではなく、敵軍の情勢を正確に摑み、国境周辺に陣取るヨダの護衛団に伝えることである。ナッシュは十人程度の小隊を組ませ、西から東へ散らばらせた。南から進軍する道はないため、北限の最も高い位置が全体を見渡せる場所となる。

　国が消えるとしたら、この位置からが最もその有様を確認できる。

「戻ったか、ナッシュ。ヨダはどうだった」

　コイルが天幕の中から顔を出す。

「お前も戻ったか」

「巡回して、だいぶ行軍の様子がつかめたぞ。今、地図と照合していたところだ」

　ナッシュに促され、セツも幹部らが集う天幕の中に入った。

「こんなにでかい光紙を使わせてもらえるとは、さすがヨダ様々だな」

　幹部の一人が、集めた情報を、光紙を用いた地図に嬉々として書き込んでいた。かなり地図の描き方がうまい。セツは思わず感心した声をあげた。

「へえ、すごいなあ。山の標高までが分かるようになっているなんて、これは独自に考えたのか？　それとも、君の部族の技術なのか？」

　場に妙な空気感が漂う。

「いや、これは、自分で……」

　もごもごと、ほめられた幹部が答える。

「すごい才能だなあ。これは、我が国もぜひ教えを請いたいところだと思うよ。広い大陸を移動する君らの技術には、驚かされる」

　にっこりと微笑むセツに幹部らは皆俯いた。その様子に苛立ったナッシュが怒鳴る。

「あんたなあ！　やりにくいんだよ、いちいち褒めるのやめてくれないか⁉　そういうの慣れてねえ連中なんだよ！　はぐれ者ばかり集まっているんだから！」

　セツにとっては普通の言い回しなのだが、荒くれ傭兵連中は、普段そうした言葉をかけられるのに慣れていない。男しかいないのだ。相手を素直に褒めて讃えるより、けなして賞賛の意を表すことしかしてこなかった連中は、皆背中がこそばゆいような顔をしていた。

「あと、君、ってやめろ。お前とかてめえとか貴様とかくそ野郎とかでいい」

　困惑顔のセツに詰め寄るナッシュの肩に、まあまあ、とコイルが手を置いた。

「ヨダでも王族同様の地位にいた人なんだから、こうした口調でも仕方ないだろう」

「〝人〟ってなんだ？　何てめえも将校時代の口調に戻ってんだ、この野郎」

ナッシュが額に青筋を浮かべ、コイルの襟元を摑み上げた。

「こういうお上品な話し方で語りかけられる方が嬉しいですってか。鼻の下伸ばしてんじゃねえぞ！」

「だっ、誰が鼻の下伸ばしてるってんだ！」

幹部らが慌てて二人の間に入った。

「落ち着けって、怒鳴り合っている場合かよ！　この情報をまた、ヨダに持っていかなきゃならないんだから、早く照合しないと！」

ようやくナッシュの腕が離れ、コイルがため息をつきながら自分の得た情報を話し始めた。

「アウバスは、大貴族らが先陣を切っていたな。広げている旗で分かる。アウバス国王の軍勢も進軍していたが、どうも陛下はおられない……」

コイルが母国の王に敬語を使うのが面白くないのだろう。ナッシュが睨むので、コイルは言葉を意識して変えた。

「いない。国王はいない」

「なんで分かる」

「国王が軍にいる時には旗が上がるだろう」

「へえー、わざわざここにいるって教えるのか？」

傭兵らの不思議そうな目に、えっ？　と思わずコイルはセツを振り返った。セツは反射的に頷いた。王が戦に出る際には旗を揚げるのはヨダも同じである。それだけで、兵士が鼓舞されるので当然だった。

「オイ、そこ、意思疎通すんな！」

またもナッシュの苛立った声が飛ぶ。

「まあ、王様の旗が立っても、そう簡単にその首取れるところにはいねえからな」

「国王がいないということは、アウバスの呪術師も、戦場には出てきていないということだろうか」

コイルは頷いた。

「アウバス国軍として一団にはなっていたが、完全に統制が取れているわけじゃない。あの国は、国王が国軍に影響力のある人間を排除してきたために、こうした事態にあたって全軍を率いることのできる人間がいない。大貴族らは牽制し合っているしな。内政は呪術師が支配してきたが、いざ国から離れると、国王がいない軍など、大きな反撃を受ければ、あっという間に引くだろう」

しかしそれは、セフィストも十分分かっているだろうとセツは考えた。『先読(さきよみ)の腑(ふ)』を宿し、もう命に限りがあるところに、その一部をルカに奪われた。従軍したくとも、身体がついていかなかったに違いない。

「コイル、君は、呪術師が諜報機関の軍人らを魔獣化させ、何人かヨダ内部に送り込んだと言っていたな」

「ああ。おそらくは、攻撃と同時に、麗街(れいがい)の時のように魔獣化させてくるんじゃないか。俺は術をかけられそうになってあの国から逃げたクチだが、一体何人くらいいるのかは分からない。俺の所属していた部隊だけでも二十人は姿が消えたからな……」

コイルが口をつぐんだのを見て、ナッシュが東を探っていた連中に話を振った。

「スーファの動きはどうなんだ」

「皇帝の旗は確認してなかった」

「ああ、あの帝国は、皇帝自ら戦に出ることはありえないんだ。どんな戦争だろうが参加しない。というか、ほとんど外にも出ないらしいぞ。国民が姿を拝めないらしいから」

「神格化に近いな。ヨダと同じだよな」

セツは首を振った。

「我が国の王は、姿を見せる。姿を見せないのは先読……生き神だけだ。見せないのではなく見せられないんだけどな。スーファの皇帝は当然出てこないと思っていた。アウバスと同じように大貴族らが率いているようだ」

「あー、貴族らの旗と一緒に、たくさんあるのは教会の旗だよな」

教会は軍を持っていない。この戦争が、教義を貫くための聖戦であるという象徴だろう。

「普通は手柄を意識して、こういう時貴族らは我こそ先にと軍を前に出したがるが、今回は相手の力が測れないからか、前線に遊牧民らを置いて行軍している」

幹部の報告を、ナッシュは鼻で嗤った。

「こっちは多少のことでは退けねえだろうなあ。部族らが回れ右したら軍律違反だと皆殺しにされかねない」

「どうしようもねえな。今回スーファに従わなかったのは、でかいところではハシバス族ぐらいだ。おかげで家畜のえさにも困るような荒れ地に移動するしかなかったようだ」

各部族の動きを記した地図をしばし眺めていたナッ

シュは、剣を再び手にした。

「コイル、ヨダへの報告には、お前が行ってくれ」

「お前は？」

「スーファ側からどれほど向かってきているのか、この目で確認してくる」

　コイルが目で合図するまでもなく、幹部が二人、ナッシュに付き従うために剣を取る。セツもそれに続いた。

「俺も一緒に行ってもいいか」

　また困ったことを言い出したというようにナッシュが振り返った。

「あんたに万が一のことがあったら、俺らは光紙の販売権を失うし、ハザトの氷で串刺しにされるんだよ。頼むからおとなしくしていてくれ」

　ナッシュらは傭兵だが、セツを守ることを条件に、今後五年の光紙の卸業者としての権利を得たのである。これは、どれほどの黄金よりも価値のあるものだった。光紙を扱う権利が得られるのは、大商人でもごく一部しかいないのだ。

「俺は身体は不自由だが、まだ力動は十分あると自負しているんだけどね。自分の身どころか、君らに突然敵が斬りかかってきても、はねのける力ぐらいはあるよ、これでも」

　ナッシュらはセツをまじまじと見つめた。齢四十近くで、顔半分が失われて髪で隠しているが、優しげな美貌に衰えはなく、とても剣を振り回せるとは思えない。

　護衛団のハザトも、傷一つでもつけたら承知しねえぞ、女性よりも丁重に扱えと繰り返していたのだ。置物のようにじっとしていてほしいが、セツはまさか断られるとは微塵も思っていないようににこにこと笑っている。本当にこういう人間は厄介だと、ナッシュはため息をついた。


　セツが一緒でなかったら、もう少しナッシュも近づいたかもしれないが、かなり距離を取ってスーファ帝国軍の向かってくる様子を確認した。

　スーファ帝国軍は、地平線に靄のように土埃を上げながら、怒涛のように進軍してくる。一目でその力のほどが知れた。

「横一直線かよ……！　全く、無駄な陣形で行軍してきやがる」

「山道に入れば縦に戻すしかないだろうが、あれは辺境の部族らに対して存在感を示しているんだろうな。数の多さを、見せつけている」

あれじゃあ、戦意も削がれるだろうな。ナッシュが、土埃の地平線をぼんやりと見つめながら言った。

「あいつらの戦い方はいつも同じだ。宣戦布告して、広い平地に呼び出して、陣形を取って戦う。ヨダが今まで侵攻を許してこなかった理由は、国土に至る道が一本しかないこと、しかも細いからだよな。あんな横の陣形も、まっすぐ一本になるしかねえ。相手の挑発に乗らず、前線に精霊師を配置して、迎え撃つ。岩山を越えて来る連中に対しても同じだ。ハザトみたいな精霊があれば、どんな奴らだって国土に絶対に入れないよな」

「だが我々も人間だ。いかに大きな精霊だろうと、操る力動に限界がある。宿す器にも負担がかかる。長期戦は絶対に避けたい。そこを、今度の敵は分かっている。多少精霊にやられても、退かないつもりだろう」

地平線の向こう側を見据えながら、セツは思った。

あの地平の向こう、スーファ大帝国のその先にある北方の民を、ゼドは動かそうとしている。

驚きを、与えねばならない。相手の横っ面を張り飛ばすだけではない、頭を揺さぶるほどの衝撃を与えねば、帝国は、諸国は、動きを止めるまい。

眼前に広がる光景が、一体どんなものになるのか、セツには想像もつかなかった。

ただ、土埃がやがて地鳴りとなって押し寄せてくるのを、見据えていた。

◇◇◇

片腕を失った身体は、足を前に出すのも困難だった。

身体というものが、左右対称で作られているという当たり前の事実に、驚くほどだった。足を前に出すことさえ以前と感覚が違うのは、単に身体が回復していないからだけではあるまい。均衡、というものが崩れてしまっている。片側によろめいて倒れそうになるのを、ルカは必死で堪えた。

黒宮の儀式の間に、封じられた状態で置かれていると聞いた、己の片腕に会うために、ルカは身体を引きずっていた。

腕には、『先読の腑』の力の一部が封印されている。先読の腕を授戒して生まれた単体精霊『鬼手』のように、腕に宿った精霊として授戒し、操る。セフィストを止めるには、それしか方法はない。

応急処置を施されてからは、外宮の光蟲の殿舎に移された。ハユルが看病を買って出たからだが、片腕が封印されている黒宮から離しておこうという意図もあっただろう。ルカは、なんとか黒宮まで辿り着こうと、人の気配を避け、闇夜の中、樹にもたれた。

またしても血の気が引いて、膝が崩れそうになる。カドレアがかなり血を与えてくれたが、まだまだ回復には程遠かった。それでも、倒れている暇などない。乱れた呼吸を整え、血の巡りを正す。その時、身体がふいに宙に浮き、ルカは悲鳴を上げそうになった。

「ダナル師匠、いた!?」

ハユルの声だった。自分を抱き上げているダナルの顔を、ルカは見つめた。月を背にしていても、その顔が怒りに満ちていることが分かる。

「ルカ！　ルカ、死んじゃうよ！　こんな身体で、どこに行こうとしているの！」

ハユルが泣き声で上衣をかけてくる。

「ダナル……」

「言ったはずだぞ。もう二度と、勝手な真似をしたら許さんと」

ダナルの声は、本気の怒りで震えていた。

この男の怒りが、怖かった頃のことを思い出す。

憎まれているだろう、恨まれているだろうと、何を言われても、仕方ないことだと諦めながらも、苦しかった頃。

愛されたかったからこそ、怒りが怖かった。

だが今は、どれほどの怒りをぶつけられても、微塵も怖いと思わない。

どんな自分でも、この男は、愛してくれるから。

どんな自分でも、この男を愛しているから。

「ダナル……ごめん……」

「許さんぞ、ルカ」

「ごめん……ごめん、ダナル」

ルカはダナルの頰に、自分の顔をすり寄せた。ダナルは、しばしじっと立ち尽くしていたが、意を決したようにそのまま黒宮へ足を進めた。

「ダナル師匠！」

「ハユル、今すぐ心話でイーゼスを呼べ！」

「駄目、駄目だよ！〝腕〟を授戒なんて、ルカがこんな身体でできるわけないよ！　やめてよ、半神ならやめさせてよ！」

「やかましい！」

ダナルは振り返りざま、ハユルを怒鳴りつけた。ハユルが後ろに飛ばされ、ひっくり返るほどの〝気〟が放たれる。

「今すぐ、イーゼスを呼べと言っているんだ！　ライキも、すぐに護衛団から呼び戻せ！」

ハユルは、床に腰を落としたまま泣きじゃくった。ダナルはハユルに背を向け、ルカを抱えて足早に黒宮へ向かった。

「王を呼べ！」

黒宮に足を踏み入れると同時に、ダナルは建物全体にびりびりと響き渡るほどの声を上げた。侍従が慌てて走り出す。ダナルは王のもとではなく、ルカの腕が封印されている儀式の間へ進んだ。

ルカは、ダナルの息づかいが、獣のように荒くなっていることに気がついた。ぎりぎりと歯を食いしばっているのが分かる。それを見つめて、ルカは囁くように言った。

「……ごめん。ダナル」

「許さん」

ダナルは蹴飛ばすように儀式の間の扉を開けた。床に描かれた結界の中に、ルカの腕があった。封印しているので、腕の劣化はない。

それを見つめ、ダナルは腕の中のルカを抱きしめながら、床に膝をついた。

「授戒をするなら、俺も、一緒に行う」

燃えるような瞳で告げられる。拒絶は、許されなかった。ダナルの要望を受け入れなければ、授戒は許されまい。

「俺は、お前を死なせん。魔獣になろうとどうなろうと、俺はお前をこの世界に繫ぎ止める」

ルカは微笑んで、ダナルの胸板に顔を擦りつけた。

「ダナルは、魔獣にならないさ。絶対に……。この世で、最も強い男だ、俺の男は」

カディアス王が夜着姿のまま飛び込んできた。続いて、ユセフスを抱えミルドが走ってくる。ダナルは床の上でルカを抱きながら、カディアス王を見据えた。

「〝腕〟の授戒を行います。ハユルに、イーゼスとライキを呼ばせました。ルカが言っていた通り、『先読の腑』の力の一部を奪った〝腕〟を授戒できれば、『先読の腑』の能力の一部を操れる。王都に潜む、アウバス国の間者で、セフィストによって魔獣化させられている者たちを暴き、見つける事ができるでしょう」

セフィストがアウバス国の諜報機関の軍人を魔獣化させ、ヨダ国に潜ませているというのは、アウバス国の諜報将校だったコイルからの情報だった。麗街に潜んでいた間者らもその一部だ。

神殿に十年以上潜んでいた神官に気がつかなかったように、『第五』や『光蟲』がいかに調べても、なかなか敵は尻尾を出さなかった。セフィストの魔獣化させる能力は、見事だった。仮にも、魔獣化していながら、人間の姿を維持し、ここまで市井に溶け込めるとは。魔獣というものに理性と本能を与えられる術に、イーゼスも『第五』も舌を巻くしかなかった。

だが、感心している場合ではなかった。大軍が国境に押し寄せてくれば、護衛団のライキは、国境で指示を出さねばならず、身動きが取れなくなる。イーゼスも同様だ。ヨダ国内で魔獣が火の手を上げた時に、王都と王宮を守るのが『百花』のユセフスとミルドしかいなかったら、どこまで食い止められるか分からない。

魔獣は、浄化でしか倒せない。敵が国境に辿り着く前に、潜んでいる魔獣を浄化しておかなければならない。魔獣の強さには、普通の兵士は絶対に敵わない。魔獣一匹に、どれほどの人間が殺害されるか分からないのだ。

「あぶり出しを行うには、〝腕〟を授戒するしかありません」

ダナルの覚悟を決めた声を前にしても、カディアスは王の声を出せなかった。たまらずに思いを吐き出す。

「しかし、こんな状態でそんなことをしたら、力動の消費に身体が耐えきれず、ルカの命はもたんと言っていただろう」

「ええ。ですから、俺の力動を渡します」

カディアスは一瞬、ダナルが何を言っているのか分からなかった。隣のユセフスが、驚愕の声を出す。

「今からなんらかの精霊を入れて共鳴するつもりか!?

医療精霊とは訳が違うんだぞ！　ルカの身体が耐えられると思うのか⁉」

「ルカの器なら、小さい精霊ならまだ宿せる。一人の力で〝腕〟を授戒するより、はるかに負担が少ない」

「考え直せ、ダナル、いくらあんたでも、力動を渡すなんて無理だ！　あんたは今、普通の精霊師よりもずっと少ない力動しか持っていないんだぞ！　力動が乱されて、心の臓がそれに耐えられず、ルカに力動を流す前に死んでしまうかもしれないんだ」

　ミルドの叫びに、ダナルは強張らせていた顔をようやく緩めた。

「断言してもいいが、全ての操者が俺と同じことをするぞ」

　ダナルは腕の中のルカに視線を落として言った。

「半神と再び繋がり、救うことができるかもしれない唯一の方法が残されているのなら、それに賭けない奴はおらんだろう。俺は、わくわくしているくらいだ。なあ、ルカ。また、お前と唯一無二の世界に入れるなら、死など恐れん」

　ダナルの言葉に、ルカは微笑んだ。その微笑みに、もうユセフスもミルドも、カディアスも何も言わなかった。


　ハユルを伴ったイーゼスが黒宮にやってきた時、ダナルは書院番（しょいんばん）のサイザーから、精霊を手渡されているところだった。

「以前、ルカ様が作られ、護符院（ごふいん）におさめられていた精霊です。作ってまだ日が浅いですから、ルカ様に逆らうことはないでしょう。負担はほとんどないかと思われます。しかしご希望通り操作系を選びましたが、烈火（れっか）殿、操作系は一番力動を乱されやすいのですよ」

「それでも俺は『光蟲』の元操者で、他の属性の精霊を知らん。厄介だろうが、慣れた属性しか扱う気はない」

「師匠！」

　イーゼスの叫びに、ダナルはじろりと視線だけを向けた。

「時間がない、イーゼス。俺は一刻（一時間）で精霊を宿して共鳴し、力動をルカに渡せるようにするぞ。ルカが〝腕〟を授戒したら、一体どこで何人が魔獣化するかわからん。お前はできるだけ広範囲に指令を出せるようにしておけ」

「ジジイが、どこまでの力動を出せると思ってんだ！　現役の俺らに任せておけって言っただろう！」

「やかましい、この小童が。任せておけなんて大口叩くなら、俺が唸るほどの働きを見せてからにしろ」

　武官の装束に身を改め、ミルドを伴ったユセフスがやってくるなり叫んだ。

「イーゼス、ライキは!?」

「今こちらに向かっている。かなり王都から離れたところにいたらしい。王宮に残しているクルトに、クルトの兄の近衛団第一連隊長のセイルを護衛としてつけてほしいと言ってきた」

「よし、分かった。王都以外の地方や歓楽街には、もう間者らはいないだろう、王都に全員移っているだろうと『第五』も報告していたな」

「ああ。それは間違いない」

　ユセフスは今すぐにでも精霊を授戒しようとしているダナルとルカを見つめた後、意を決したように告げた。

「俺らは近衛団と一緒に、王宮内の魔獣に対処する。ライキには王都を任せる。ライキが王都入りしてクルトと合流するまで、『光蟲』と他の精霊師らでなんとか持ちこたえてくれ」

　イーゼスは腕に授戒紋を描いているダナルを睨むと、声を張り上げた。

「ジジイ！　柄にもなくくたばるんじゃねえぞ！」

「お前もな。馬鹿弟子」

　イーゼスはルカの傍にいるハユルを抱え上げるようにして引き寄せた。

「いくぞ、俺から絶対に離れるな、ハユル」

　ハユルはイーゼスの首にかじりつくようにして頷いた。

　王宮から王都、全ての兵に指令を出すべく、イーゼスは闇に溶け込むほどの極小の黒い蟲を、夜の空いっぱいに出した。

　神官らが結界を張る中、ダナルとルカは精霊を授戒した。

　神獣『光蟲』に比べれば、ほんの極小の精霊である。

しかし、齢五十を迎えた身体が、感覚も感情も生命力も全て狂わされる状態になれば、心の臓が悲鳴を上げて先に動きを止めてもおかしくなかった。

ルカの方は、自分が作った精霊だったこともあり、ほとんど負担がなく授戒できた。

間口を開ければダナルの苦痛が和らぐ。だが、操者側が力動を制御できない状態で間口を開ければ、受け止めきれないほどの力動が注がれ、依代の器に負荷がかかる。そうすれば、この身はもたないだろう。

力を与えるために、ダナルは苦痛の道を選んでくれたのだ。それを無にすることはできない。

分かっていても、愛しい男が顔を紫色にして床を転げ回る様子を見守るのは耐えがたかった。

精霊師が授戒する様を、カディアス王は初めてまともに目にした。あの強いダナルが、呻き声を上げる姿に、たまらずに書院番のサイザーと神官長のイサルドを振り返った。

「一刻（一時間）も……一刻もこれが続くのか！　どうにかならんのか！」

「なりません。どんなに小さな精霊でも、操者は力動が乱される状態になります。ダナル様は、光蟲と同じ操作系の精霊を授戒したのでそんなには時間がかからないと思われますが、精霊を制御できるようになるまで、この苦しみに耐えるしかありません」

ルカは、〝腕〟が置かれた結界の床に座りながら、ダナルを拒絶して間口を開けようとしなかったかつての自分を思い出していた。

目の前でダナルが苦しんでいても、心が少しも乱れなかった、かつての自分。

このまま、苦しんで死んでしまえばいい。そんなことさえ願った。

人は、我を張るために、他人に対してなんと残酷なことを思うのだろう。

いかに恋しい男を思うがゆえとはいえ、あの時の自分は、畜生以下だった。

自分に助けを求めてくる者の手を、踏みつけて、そのまま苦しんで死ねと繰り返していたのだ。

あんな仕打ちをした自分を、ダナルはなぜ許し、愛してくれたのか。

たった一人の男に殉じるために、想いを貫くために、もがき続けたあの頃。

時間が経つにつれて、ダナルに対して愛情が浮かんできても、それを否定するために必死で憎しみの感情を呼び起こした。自分の感情も、ダナルへの気持ちも、すべて心の底へ、底へと沈めてきた。

ともすれば湧き上がるダナルへの愛情。セフィストへの疑念。それを止めるために、必死だった。

そして、年月をかけて心の底に沈めた自分の感情は、まるで泥のような有様をしていた。

ダナルが窓を開けて、そっと気配を探ってくるたびに、力動の乱れを察してそっと調子を整えてくれるたびに、思った。こんなことにはほだされない、こんなものは、愛ではない、単に精霊を共有しているだけで、愛などと感じない、と。

一体なぜ、そこまで頑（かたく）なだったのだろう。

ルカは、一人の男の姿を、瞼の裏に思い描いた。

セフィストも、同じだったに違いない。

憎み続ける中で、少年の頃の純粋な愛情など消え失せていったのだろう。

相手を想う気持ちよりも、己の力を知らしめたい、思い知らせてやりたいという気持ちが強くなっていったのだろう。

一体なんのために認められたいのか、分からぬままに。

若かりし頃の別れた時の姿ではなく、宵国（よいこく）で会った、敵国の呪術師のセフィストを思い起こす。

胸の内にこみ上げたのは、十六歳だった自分の、未熟で真摯（しんし）な想いだった。

精一杯人を好きになって、想っていた、あの頃の気持ちだった。

好きだったよ、セフィスト。

こんな形で、引導を渡す終わりしかない恋だったけれど。

憎しみに覆われた泥の中にいるあんたを、誰よりも理解しているから。

冗談じゃないと思うかもしれない。最後の最後まで、俺を恨んでくれても構わない。

最後に祈ることが許されるなら、わずかでも、泥の底から、あんたが出ることができますように。

ルカは、いつしか己の精霊の中に入っていることに気がついた。

ダナルの力動が、少しずつ流れてくるのがわかる。

ああ、いつの間にか、共鳴が可能になっていたのだ。

懐かしいダナルの力動に導かれるままに、ルカは開口を全開にした。

つい先程まで、他の男を想って泣いていたことも、その余韻がいっぱいに広がっていることも、ダナルには分かっていただろう。

だがそれごと、受け止めてくれることを、もう知っている。

ルカは、哀しみと、それ以上の愛おしさをあふれさせたまま、自分の中に入ってきたダナルを抱きしめた。

ダナルは、変わらぬ力のまま、全てを、包み込んでくれた。

身体中の隅々まで、愛おしい男の力が漲る。

何も、怖くないとさえ思える、感覚の極限。

ルカは、満ち足りた力動を、存分に目の前の〝腕〟に向けた。


「ルカ・セグレーン・ラオスディバル・ニルス・レシトの腕に封じた、セフィスト・ヘルド・ヨダ・ニルス・アジスより奪いし力よ。〝アウバスの呪術師〟の呪を、解く。お前に新しき名を与え、戒を授ける。お前の新しき名は、『拘泥の果て』。これより我が声に従え」

10

約束された一刻が、過ぎようとしていた。

諜報機関『第五』と行動していた元『紫道』の神獣師、ザフィとシンが、王都の中でも最も古く、王宮に最も近い歓楽街である、暁街で待機していた。

『おい、暁街は、第五が調べ尽くしたところだぞ。もうここには間者はいないだろう。あんたらはもっと王宮に近いところにいてくれ』

闇夜に飛ぶ小さい蟲の言葉に、シンは上衣の下に隠している武器を確認しながら答えた。

「古今東西、間者が紛れ込む先は、必ず色町だ。調べ尽くしても、絶対に紛れている。まあ、ここは古参のカンを信じてくれ」

シンは、後ろにぴったり張りついているザフィの背中にもたれるようにしながら、闇を見据えた。

「しかしイーゼス、王都はライキが到着しなければ話にならない。魔獣は絶対に、浄化なしでは倒せない。お前は魔獣を攻撃できるが、操作系精霊師しかいない『第五』連中と、俺とザフィだけでは、魔獣から住民を逃がすだけで精一杯だ」

『だが俺や第五の連中らは、セフィストの息がかかった連中は、王都やそれ以外の地域よりも王宮内の街に多いと思っている。なぜなら、セフィストが魔獣を人の姿のまま間者として送り込んできた理由は、おそらく王と、先読の暗殺……』

一瞬、イーゼスの声が途切れたので、シンは反射的に身構えた。次にイーゼスの声が届いたのは、暁街に、けたたましい獣のような声が鳴り響いた直後だった。

『魔獣化した!! 〝腕〟が、授戒されたぞ！』

シンとザフィは、人々の悲鳴と魔獣の声がする方向へ走り出した。

暁街の中心から、火柱が立つ。

「くそったれ、属性は火か！」

その時、シンはいきなり身体が浮遊したのを感じた。ザフィの力動によって、空中に飛ばされたと知った時、横の建物が破壊され、中から出てきた魔獣がザフィに襲いかかるのを目にした。

「ザフィ！」

ザフィは地に押し倒されそうになりながら、剣で魔獣の喉を一発で串刺しにした。そのまま、凄まじい力動で魔獣の首を空に飛ばす。

　魔獣は、ふらふらと身体をよろめかせながらも、倒れない。飛んだ首は、ギロリと目をシンの方に向けてきた。が、一瞬だけだった。その頭部に、ザフィの力動が放たれ、木っ端微塵に砕かれた。

　頭部を失っても、魔獣は激しく動いている。やってきた警備団に、シンの指示が飛んだ。

「矢を射かけろ！　それでも死なないが、とにかく動きを封じるんだ！　神獣師が到着するまで、矢をひたすら打ち込め！」

　警備団からいっせいに矢が放たれる。魔獣は衝撃で身体をよろめかせるが、それでも倒れない。

　矢をつがえる警備団の方へ、魔獣が腕を伸ばす。

「う、うわあっ！」

　一人、魔獣の手に絡めとられそうになった次の瞬間、地面から大量の黄金の蟲があふれるように出てきたかと思うと、あっという間に魔獣を襲った。魔獣の身体が地に倒され、姿が見えないほどの蟲が魔獣を覆いつくす。絶句する警備団にイーゼスが声を張り上げた。

『縄で頭から足まで縛り上げ拘束しろ！　浄化を行わなければ絶対に死なん！　動きを封じろ、それしかない！』

　シンはザフィに近づいた。

「ザフィ、大丈夫か！」

「全然平気」

「火を噴いている魔獣を止めに行ってくれ。俺もこいつを拘束したらすぐに向かう！」

「そうするしかないな。しかし暁街だけで二体、全く計算外だ」

　ザフィは燃える暁街の中心へ走った。

　その後ろ姿を見つめながら、シンは叫んだ。

「イーゼス！　何体だ、何体現れた！」

　返答はなかった。シンは、闇夜に絶叫した。

「イーゼス！」

『シン様！』

　上空を飛んできたのは、『第五』の精霊師の操る鳥だった。

『暁街だけで魔獣は二体、今、イーゼス様はもう一体を拘束中です！　イーゼス様によると、見渡した限りでは、王都だけでも十』

「十……!?」

『王宮は……王宮内は、おそらく、その倍……かと。

イーゼス様は王宮でも魔獣を数体拘束していて、手が離せません。俺らが王都と王宮に、イーゼス様の指令を伝えます！』

倍。

二十体もの魔獣が、一気に具現化した。

予想をはるかに超えるその数に、シンは思わず絶句した。

王宮内に、二十。黒宮は。神殿は。青宮は。書院は。

一体どこに、どう魔獣を宿した者が紛れていたのか。シンは、精霊を宿していない己の無力さに苛立ちを感じながらも、今できることを叫ぶしかなかった。

「残りの警備団は火の元へ行け！　紫道の神獣師が来るまで、ここは死守しろ！」

二十。二十人もの人間が、許可を与えられなければ居住も許されない王宮内に潜んでいた事実を、空を走る黄金の蟲は告げた。

カディアス王には、そんな声すら拾う余裕はなかった。

黒宮にいた神官の一人が、魔獣化したからである。だが、カディアスがその魔獣の姿を確認したのは、ほんの一瞬だった。

芳しい香気とともに、魔獣が花に覆われたからである。

一見美しくさえ思える光景であるのに、断末魔の絶叫が、黒宮全体に響き渡った。

『我が国の玉座に侍る者が敵の手に落ちていたとは、あまりの情けなさに嗤いたくなるわ。捕らえてここに至った経緯を吐かせてやりたいところだが、そんな暇はない。あっさり浄化させてやることをありがたく思え！』

魔獣はカディアス王に一歩も近づくことができずに、そのまま花に覆われ、身体をしゅうしゅうと溶かされていった。カディアスは、ユセフスの言葉を話す無数の花を前に、しばし言葉を失った。突然魔獣化した者が、姿を跡形もなく消してから、侍従らが止めるのも聞かず、黒宮中庭に飛び出した。

「ユセフス！」

中庭には、無数の花を放つ羽根を背中に宿したユセフスが立っていた。

目を奪われるほどの美しい光景であるのに、この花は今、凄まじい毒を孕んでいる。花の宿主の美貌は、怒りで歪んでいた。

「お許しを、王。このていたらく、まさかセフィストの手の者がここまで王宮に入り込んでいたとは……」

「ユセフス、神殿には!?」

「さすがに、いないようです。ルカが〝腕〟を授戒し、セフィストの術がかかったものは否応なく魔獣化させられたはず。俺の〝百花〟ではこれ以上神殿の様子は窺えませんが、神殿からは乱れた気配がしない。トーヤは、何かあったら合図をよこすはずです。ラルフネス様とセディアス様はご無事でしょう。王、すぐに神殿へ避難なさってください。炙り出しのためにこちらに留まって頂きましたが、黒宮にいたのはこいつだけ……」

ユセフスの身体が花で覆われる。大量の花が、竜巻のように上空に弧を描き、空を飛んでいった。その突風に皆、身体を伏せた。花の中から、ユセフスの身体が再び現れる。

「イーゼスの指示に従え、ミルド！　王は大丈夫だ、黒宮からこっちは俺が……」

再び、ユセフスの声が途切れる。怪訝に思ったカディアスの前に、黄金の蟲が光のように突如現れた。

『王、神殿に逃げてください！　あいつらの目的は、やはり先読と王の暗殺だ！　魔獣化した途端、なりふり構わず皆、王宮の奥を目指して来る！』

カディアスは神殿の方角を窺った。乱れた様子はなく、降神門の前にいる近衛兵にも動きはない。

そもそも魔獣が現れたら、ラルフネスに与える影響は甚大なはずだ。今は傍にいるトーヤに鳳泉が宿っていないのだ。誰も、先読の暴走を止められなくなる。

いや、今だって、もしかしたらなんらかの影響が出ていてもおかしくない。王宮広しといえど、魔獣が二十も現れたのだ。ラルフネスの状態は最悪と考えていいだろう。利発な娘とはいえまだ十二歳、ここで先読がどうにかなってしまったら、この国はもうおしまいだ。セフィストの、企み通りになる。

「〝腕〟を授戒しようとしていると知ったら、魔獣を孕んだ連中はなんとしても黒土門を越えて、王と先読に近づこうとするだろうと予想したが、その通りになってしまったか。奴らに情報が漏れる前に早々に授戒してもらおうと、ライキの到着を待たなかったが、黒宮に一体潜んでいたとは。あいつが仲間に合図したせいで、王宮内に二十も入ったのだろう。もう黒土門に近い場所まで来ているとおもっていいな」

ユセフスは内府（ないふ）の殿舎がある黒土門方面を睨み据えた。

「王、すぐに神殿に。先読様と王子をお守りください。トーヤだけでは限界がある」

ユセフスから、花があふれ出ていた背中の羽根が消えた。空に、内府としての声が響き渡る。

「イーゼス！　こっちに向かっているというのなら好都合だ、魔獣らを、黒土門までおびき寄せろ！」

驚いたのはカディアスだけではなかった。

『何言ってんだ!?』

「ちまちまと一体ずつ浄化できるか！　それだけ時間がかかり、死者が増えるだけだ！　近衛団に命じて、黒土門へ魔獣らを誘導しろ！　まとめて浄化してやる。第一から第三連隊まで、魔獣を追い込め！　第四、第五連隊は住民らを救え！」

司令は、定まった。カディアスは神殿に走り、イーゼスは凄まじい勢いで金色の帯を夜の空に流した。

王宮内で最も魔獣がたくさん現れたのは、黒土門にも近い、書院だった。

もともと役人だけではなく、学府で学んでいる学生や、教師、王宮で職に就く者なら、許可さえもらえば誰でも出入りできる場所である。

光紙という世界唯一の技術を持ち、記録が美徳とされている国の、誇りだった。

その誇りを受け継いできた書院番のサイザーは、人生のほとんどをここで生きてきた。

サイザーは、学びたいと言ってきた者を、快くここに通した。

知識を得たいと望んだ者を、拒むことは一切なかった。どんな下働きの者でも、古代語など知ってどうすると言われるような者でも、誰でも自由に本を読ませた。

だが今、そうやって書院に通してきた者らが、五人も魔獣となっている。

この書院は、大国にもひけを取らぬほどの巨大な施設となっている。隠れているにはもってこいの場所だった。

そういう場所にしてしまったのは自分かと、サイザーは、魔獣の炎で燃えさかる書院の本を見つめながら思った。

「師匠！　師匠、逃げるんです、早く！　俺ら書院番は戦えない！　戦う精霊師じゃないんだから！」

チャルドが袖を引っ張るが、サイザーは本に火が回っている書院を出ることなどできなかった。

「護符院を捨てては、書院番ではない」

「護符院には紫道様の結界があります！　魔獣の火など、絶対に通しません！」

「チャルド、お前はいい、逃げろ。俺は、書院を捨てることなどできない。ここで死ぬ」

「師匠‼」

あの美しかった書院が、歴代の記録を、書物の全てを収めてきた場所が。暴れ狂う魔獣らの火によって本が燃え、柱が壊され、無数の紙が、光紙が、空を舞い、火に散っていく。

サイザーは耐えられなかった。己の人生が、踏みにじられ、火にくべられているように感じた。七十近いサイザーの身体は、力を失ってがくりと地に膝をついた。

「師匠！」

チャルドは自分の近くの本棚に、火が回ってきたのを感じた。柱が焼かれ、本がばさばさと落ちてくる。座り込んでしまったサイザーに覆いかぶさるように守ると、視界が暗くなるとともに熱が遮断された。

何かと思ったら、それは土の壁だった。土の壁は斜めになりながらも、倒れてこない。燃えさかる本棚から守ってくれたのだと知った時、これが精霊だと気づいた。

「何やってんだ！　まだこんな奥にいたのか！　早く外へ！　護符院は大丈夫だろう、早く逃げてくれ！」

土の属性を持つ精霊の操者、近衛団第五連隊長のダジルの声だった。

ダジルは、五体もの魔獣を土で身動き取れないようにしながらも、人々を書院の外へ誘導していた。

ダジルは肩で息をしているような状態だった。目は落ちくぼみ、もはや力動は限界に近いのだろう。そんな中でも自分たちを見つけ出してくれたのを感じ、チャルドは覚悟が定まった。サイザーの身体を引き上げ、背負う。

背負うといっても、背中に負ぶって逃げられるわけではなかった。チャルドは書院番としての人生が決まってから早々に千影山で体術を学ぶことを放棄したほど、腕っ節にも体力にも自信はなかった。お世辞にも体格がいいとは言えない身体で、サイザーを背中にくくりつけるようにして引きずった。

「チャルド、離せ！」

「師匠、師匠、ここでくたばったってなんにもならない。燃えてしまったものは、返ってきません。後世への責任なら、俺が負います。失われた書物を、俺が、もう一度書き直しますから！」

チャルドは懸命にサイザーを引きずった。

「けど俺は記録書なんてろくに読んでねえから！　師匠は生きて、俺にそれを話してくれなきゃいけないんです！　元に戻す方法はあるんです、死んじまったら、何もできないんだ！」

サイザーは弟子の頭を見た。そして、近衛兵らに誘導されている人々の姿を見た。皆、両腕には本を抱えていた。一冊でも多くの本を持って逃げようとしているその姿に、サイザーの中で何かが戻った。

「離せ、チャルド。逃げるのにこんなじじいを抱えるなど、もったいない。書を、手にするのだ。俺も、書を抱えて逃げる」

チャルドはその言葉に、サイザーの身体を背中から下ろした。そして師匠を見つめ、大きく頷くと、周辺にあった本を、限界まで腕の中に抱えた。

終わらない。サイザーは、本の厚みを感じながら、思った。終わる、わけにはいかない。自分が見た全てを、後の世に残すまで。

そして、必死に本を抱える弟子の姿を見ると、矛盾した気持ちも湧いてくるのだった。

終わっても、いいかもしれない。こいつに、自分の跡を継いでもらえるのなら。


魔獣が二体、セイルの目の前で捕らえられていた。

近衛団第一連隊長・セイルの操る精霊の属性は木である。『真樹（しんじゅ）』は、巨大な樹の根であり、その根によって魔獣の腹を突き刺し、火を噴こうとする魔獣の口に、根を巻きつけてふさいでいた。

セフィストが魔獣化させた者たちは、火の属性の者が圧倒的に多かった。火が、最も犠牲を生むからだろう。セイルは傍らにいる半神のムツカを確認した。

ムツカは大丈夫だというように頷いた。ムツカにぴたりと寄り添われているクルトは紫道の依代であり、セイルの弟だ。ぼんやりと何かを探すように空を見回している。神獣を宿す依代に魔獣の手をかけさせるわけにはいかないと、セイルの部下らはムツカとクルトを囲むようにしていた。

セイルらは、こちらに向かってきているライキとクルトを一刻も早く会わせるため、王宮の出入口である青玉門へ向かっていたのである。だが途中で魔獣が現れたため、それらをなんとかしようと必死だった。

『セイル、こいつら、黒土門の方まで持ってこられないか！』

イーゼスはそう言うが、火の魔獣に対して、属性が木の精霊では、押さえ込むだけで精一杯だった。

「隊長！」

部下の叫び声が届くと同時に、『真樹』で押さえ込んでいた、別の場所にいる三体目の魔獣が再び暴れ出したのがすぐに分かった。首をひねり上げて押さえているというのに、魔獣の力の凄まじさに、セイルは舌打ちした。ギリギリと力動を送り込み、木の根で締めつける。

その時、いきなり闇夜に輝いた光があった。

その紫と銀の光は、細い糸が凄まじい勢いで、クルトの身体を覆い始めたゆえの発光だった。

神獣『紫道』を宿す依代から生まれたその輝きに、セイルは一瞬目を奪われた。

「ライキ、ここ」

クルトが空に向けていた目の焦点を定め、自分にだけ聞こえる半神の声に応えるように声を上げた。

セイルが魔獣から自分の精霊を外すのが、一瞬でも遅れていたら、紫道による浄化に巻き込まれていたかもしれなかった。目の前の魔獣が、あっという間に銀と紫の糸によって絡め取られる。同時に、断末魔の叫びが空に鳴り響いた。

『お前はこっちじゃねえよ、ライキ！　王宮内を浄化するのは〈百花〉だ！』

イーゼスの叫びに、糸をまとわりつかせたままのクルトが告げた。

「ちゃんとやってるよ。あっちも、浄化中……。俺、行かなきゃ」

ライキに呼ばれるままに、クルトが身を翻す。

『セイル！　お前はクルトを！　近衛第一連隊の他の兵は、住民の避難誘導へ回れ！』

イーゼスの指示が飛ぶ。セイルはすぐにイーゼスに従うように隊員に指示し、半神のムツカの手を掴んだ。

精霊を出していると、シンバは恐ろしがって背に乗せてくれない。前方を走るクルトを追い、セイルとムツカは黄華門を抜け、住居区と商店街が立ち並ぶ区域に入った。

ここでは、水の精霊を操る近衛第四連隊長が市民を誘導していた。王宮でも最も広い区画だが、魔獣はここには一体しか現れなかったらしい。

王宮の第一門である青玉門がようやく見えてきた時、ふと、クルトの足が止まった。

凄まじいほどの邪気が、真っ赤な火とともにあふれ出てくる。現れた魔獣は、先程セイルが捕らえていた魔獣の倍の体格をしていた。口から火を噴いているだけではない、身体が火だるまになっていた。そいつが動くたびに、周りに火が移る。

セイルは『真樹』を出そうとしたが、敵の属性を素早く察したイーゼスの声が飛んだ。

『やめろ、セイル！　こいつの火は特別だ、木の精霊が敵う相手じゃない！』

その時、目の前にいたクルトの身体が、思わず目を閉じてしまうほどの光を放った。セイルが光に慣れた時には、巨大な魔獣は燃える火とともに、紫と銀の光に包まれていた。地鳴りがするほどの魔獣の絶叫が響き渡る。

「〝浄化〟」

魔獣の向こう側から、『紫道』の操者が死を宣告した。

異臭とともにしゅうしゅうと身体を溶かされ消えていく魔獣が、完全に地に伏せてから、クルトはライキのもとへ走った。

半神に飛びかかる弟の姿を、セイルは目に収めた。

「セイル、王宮の魔獣はどうなっている」

クルトを抱きしめながらライキが質問する。

「現時点では半分ほど倒しました。残りの魔獣は黒土門付近に追い込みましたので、あとはミルド様が一気に浄化なさるはずです。もう時間の問題かと」

「じゃあ上出来だ。王宮外はあと三体だ。属性は不明、逃げ回っているのを『第五』連中が追い込んでいる最中だ。いくぞ、クルト。もう一踏ん張りだ」

ここに辿り着くまでに、ライキは相当走り回って浄化したらしい。すでに疲労が顔にも出ていたが、クルトを傍らに抱くと、安堵した様子を見せた。

「国境での戦争が始まる前に、腕を授戒しておいてもらって助かった。これほど、魔獣が入り込んでいたとは……。国境の守りが全くできなくなるところだった」

ライキの言葉にセイルが頷いた時、後方から女性の声が聞こえた。

「ムツカ！　セイルさん！」

セイルは目を疑った。そこにいたのは、ムツカの一番上の姉の姿だった。市民を避難場所へ誘導している街の人々に止められながらも、青玉門を通ろうとしている。

「姉さん!?　どうしたんだ、こんなところで！　東側に避難してるはずだろう！」

「ムツカ、ナギが！　ナギが、避難の最中に、さらわれて……！」

セイルは、頭を殴られたような衝撃を受けた。

ナギは、里子の村から養子に迎えた、ムツカとともに育てている一歳になったばかりの息子である。

王宮内の住居で育てていたが、戦時下となり、王宮外に居を構えるムツカの実家に預けていたのだ。

「退去命令が出て皆で逃げる途中、警備団の人たちが、いきなりナギを奪っていったのよ。夫と義弟が止めたんだけど、倒されて、追いかけようとしてもすぐに姿を見失って……」

警備団。

警備団は他の団のように、各連隊の長に精霊師がついているわけではない。

第一から第四までの部隊長は、精霊師ではないのだ。部隊は、王宮外の各地方や街を取りしまる警備の役に就いている。対人間の仕事が主なので、精霊師である必要がないのである。

代わりに、諜報機関である第五部隊に精霊師を集中して配属している。

警備団の長は『光蟲』の操者であるイーゼスだが、長としてまともに働こうとしなかったこともあり、精霊師の目が行き届かない部隊となり、その横暴さは、国民の間で不満が募るほどだった。

この、第一から第四までの部隊を束ねているのは、警備団第一部隊長であり、アジス家の長老であるタレンの息子、セイルの叔父にあたるグスカだった。

警備団の名前が出た時に、息子を拉致したのは、アジス家の手によるものだとすぐにセイルが連想したほど、警備団の隅々にまでグスカの威光は届いていた。

「セイル……！」

セイルには、ムツカの声が耳に入らなかった。

息子のナギを、さらったのは、アジス家の、タレン大叔父と、グスカだ。

魔獣が現れ、この混乱の中でなら、容易に拉致できると思ったのだろう。

仮にも国民の治安を守るべき警備団が、部下を使って一体何をしているのか。

アジスの当主が、他国の子供を養子にするなど、絶対に認めないという意思表示か。

許さない。息子に、ナギに、万が一のことがあったら、アジスなどことごとく滅ぼしてやる。

「セイル！」

ぱん、と音がして、頬を張られたことが分かった。

「しっかりしろ！　魔獣を退治している最中に、自分が魔獣となってどうする！」

目をつり上げたムツカが目の前にいた。

「……ムツカ」

ようやく、セイルは自分が今、完全に我を忘れていたことに気がついた。

「顔に似合わず、結構おっかねえ伴侶だな」

ライキが声を押し殺したように笑った。が、すぐに顔を引きしめた。

「アジスか？」

「……おそらく」

「……どこまでも腐った連中だな。お前の息子は、斑紋があるのか」

「……はい」

「息子を幽閉されたくなかったら、今すぐ助けに行け、セイル」

ライキの言葉に、セイルはアジス家本宅の、全く陽の差さない地下牢を思い出した。一瞬眩暈がするほどに血の気が引く。あの可愛らしい息子を、一時でもあのような場所にたった一人で置いておくという想像に、身体が震えた。

だが今、こんな状態だというのに、私情に走って軍人としての責務を放棄してもいいのか。

「急げ、セイル。時間が経てば取り戻せない。あいつらはお前の息子の命を盾にすることぐらい、平気でするぞ。こっちはもう大丈夫だ。早く行け」

「しかし……」

「兄上」

セイルはその声に耳を疑った。

今の今まで、護衛をしていてもクルトはセイルが兄であることを忘れたかのように接していたのだ。

神獣師となって時間が経ち、表情も態度も人間らしくなってきたのは分かっていたが、それに伴って昔の記憶など失われてしまったかと思っていた。逆に、それはそれでいいと思っていたのだ。今更、兄と名乗れるような立場でもない。アジスのことなど、全て忘れてくれていたらいいと思った。

だが今、目の前のクルトは自分を兄と呼び、まっすぐに目を向けてくる。

その目を見つめると、無垢なほどにまっすぐなその瞳は、はっきりと告げた。

「子供を、助けに行ってあげて」

「……クルト」

立場も忘れて思わず弟の名を呟いたセイルの背を、ライキが押した。


「ほら、早く行け！　間に合わずに後悔するぞ。戦ってこい。あの因習を、お前の代で絶対に終わらせるんだ」

しっかりと手が握りしめられる。傍らの、ムツカの力だった。

セイルは、半神の手を引いて、アジス家本宅へ向かうべく、身を翻した。


アジス家の本宅は、本来なら当主が住む場所だが、歴代の当主はここで生活したことがない。

アジス家の当主は、直系の血筋に生まれた精霊師である。当然半神がいるため、そちらで暮らし、正妻と子供たちが本宅で暮らしていた。

セイルの実母は、クルトを産んで間もなく、病にかかって死亡した。それからセイルと妹を養育したのは、大叔父のタレンと、その息子のグスカだった。

父親のギルスは滅多に本宅に現れなかったが、特に不便な思いをしたことはない。セイルは、精霊師の力がある直系の跡継ぎとして大事に養育された。

セイルの妹は小さいが斑紋があったため、千影山に入山した。一年で下山を言い渡されたが、妹は下山後アジス家には戻らなかった。永久神官として、神殿に入ったのである。

結婚を強いられ、アジスのためにより強い力動、より大きな斑紋を持つ子供を産まされる人生など、真っ平ごめんだったのだろう。

わずか十六歳で神殿に入った妹は、その後上位神官のナラハの秘書となり、今では中位の地位まで与えられている。妹の神殿での立場が確立されたのを見届けなければ、セイルはとても養子を迎えることなどできなかった。自分がアジス家が望む相手と結婚しなければ、アジス家は妹を無理矢理妊娠させるだろうと思ったからだ。アジスの直系はセイル、妹、クルトの三人であり、傍系のグスカの息子らは入山すら許されないほどの力動しかなかったからである。

セイルはムツカとともに、アジス家本宅に乗り込んだ。

「大叔父！　叔父御もいるんだろう！　ナギを、俺の息子をどこにやった！　あんたらが息子を奪っていったのは分かっている。息子をすぐに渡さなければ、容赦しないぞ！」

ずかずかと屋敷の中を進んだセイルは、隣のムツカに向けられた矢に気づくと、怒りにまかせて弓を持った者たちを精霊『真樹』の根で封じた。

「貴様ら、弓ごときで精霊師をどうこうできると思っているのか!?　この屋敷を全て破壊してやってもいいんだぞ！　息子を出せ！」

セイルの操る木の根が、床や壁を突き抜けていった。がらがらと崩される壁と屋敷の人間の悲鳴に、とうとうタレンが姿を現した。

「やめんか、セイル！　同胞に精霊を向けるとは何事か！」

杖をつき、唾をまき散らしながら怒鳴る姿を見るのは、久々だった。

七十歳を超えても頭はまだはっきりしていると思っていたが、やはり老いているのだろう。自分の我を通さねば気が済まない、子供のような頑固さを滲ませて怒鳴り散らした。

「そもそもお前が、当主としての役割を果たさぬからこうなったのだ！　もう許さぬぞ、内府や王がなんと言おうと、お前の半神を殺してやる！　どうせ、アジス家を本当に潰そうなどと王も思っていないのだ！」

話にならない。浅ましいその姿を、セイルは無視した。精霊を用いてタレンの後方の壁を破壊する。崩れた壁の向こうから、グスカの悲鳴が聞こえた。

「叔父御、俺の息子をどこに隠した。今すぐ返せ。十数えるうちにナギを出さなかったら、『真樹』で身体を突き抜くぞ」

「し、知らない」

「九、八、七」

「知らない！　本当に知らないんだ！　確かに奪ったのは俺の部下だ、だが、途中で何者かに奪い返されたんだ！　ここにはいない！」

「四、三、二」

「本当だ！　本当なんだ、全部探していい、殺さないでくれ、セイル！」

悲鳴を上げるグスカに、容赦なく精霊を出そうとしたセイルを止めたのは、静かな声だった。

「やめろ、セイル。グスカの言っていることは本当だ」

その声は、久しく会っていなかった人物のものだった。

中庭に立つその人物に、セイルは目を向けた。

父・ギルスは無表情のまま、淡々とセイルとムツカに告げた。

「お前たちの養子は、私の邸にいる。無事だ。すぐに、引き取りに行くがいい」

「ギルス！　貴様、裏切ったな！」

セイルが父親の言葉に驚くのと、タレンが激怒の声を投げつけるのと、ほとんど同時だった。それを合図とするように、中庭に潜んでいた者たちがギルスに矢を射かけたが、ギルスは全く動じず、よける仕草すら見せなかった。

一瞬にしてセイルが精霊でそれらを弾かなければ、矢に倒されるままだったに違いない。五十歳近いとはいえ元精霊師、まだそれらを跳ね返すくらいの力動は残っているだろうに、抵抗する様子も見せない父が、セイルには分からなかった。

「お前までアジスを捨てるつもりか、ギルス！　ならいい、お前の半神を先に殺してやるぞ！」

タレンのあまりの暴言に、セイルは思わず精霊でタレンの身体を押さえた。タレンが今にも殺されそうな声を上げる。

「やめろ、セイル。今更何を言っても無駄だ」

「父上……！」

「それより、早く息子のところに行くがいい」

父は、昔と変わらずほとんど表情を崩さぬままに言った。

子供の頃は、この無表情に恐れを抱いていたものだった。そして同時に、あまりに冷たいその横顔に、憎しみさえ感じた。なぜ、この人物は、自分たちを救ってくれないのか、と。

ギルスは床に這いつくばって悲鳴を上げるタレンに構わず、グスカの方へ身体を向けた。

「グスカ、この事態、光蟲様のお耳に入ったぞ」

「ギルス、貴様！」

「近衛に指示を出してらっしゃる光蟲様に、通りがかりに申し上げただけだ。あの方のことだから、アジス家の内紛になど興味も示さないかもしれないが、お前が警備団の職務を放棄したことだけははっきりとお怒りだった。逃げるもよし、すぐに戻って口裏を合わせるもよし、好きにするがいい」

それだけ告げるとギルスは、あとは興味がないというように、中庭から出ていった。

セイルはがたがたと震え上がっているグスカを横目で見たが、すぐにムツカの肩を抱いて父の後を追った。

「父上！　父上、お待ちください。どちらに行かれますか」

「家だ」

「連れていってください！」

セイルは、父親の住んでいる家を知らなかった。

精霊師を引退してから、王宮から離れて王都の外れに居を構え、半神と二人で生活していることは知っていたが、訪ねていけるような間柄ではなかった。

ギルスは、外に馬と従者を待たせていた。二頭のうち一頭の手綱をセイルに渡す。

「お前、一応内府か光蟲様には許可を頂いているんだろうな？　まだ魔獣は壊滅されていないぞ」

「ライキ様とクルト様が、行くようにとおっしゃってくださいました」

一瞬、父の顔に感情が浮かんだのを、セイルは見逃さなかった。

「……そうか」

セイルはムツカを後ろに乗せ、疾走するギルスの後を追った。街はまだ混乱していたが、場所によっては既に消火活動が行われているところもあった。

王都の外れ、高台の別荘地は、イーゼスが居を構える土地でもある。隠居した者が多く集うため、賑やかさとは無縁の静かな居住区だった。土地も広々としているため、戦争が行われた際の避難場所が作られている。使用されていない邸宅は開放され、既に避難してきた人々であふれていた。

その最も奥の居住区に、ギルスの邸宅はあった。さほど大きくはないが、何人かの使用人がいるらしく、すぐに扉は開かれた。馬番が、駆けてきた馬の手綱を取ろうと走ってくる。

「お帰りなさいませ、旦那様」

「焼け出された市民らがこちらに向かっている。外庭を開放しろ。情勢は落ち着いている」

邸の家令のような男が、ギルスの指示に頷いた。ギルスに続いて入ってきたセイルとムツカのことも、来ると分かっていたのだろう、目礼して中へ促す。

ギルスはセイルとムツカに何も語らず、そのまま足を止めずに邸の中に入った。一室の前に辿り着いたとき、それまで大股で進んでいたギルスの足取りが緩やかになった。

中の光景に、セイルは目を疑った。一人の男が、息子のナギを抱きながら椅子に座っていた。身体をゆらゆらさせながら、小さく歌らしきものを口ずさんでいる。男の腕の中にいるナギは、ほっぺを桃色にさせてすやすやと心地よさそうに眠っていた。

「ナギ……！」

ムツカが思わず声を震わせて一歩前に出る。ギルスは、ムツカを中に促しながら、ナギを抱いている男に静かに近づいた。男の傍には老いた女中がおり、男の身体を支えるようにしていた。

「リシャス、迎えが来た。その子を、返してやろう」

ギルスがそっと半神の肩を抱くように告げる。セイルは、父がこれほど優しい声を出すのを初めて聞いた。

父の半神は、父と同じく五十歳近いはずだったが、若い頃はさぞ美しかっただろうと思われた。目にも、頬にもその美しさはまだ残っていたが、セイルには、一目で分かった。心のどこかが欠けてしまった人間の、何かが削げてしまったような力の弱さが、その人物からは感じられた。

「ギルス、セイル、いい子で眠ってるよ」

リシャスは、美しい笑みを浮かべながら、そっとナギに頬ずりした。愛おしそうに、柔らかい頬に触れる。

「……セイルじゃないんだよ。その子は、ナギだ」

そこでリシャスは、無邪気な瞳をギルスに向けた。

「セイルは？」

「……セイルは……お前の子じゃない」

「ギルスの子でしょう？」

「……それでも……お前の子じゃないんだ」

リシャスの瞳が、わずかに翳る。傍にいた女性が、そっとリシャスの腕からナギを抱きかかえた。

「さ……リシャス様。お別れ、しましょうね」

老いた女中は、涙をこらえながら、大事そうにナギを腕に抱いてきた。ムツカの手に、そっと眠るナギを渡す。

「……汁物と、近所の者から乳を、少し……。おなかいっぱいで、お休みです。どこもお悪いところはございませんので、ご安心を……」

ギルスは、心が飛んでしまったように身動きしない半神をそっと抱きしめたまま、もうセイルたちに目を向けなかった。

セイル。

父の半神が、ナギを抱きながら、自分の名を呼んでいた意味を、セイルは想った。

自分が生まれたのは、父が、この半神と千影山で出会う前だったと聞いている。

兄のセフィストがアジス家を放逐され、代わりにアジス家を継ぐことになった父は、十八歳の成人前に、婚約者と子供を作ることを命じられた。

裏山で半神と出会ってしまったら、女と結婚などしないと言い出すかもしれない。セフィストのような前例はもうこりごりだったのだろう。タレンによって、直系の血を誕生させるのを強制されたのだ。

父はおそらく、この半神を、愛すまいとしただろう。最初から、不誠実な関係しか、相手には与えられないのだから。

妻もいる。子もいる。そんな人間が、半神を持ったところで、相手に何もしてやれない。一生苦痛を与えるだけだ。せめて、心だけは縛りつけないように、半神となんとか距離を保とうとしたのではないか。

だがおそらく、それは無理だったのだろう。何も与えてやれないと分かっても、やはり愛し合ってしまったのだろう。正妻がいる以上、精霊師同士でも結婚できない。婚姻関係がない限り、養子も育てられない。

周りは半神として、名実ともに結婚し、唯一無二と公言しているというのに、精霊師でありながら、世間的には愛人の立場。

　斑紋を持つ子供が誕生するまで、子供を作り続けなければならない。やがてその子供は幽閉される運命だというのに、アジスの繁栄を守るためだけに。声が嗄(か)れるまで相手を責めて、嘆いて、呪っても、父も、リシャスも、どうにもならなかったに違いない。拒絶すれば、アジス家に殺される。自分ではなく、半神が、だ。父は、どうしても、この人を殺されたくなかったに違いない。少しずつ、少しずつ、心が壊されていってしまう半神を、一体どんな思いで見つめていたのだろう。

　先程、矢を射かけられても、逃げようともしなかった父の姿を、セイルは思い浮かべた。

　自分を、妹を、クルトを、助けてくれなかった父を、呪った少年の頃を、思い出した。

　傍らでナギを抱いていたムツカが、一歩前に出た。問うような目を向けてきたが、セイルがそれに答える前に、ムツカは足を進めてリシャスの傍らに近づき、そっと眠るナギを差し出した。

「もう少し、この子の面倒を見ていていただけませんか。私たちは、仕事が残っているので戻らなければならないのです」

　空に浮遊していたリシャスの目が、ムツカに向けられる。ムツカはその瞳に微笑んだ。

「ナギ、というんです」

「……ナギ……」

「セイルと、俺の、子なんです。あなたの……孫、にあたるんです」

　リシャスは、手渡されたナギに、視線を落とした。柔らかな光が、その目に宿る。

「……孫……」

　リシャスの傍にいた女中が、リシャスを抱きしめて泣き崩れる。ナギを抱く半神の姿を食い入るように見つめるギルスに、ムツカは声をかけた。

「私の姉家族を、こちらに呼んでもいいでしょうか。息子の世話には慣れていますから、一緒に、息子の養育をお願いできたら」

　セイルは、父の肩がわずかに震え、頭が下がるのを見つめた。

　かすれた声で、ありがとう、とムツカに告げるその声を、何度も、何度も胸の内で反芻(はんすう)した。

カディアス国王は、神殿を大股で歩きながら、侍従に告げた。

「武具を持て！」

自ら、羽織っている上衣の片身を外し、腰回りまで下げる。

カディアス王が武具を身につけるということは、軍を率いるという宣言だった。神殿に、一気に緊張が走る。

「王、もう軍へ出られますか」

神官長のイサルドが後方から声をかけるが、カディアスは構わずに進んだ。

「これほどの人数が魔獣化すれば、アウバスの呪術師も、神獣師が魔獣を掃討するために王宮や王都に留まらざるをえないことは分かっているだろう。おそらく、軍を早く進めてくるに違いない。国境を守る護衛団は、ライキが不在で不安であろう。一刻も早く、兵を鼓舞しなければならない」

「王、しばしお待ちを。実は今しがた、先読様のご様子に変化が」

カディアスは足を止めた。

神殿の奥では、ラルフネスとセディアスがトーヤに守られるようにして結界の中にいる。

普段通り宵国へしょっちゅう飛ぶこともできず、ラルフネスはトーヤに抱かれてうとうとしていることが多かった。結界の中で不自由な思いをさせているが、今のところ、落ち着いた様子で過ごしていたはずだった。

カディアスが神殿奥に戻ると、結界の中でトーヤに抱かれているラルフネスが、うなされるようにしていた。

苦しそうに顔をしかめたり、息を乱したりしている。

「トーヤ、これは!?」

尋常ではない様子に、カディアスはラルフネスの顔を覗き込むように身をかがめた。

「もう限界だったのでしょう。おそらく、宵国の深部へ入ってしまわれようとしている。こうなった以上は、こちらからはもう何もできることはありません」

　先読が宵国と通じないままでいるのには、限度があるということだろう。

「しかし……今、宵国がどうなっているのか分からないんだぞ。間者らが全員魔獣になったことは、術を操るセフィストも当然気づいているだろう。我が国への攻撃と同時に内部を魔獣で荒らすつもりだったのに、神獣師にことごとく浄化され、思惑が外れて怒りに震えているに違いない。宵国から、先読を殺そうとしてくるだろう」

「ええ。おそらくその通りです。しかし、宵国で先読に敵う者はいないはずです。『先読の腑』を所有しているとはいえ、ついこの間宵国へ入った者が、あの世界にそう簡単に馴染めるとは思えません」

　宵国を知るトーヤとカディアスしか、考察できないことだった。あの人外の空間で、先読が最強だということは、カディアスも十分知っている。生まれ落ちた直後から、この現世よりも馴染みのある空間なのだ。

「しかし、トーヤ、兄上……ステファネスは、確かにあの空間では最強だった。宵国にいる時の先読はまさに神に等しかった。だがそれは、ステファネスだったからではないか。なんといってもラルフネスはまだ幼い」

　利発な娘とは知っているが、カディアスは王でも娘とは宵国で通じ合えない。宵国でラルフネスがどんな姿なのか、一度も見たことがない。トーヤから聞いた情報しか知らなかった。

「それは確かに、ステファネス様に比べたら、まだまだ、と言うしかないけれど……」

　カディアスの迷いがトーヤにも移る。

　宵国で、一体ラルフネスに何が起こっているのか、想像しかできないもどかしさで、トーヤの顔が歪んだ。

「父上、僕が、宵国に入って、姉上の様子を確かめてきます」

　トーヤの背後から現れた王太子セディアスの言葉に、カディアスは驚いた。

「それはいかん、セディアス。今、宵国へ飛んで、お前の魂が無事である保証はないんだ」

「けど、今は、僕しか宵国へ飛べる者がいないんでしょう？　姉上の傍に行けるのは、僕しかいないんだ」

「セディアス……」

その通りだったが、ラルフネスだけでなくセディアスまでが宵国で困難な目にあったらと思うと、カディアスはとても承知できなかった。そんな父親の迷いを振り払うように、セディアスが力強い声で言い切った。

「僕は、次の王様なんだから、先読様を助けなきゃならないんだ」

カディアスは目を疑った。虚弱で、青宮から姿を見せることすらまれだった王子が、これほど強い意志を持つようになっていたとは。

齢十とは思えない言葉だった。まだ宵国の恐ろしさ、置かれている状況が分かっていないということもあるだろうが、それでも、己一人しか先読を助けられないのだという自覚を、持っていることが驚きだった。先読と通じたことで、幼いながらも使命感を抱いたのだろうか。

父親の逡巡を必死で払うように、セディアスは言った。

「大丈夫です、父上。だって、宵国には兄上がいるんでしょう？　兄上がおっしゃったんです。姉上の声は、僕にしか拾えないんだって。僕しか、王様になれない。けど、僕たちのことは、自分が守るって。盾になるって。兄上は強い人でしょう？　父上。精霊師の中で、一番強い筆頭になるんだってトーヤが言ってた。この国で、一番強い兄上が守ってくれるんだから、何も怖くないです。僕は、兄上が、僕と姉上を助けてくださると信じてる」

カディアスの脳裏に、かつて何度も聞いた、育ての親の言葉がよみがえった。

何があろうとも、神獣師だけは信じなさい。

この言葉の意味を、今ほど実感できたことはなかった。

あれは、この国の王たる者は、神獣師を信じなければ、王である意味はないという意味だったのだ。

神獣師、精霊師の存在なしに、この国は、この王室は、維持できない。

彼らが失われる時が、この国が滅びる時だろう。

時にその存在を疎ましく思うのは、お互い様だった。王がいるから、先読がいるから、神獣師がいるから、思うままに生きられぬ不自由さを、皆が皆抱えてきたのだ。

それでも互いにがむしゃらに手を引き合って、倒れそうになるのを引っ張ってここまで来た。信頼などという一言では収まらぬほどの、葛藤と、苦難と、責務の中で、疑ったことはただの一度もなかったのだ。

カディアスは幼い息子の両肩を摑んだ。もう既に、王たる自覚を無意識に持っている王太子を見つめた。

「よく言った、セディアス。それでこそ、次代の王だ。キリアスを、兄を、どこまでも信じるんだ。それだけでいい。ラルフネスを頼んだぞ。先読を救うのは、王の役目だ」

こくりと頷いたセディアスに、カディアスは微笑みを向けた。立ち上がった時には、父親の慈愛も、逡巡も流した、王の表情で声を放った。

「出陣するぞ！　馬を引け！　近衛第四連隊と第五連隊は王宮と王都に残り、魔獣の始末を行い、引き続き先読と王太子を守れ。第一から第三連隊までは、余に続け！」

王命を伝えに神官と侍従らが走る。今度こそ踵を返し、神殿から去ろうとしたカディアスは、ラルフネスを抱くトーヤに目を向けた。

「あとは、新しい鳳泉に任せるしかない。……見守っていてくれ」

トーヤは微笑みを浮かべて頷いた。

「ご無事で。お待ちしています」

カディアスはわずかな笑みでそれに応えた後、濃紺の上衣を翻した。

◇◇◇

アウバス国王の執務室で、セフィストは椅子から転がり落ちた。

意識は一瞬にして混濁し、世界から切り離されたように感じた。身体中に激痛が走る。一瞬、自分に何が起きたのか分からなかった。

「セ、セフィスト！　どうしたのだ！」

フリスタブル二世の声も、どこから飛んできているのか分からなかった。認知の混乱、という状態を、頭の片隅で摑む。思考しろ。理由は。宿した『先読の腑』の混乱。封印が外れかかっている。

（あの、〝腕〟か……！　ルカ……！）

セフィストは、力という力が分散してしまったのを感じながらも、必死でそれを周囲に分からせぬようにに意識を保った。フリスタブル二世が狂ったようにまとわりついて、周囲が何事かと騒いでいるのが分かる。黙っていろ、騒ぐなとセフィストは罵りたいのを堪えた。

「陛下、大丈夫です、すぐに落ち着きます」

「し、しかし、セフィスト！　お、お前、これは！」

なぜフリスタブル二世が混乱の極みにあるのか、ようやくセフィストは理解した。

腹あたりから染み出して、ぼたぼたと床に流れ落ちるもの。腐った血は、赤を通り越して黒々としていた。抑えられぬ血が、床にいくつもの点を生む。

セフィストは己独自の術で、『先読の腑』を体内に無理矢理ねじ込む形で封印したために、腹の封印紋は時が経つにつれて、肉を食い、内臓まで侵食しようとしていた。

やはりヨダは、魔獣の間者の存在に気がついていたか。

ヨダ侵攻と同時に魔獣化させ、先読と王の命を頂くつもりだったが、あの時『宵喚び』を行ったルカの本当の目的は、これだったわけだ。

まさかあの状態で、『先読の腑』の一部を授戒するなど無理だろうと思っていたが、それを行うとは。

術が解け、『先読の腑』の封印が外れかかっている状態で、必死でセフィストは意識を保った。

わめくフリスタブル二世を無視して、セフィストは傍にいた武官に訊いた。

「我が軍は、まだヨダには辿り着かないか？　スーファの軍は！」

「今、しばらくと思われます。斥候からの報告では、もうスーファ側は国境付近に到達しそうとのことでした」

「ヨダ国境に着いたら、スーファ側の動きなど無視して、すぐにでも護衛団の守りを崩すように言え！　今なら、神獣師は王宮と王都周辺に留まっているはずだ。作戦通り、精霊師の力が弱まるまで、幾千もの矢を降り注げ！」

命を受け取った武官が身を翻すのを見届けたセフィストは、子供のように上衣を引っ張ってくるフリスタブル二世に、なだめるように言った。

「陛下、大丈夫です。落ち着かれて」

「セ、セフィスト、その血を止めろ、どうなっているんだ、セフィスト」

「はい、止めてまいります。少々お時間を頂きます。次の軍の報告までには戻ってまいります」

　セフィストは、できるだけ身体を揺らさぬように立ち上がった。見捨てられるのを恐れる子供のように見つめてくるフリスタブル二世の前から退出するまでは、視界が消えそうになりながらも気丈に足を進めた。扉を閉めた瞬間、壁に寄りかかり、侍従の手に思わず縋（すが）った。

　そのまま引きずられるように自室に向かい、扉を開く。侍従が中まで入ってこようとするのを止め、地を這うような声で告げた。

「いいか。陛下がなんと言おうと、我が部屋の扉は開けるな。これより、ヨダを滅ぼすための術を施す。決して邪魔はしないように」

　侍従が震えながら頷く。扉を閉めたセフィストは、念のために結界を張った。わずかな力動を使うだけで血があふれ、身体中に激痛が走る。

　まだだ、とセフィストは必死で念じた。食いしばった歯から、黒い血が流れ出る。乱れた呼吸を正し、力動の流れを整える。

　まだだ。まだ、ヨダに自分の存在を思い知らせるまでは、ヨダに怨恨の血をなすりつけるまでは、死ぬわけにはいかない。

　先読と王を、この手で誅（ちゅう）する。もうこの命を使う方法は、それしか残されていない。

　セフィストは、最後の術を用いるべく、床に飛び散った己の黒い血で、神言を描き始めた。

　ラルフネスにとって宵国は、生まれ落ちた瞬間から馴染みのある場所だった。
　先読は現実世界で意識を保っているのに限りがある。現実の自分は、身体を思うように動かすことはおろか、声さえうまく発することができない、赤子のままだ。
　だがこの宵国では、思うがまま動くことができた。

成長した自分を想像できないため身体は二歳児のままだったが、思考そのものの言葉を発し、好きなように動ける。それだけではない。悪しきもの、汚れたものを振り払うことなど、自由自在だった。

「余計なものを見ちゃいけません。全く、あなたは好奇心旺盛で困ります」

育ての親は、宵国での教師でもあった。セディアスが通じるまで、ラルフネスが宵国で会える人間は、トーヤしかいなかったのだ。

「今は鳳泉の操者がいないんですから、宵国であなたが溜めた毒を祓う神獣師がいないんですよ。あなたは平気に思うかもしれませんが、宵国にいるだけで毒は溜めやすくなってしまうんです。嫌なもの、悪いものを見ようとしなくても、自然と目にしてしまうでしょう?」

自分を今まで浄化したのは『百花』が五歳の時、『紫道』が十歳の時だった。どちらも依代が大変なことになったと聞いている。

「鳳泉の操者がいれば、すぐに毒は祓えるんですけどね……。人一倍賢いあなたに、好奇心を抑えて見たいものも見るなというのは、酷ですよね。祓えなくて、すみません」

トーヤはいつも申し訳なさそうにそう言ったが、もちろんトーヤのせいではないことは分かっていた。

優しいトーヤは、口では注意しても、好奇心旺盛な自分を尊重してくれたからだ。

ここまで宵国で自在に動けるのも、トーヤがそう育ててくれたからだと思っている。

だから、自分は、負けないのだ。

いきなり宵国を支配しようと訪れた悪しき者の存在になど、負けない。

そう念じても、襲いかかってくる黒い闇を、ラルフネスはかわすだけで精一杯だった。

宵国へ飛んでしまったが、いったん出るのが正しいかもしれない。

しかし、周りが黒い闇にふさがれて、それから逃げるだけで何も考えられない。

どうしよう。どこへ行ったらいいんだろう。どう、念じればいいんだろう。

「あねうえ!」

その声に、ラルフネスはびくりと身体を震わせた。

まさか、こんな状態の時に来るわけがない。

「姉上！　どこですか⁉」

「セディアス⁉」

弟の声に、ラルフネスは必死で『それ』だけを念じた。突如、空間が裂けるように開いたかと思うと、その道の上にセディアスの姿があった。

「わあーい、姉上、良かった！」

「良かったじゃない！　あんた、何しにここに来たの！」

セディアスを叱りつけながら、ラルフネスは空間を閉ざした。良かった、逃げきれたと心の底から安堵する。

「あれっ？　なんですか、この箱の中みたいなところ」

『悪しき者』から逃れる目的の空間を意識して作ったために、やたら狭い空間に二人閉じ込められる形となった。いつもは広い宵国しか知らないのだから、セディアスが不思議に思っても無理はない。

「姉上、苦しんでいるみたいだから、助けに来ました」

のんきな弟の言葉に、ラルフネスは眩暈（めまい）がしそうになった。自分一人でも大変な状態だというのに、ただの人間の弟がやってきて一体何ができるというのか。

「トーヤ、いいって言ったの⁉」

「トーヤも父上もいいって言いましたよ」

「嘘でしょう⁉」

「だって姉上、一人で大変そうだったから。僕は、姉上を守らなきゃならないんだもん」

守らなきゃならないのはこっちだとラルフネスは頭を抱えた。先読にとって、王は予知を形にするだけ、それ以外は何もできない人間である。正直、口には出さないが、宵国へ入れるのになぜこんなに何もできないのかと呆れることもあるくらいだ。ここに来てもらってもお荷物になるだけだ。

「トーヤも、一体何を考えてんのよお」

思わず愚痴（ぐち）るラルフネスに構わず、何も分かっていないセディアスが袖を引いてくる。

「姉上、ここから出て、兄上を探しましょうよ」

「今、この外はとんでもないことになってんの！　私たち以外にも、宵国に影響を及ぼす『先読の腑』の封印者が入っていて、私を狙っているのよ！　あんたなんて捕まったら、一瞬で殺されるわよ！」

包み隠さず叫んでしまったが、セディアスは状況が分かっているのかいないのか、それでも動じた様子を見せなかった。

「大丈夫ですって。兄上が、鳳泉の神獣師になったんですから」

セディアスの言葉に、ラルフネスは口をつぐんだ。

「姉上？」

「お兄ちゃまは、まだちゃんとした鳳泉の神獣師にはなってないわ。修行中のはずよ」

「え？　でも、正式になれるってトーヤと父上が話していましたよ」

正戒のことだろうか？　ラルフネスは聞いた覚えがなかった。修行の後に国王が正式に授けるべき神獣の正戒を、今回は国王の手で行うことができないため、山で師匠が授ける話はしていたと思ったが、それ以上の話は耳にしていなかった。

(正戒をしていたら、私の前にすぐに来てくれるはずなのに)

オルガの姿を遠ざけようとしていた兄・キリアスを思い出す。

正戒をしたら、この世界はもっと自由で過ごしやすくなると言っていたのに。

やはり兄は、自分のことが嫌いなのだろうか。

「姉上？」

「お兄ちゃまは、私のことを助けてはくれないわ」

「どうしてそんな風に思うんですか？」

「だって……」

嫌いだと、大嫌いだと何度も言ってしまったのだ。

可愛くないと思っているだろう。どうしても兄に対してはこんな態度を取ってしまう。

セディアスのことは、可愛いと思っているだろう。セディアスは昔から兄が大好きだった。大きくて、強くて、なんでもできる兄を尊敬していた。兄が笑顔を向けなくとも、構わず懐いていた。そんなセディアスを、可愛いと思って当然だ。

「姉上、兄上は、僕たちを助けてくれます。兄上は誰よりも強いんだから。兄上を信じて」

脳天気なセディアスが疎ましく思えるほどに羨ましい。しかし、この弟に、いつも沈む気持ちを救われるのは確かだった。セディアスの頰をぐにぐにと両手で挟む。そのおかしな顔にラルフネスは笑った。

二人きりの小さな箱が、引き裂かれたのは一瞬だった。ラルフネスは、突如襲いかかってきた黒い闇を振り返った。闇の中に、ギロリと光る目があった。

『先読！』

ラルフネスはセディアスを抱え込むと、念じた。

（速く！）

宵国を、まるで鳥のような速さで飛ぶ。だが、黒い闇は、凄まじい速さで追ってくる。

逃れなければ。空間を、新たに作らなければならない。あれを、遮断しなければならない。

だが、セディアスを抱えては、『逃げる』という意識しか頭に浮かばなかった。

「姉上！　あれ、何!?」

「見ちゃ駄目よ、セディアス！　気持ちが持っていかれるわ。あれを、ないものと思って！　教えたでしょ！」

「そ、そう言っても、あんな、気持ち悪い……」

「駄目！　考えちゃ駄目よ、あれは〝負〟の気持ちに寄ってくる。お兄ちゃまのことだけを念じて！」

触手のように闇が伸びてくる。その間をラルフネスはすり抜けた。捕まったら、一巻の終わりということは分かる。セディアスはあの闇に耐えられまい。

「う、う、う、あ、あにうえ～っ」

しがみついてくるセディアスの、必死の声を抱きしめる。ラルフネスは不安と焦りに押しつぶされそうになる心を、必死で鼓舞した。大丈夫。逃げきってみせる。私は先読なのだから。ここでは、私に敵う者はいないのだから。

闇が、いきなり前に広がった。ラルフネスは思わずセディアスを抱えながら動きを止めた。暗くなる周囲に、セディアスが悲鳴のような泣き声を上げる。

大丈夫。大丈夫。セディアスを抱きしめながら、ラルフネスは必死で念じた。だが、恐怖が、涙を呼ぶ。守らなきゃ。セディアス。守らなきゃ。私は先読。強いんだから。

「助けて……」

叫ぶ心とは裏腹に、恐怖はついに、震えとともに表に出た。

「助けて、トーヤ、助けて、お兄ちゃま、助けて」


次の瞬間、黒で覆われようとした世界の中心から、いきなり光が放たれた。

光、と思ったのは一瞬だった。そのまぶしさにラルフネスは思わずきつく目を閉じた。そろそろと目を開けると、そこは、黒から白に変わっていた。

だが今度は、目に痛いほどの白ではなかった。淡い、乳白色の世界に包まれている。追ってきていた闇は、どこにもなかった。

ここはどこ？　私たちはあの世へ飛ばされたの？

茫然としていると、抱きしめていたはずのセディアスが、すぐ隣にくっついていた。

「見て、姉上。ふわふわ」

セディアスの言葉で、ようやくラルフネスは目の前の乳白色の世界が、何かの物体だと気がついた。

ラルフネスは混乱した。これは、自分が作った世界ではない。だが、触って質感が分かるほどの物体を、この宵国で自分以外の人間が作り出せるとは思わなかった。

よく見れば、これは、白い羽毛のようだった。温もりのある羽毛に、セディアスとともに包まれている。

「大丈夫ですか、お二人とも」

ラルフネスは、顔を上げた。

そこにあったのは、巨大な鳥の姿だった。

自分とセディアスがいたのは、鳥の胸元だったのだ。

そして、ラルフネスは、その鳥の存在を知っていた。

「鳳泉……！」

「ひゃあああ、鳥い！」

セディアスが悲鳴を上げると、鳥はすぐに人化した。

銀色の髪に、水色の瞳の人間の姿になる。

「オルガ……」

灰色の髪は、目にまばゆいほどの銀色に変化していた。オルガは、二人を安心させるように穏やかに微笑んだ。

「もう大丈夫ですよ、お二人とも。私が、〝白〟の鳳泉の世界で、お二人を守ります」

オルガの身体は、通常よりも大きく、その両腕は翼のままだった。その翼で、セディアスとラルフネスをすっぽりと包むように抱きしめる。

「すごい。姉上、この人が兄上の半神だよね？　鳳泉を正戒したんだね？　髪は、もっと灰色で濃くなかった？」

セディアスの問いに、オルガは苦笑した。

「ええ、正戒したら、なぜか髪の色が変わりました」

「オルガ、兄上は？　さっきの闇は、どこ？　逃げられたの？」

ラルフネスはオルガに縋るように訊いた。

「大丈夫。キリアス様は、〝赤〟の世界にいます。あの黒い者はこちらには来させません。この〝白〟の世界で、ゆっくりとお休みください」

「兄上は、兄上は、あれと戦って大丈夫なの」

「心配性ですねえ、ラルフネス様」

白い羽根がこしょこしょと鼻をくすぐる。

「あなた方を守るのは神獣師の役目です。もう、心配しなくていいんですよ。さあ、ここのところ気が休まらなかったでしょう。ゆっくりお休みなさい」

穏やかに微笑まれても、ラルフネスは落ち着かなかった。隣のセディアスは、のんきにオルガに頼んだ。

「オルガ、白い鳥になれる？　あのふわふわの中にまた入りたい」

「鳥の胸元は気持ちいいですよね。いいですよ、ここに埋まっていてください」

いきなりの獣化に、ラルフネスとセディアスの身体は白い鳳泉の胸元に沈んだ。羽毛に身体がすっぽりと包まれる。

「うわああ、柔らかい、あったかい、気持ちいい～」

セディアスは喜んで顔を埋める。まったく、赤ん坊みたいだと思いつつ、ラルフネスもその羽毛の心地よさにすぐに意識がとろりとなった。

本当に気持ちいい。ずっとここにいたい。こんな風に、身体も意識も解放できるのは、いつ以来だろう。

鳥が呼吸すると、胸が上下する。その調子に合わせて、セディアスの身体も浮き沈みしながらすやすや眠りにつく。ラルフネスはそれを見つめながら、次第に羽毛の中へもぐりこんでいった。


二人が完全に眠ったのを確認したオルガは、すぐさま意識を反転させた。

鳳泉の翼が、白から赤に変わる。

それと同時に世界は、鳳泉の炎と、セフィストが作る黒くうねうねとした闇に覆われた。

『先読と、王子をこっちに寄越せ！』

セフィストの〝魔〟が叫ぶ。闇の形が、怨恨をにじませた人間の顔に変わる。

「あなたに、この未来は、絶対に渡すわけにいかない」

オルガは、炎を生み出す赤い翼を羽ばたかせながら、セフィストを睨み据えた。

神獣の正戒は本来ならば国王が行う。だが今回は特例として、裏山でただ一人、師匠として残っているジュドが行った。

　再入山する際に下賜された王室に伝わる正戒用の結界剣が、オルガの身体を貫いたとたん、オルガの髪が灰色から銀色へと変わった。

　それは、言葉では言い表せない世界だった。

　オルガの身体に剣が突き刺さった瞬間、結界の中を覆ったのは、予想していた鳳泉の世界だけではなかったのだ。

　純白と、真紅。二つの色の鳥の羽が、精霊の心象風景として現れると思っていたが、オルガの背中から白い羽が生え、そこから色とりどりの花をあふれさせたのである。

　一瞬キリアスは、百花が宿ったのかと思った。昔見た、ユセフスの姿を思い起こしたからである。だがその花は、すぐに黄金の蝶へと姿を変えた。あっという間に空間が金色に変わる。光蟲、と思う間もなくすぐにそれは、紫と銀の細い光に変わった。

　キリアスは、千影山の隣山の麓にある場所を目指して駆けていた。

『時飛ばし』を行うならば、そこに赴けと言われていたからである。

　伝説では、岩場と緑とともに始祖となる両性具有者が現れたのが、その場所と言われていた。

　国土創世の場所。過去二度の『時飛ばし』もそこで行われていた。

「キリアス様！　もう宵国へ飛んでください！　オルガ様の身体がまた揺れました！」

　険しい森の中を、ともに進んでいくのはナハドとイルムだった。ナハドの背中には、意識を失っているオルガが背負われている。

オルガの身体が、紫道の糸によって包まれ、姿が見えなくなる前から、キリアスには、次に何が現れるか分かった。

水とともに、七色の光がオルガを包んでゆく。その小さな無数の鱗は、オルガの身体の周囲を廻りながら、きらきらと水の光を反射させて様々な色を浮かばせた。ああ、青雷。食い入るようにそれを見つめるキリアスの目が、赤一色の世界を映す。

鳥の羽、ではなかった。

炎、でもなかった。

それは、真っ赤な花びらだった。

その花が、赤から白へと変化していく。キリアスは、トーヤを呪解した時の光景を思い出した。

そして、真っ白な花の中から現れた半神の髪が、まばゆいほどの銀色に変わっているのを目にしたのである。

そのままオルガは気を失った。変化した銀色の髪が頬にかかり、眉毛も、閉じられた瞳を縁取る睫毛も、銀色に変わっている。キリアスはオルガを抱えながらしばし言葉を失った。

「キリアス、時間がない。オルガを抱えて、『始まりの地』へ行くのだ」

ジュドの言葉に、キリアスは顔を上げた。

「『時飛ばし』を行う場所は、『始まりの地』と定められている。報告では、もう連合軍は目と鼻の先に迫っている。西からはアウバスが、東からはスーファが、今にもヨダに大量の矢を注ぎ込みそうだ。ナハド、イルム、お前たち二人が『始まりの地』にて、キリアスとオルガの『時飛ばし』をその目で確認するのだ。『時飛ばし』が行われた後、鳳泉がどんな状態になるかは分からない。お前たちには、それを王に報告する義務がある。見届けよ。いいな?」

ジュドの命に、二人は無言で上体を低くして応じた。

「お前たちが千影山の境界を抜けたら、この山全体に結界が張られる。俺は一人、裏山に残る。レイ、お前はルーファスのもとへ行くのだ」

「師匠」

鳳泉正戒の立会人となったレイが、困惑したように言葉を続けようとしたが、ジュドは許さなかった。

「『時飛ばし』が行われれば、時空は歪むだろう。この千影山の時空の歪みも、凍結されるかもしれん。表山と裏山を行き来できる保証はない。半神の傍に行け、レイ。俺はここに残る。裏山を人のいない山にはできん」

時空が、凍結される。

『時飛ばし』をすれば、おそらくその状態になると言われていた。

外の時間の流れとは違った時空の中に入る、と。

文献によれば、一部時が止まった状態と同じになるという。

鳳泉の作った時空に国一つ丸ごと入ってしまうため、そこでは『生と、死の活動』が凍結されるのだそうだ。宵国、というものがなくなるのである。

つまり『時飛ばし』の期間は、人間が生まれず、また、死なないのだ。

植物等は生まれ育つらしいが、動物や昆虫などの生命体も同様に自然発生的な生と死の活動を止める。つまり、家畜である動物もこれから先誕生しない。

人も、病にはかかるが、死ぬことはない。

成長するが、死なない。今現在妊娠している生命は無事誕生するが、これから先、生命が胎内に宿ることもない。

ゆえに国側の方針として、三年、という期限を設けた。今現在の家畜の数や生産力を考えても、時を止めるのは三年が限界だった。『時飛ばし』を行うという判断が下される以前から、ユセフスは国庫の金をかき集め、武器ではなく家畜の確保に奔走していた。キリアスとオルガが鳳泉を授戒し、『時飛ばし』を行って国を消す以外、この情勢をなんとかできる方法はないと考えていたからだった。

だが、鳳泉の神獣師が一体どういう状態になるのかは、文献には一切載っていなかった。

ルカは、おそらく鳳泉の操者は力及ばず死に至ったのだろうと分析した。数年後に新たな鳳泉が立った記録があるが、その中に、鳳泉の元依代がそのまま先読に請われて神殿に残った記述があったからである。操者に関しては何も記されていなかったのだ。

キリアスは、ナハドの背中にいるオルガを見た。髪が、光り輝く銀色になり、眉毛も睫毛も陽の光に透けて輝いている。その瞼が、ぴくぴくと痙攣するように動く。おそらく、宵国へ繋がっているのだろうと分かった。

正戒前から、宵国へ飛ぶだろうとオルガも話していた。

「俺は大丈夫だろうけど、キリアス様まで宵国へ飛んだら、さすがにナハドさんとイルムさんは背負っていけないよ」

千影山の麓はまるで樹海のようだった。長年誰も通らなかったその道は、太い樹の根が道を阻み、乗り越えるだけでやっとだった。一刻も早く始まりの地に辿り着かねばならないのに、ナハドとイルムに、気を失った自分たちを背負って行けとはキリアスは頼めなかった。

「キリアス様、宵国へ飛んでください。イルムも大丈夫だと言っています！　俺も神獣を操れたかもしれない力動はあるのです。あなたを背負ってこんな道を行くことも、苦ではありません。オルガ様のもとへ、お早く！」

おそらくオルガは宵国でセフィストと対峙している。

セフィストは、なりふり構わず、先読を殺そうとしてくるに違いない。

あの男の毒に、果たしてオルガが耐えられるか。

「キリアス様！」

キリアスは走っていた足を止め、ナハドを振り返った。

「頼めるか、ナハド」

ナハドは安堵したように頷いてみせた。

「始まりの地に辿り着いたら、三重の結界をイルムが描きます。その後に、『時飛ばし』を行ってください」

「外からの結界の圧は感じ取れる。イルム、ナハド、絶対に巻き込まれるなよ。……俺が宵国から戻らなくとも、オルガを頼んだぞ。約束したから後を追うことはしないだろうが、……力になってやってくれ」

イルムとナハドは、胸に拳と手のひらを当て、命を受け取った。

「御意」

キリアスは大きく息を吸った。

この、清浄なるヨダの空気。

この身体に受け入れることができるのは、これが最後かもしれない。

ありとあらゆる精霊が蔓延る、それゆえに清らかなこの世界。

キリアスは最後に、その瞳に、冬場とは思えぬほどの、澄んだ青き空を映した。

千影山の結界の境界から、キリアスらが抜け出したことが、ジュドにも分かった。

千影山の管理人であるマリスの結界が、裏山にも張られたからである。

完全に、表と裏が遮断された。ジュドは、ガイの墓の前に立ち、その墓石に微笑みを向けた。

「……やれるだけはやったぞ、ガイ。……あんたが望んだ、全ての浄化が、成せるかどうかはあの二人にかかっている。もう、ここには俺一人だ。あれだけ賑やかだった裏山がなあ……」

ジュドは墓の前に腰を下ろし、わずかに顔を上げた。延々と続く山並みが、目に入る。若かりし頃から、何度この光景を目にしただろう。たった一人で見つめたこともあった。戦友とも言える仲間らと見たこともあった。そして、最愛の半神と、最も多く見つめた風景だった。

「『時飛ばし』が無事に行われたら、この結界も解けるだろうよ。……それまで、俺の独り言に付き合ってくれ。……なあに、そう長くはかからんさ」

◇◇◇

宵国でオルガは、追ってくるセフィストから逃げることしかできなかった。

この魔物を倒すには、方法は浄化しかなかった。だが、依代が行える浄化など、たかが知れている。ここまで魔が大きくなってしまっては、倒すのは不可能だった。

オルガが翼を羽ばたかせると、赤い炎がセフィストまで飛んでいく。それに触れたら危ないと分かっているのか、黒い魔の姿は、姿を消した。だが、すぐに現れる。

セフィストは、この無限の空間の中で、オルガの気配を察する術を手にしていた。人の悪しき感情に敏感だからだろう。しかしそれが分かっていても、焦りや、恐怖、苛立ちを持つなという方が無理だった。こんな状況で、心穏やかに、笑って逃げることなどできるわけがない。

だが力は自分の方が強いという自信が、オルガにはあった。自分が、ではなく、対となる存在があるからだった。キリアスが宵国へやってくれれば、鳳泉に敵う者などいないのだから。

『逃げるな、小僧！』

弱い気持ちでは、強さはあっという間に失われる。オルガは羽根を翻し、獣から人化した。腕だけは、赤い翼のままだった。炎をまき散らし、セフィストと自分の間に、炎の境界を作る。

目の前の魔物は、黒い影のような姿だった。真っ赤に染まった目と、血を啜ったような口は、もう人の形はしていないが、それだけがそこにあった。

人格をそぎ落とした復讐の権化。

鳳泉授戒を許される前の自分だったなら、正視すらできなかったに違いない。

人の感情が、思いが、ここまでになってしまうことに怯み、戦うどころか、対峙することすら考えなかっただろう。

ただひたすらに愛されてきただけの自分だったら。

愛とは、強欲で、利己的で、愚かで、

それゆえに、愛おしいと、気づかなかったら。

「俺は、誰も責められない」

己が愛のみに生きた父も、母も。

身勝手極まりない愛であっても、責めることはできない。

なぜなら、自分とて、その道を選んだからだ。

贖罪すべき全てを投げ捨てて、たった一つに手を伸ばしたから。

「あなたがしていることも、責めるつもりはない。だけど、俺は、この国を守らなければならない。守りたいんだ。ここにいる幼き人たちを守れるのは、俺しかいないのだから」

『ならば消してみろ、俺の心を！』

その言葉とともに向かってきたのは、真っ黒な炎だった。

境界の赤い火を飲み込んで、世界を包むように放たれた黒き火の塊が目の前に飛んできた時、しまった、とオルガは思った。

瞬時に世界を切り替えれば良かったが、オルガは反射的に身構えてそれを避けようとした。赤き炎を盾にするが、黒き炎はそれを突き破ってくる。まさか、鳳泉の浄化の炎にまともにぶつかってくるとは。オルガは、セフィストのなりふり構わない攻撃に一瞬怯んだ。周囲が、黒い炎に包まれる。


（……反転しろ。この世界にいつまでも依代のみが留まるのは危険だ）


頭の中に突如響いてきた声に、オルガはなぜか、キリアスではないとすぐに分かった。

キリアス以外、こんな風に語りかけることなど不可能なはずなのに。

誰だろうか。

「黒い、炎が、近すぎて、どう、世界を、変えたらいいか……」

誰かも分からぬままに、声をかける。

（回るのだ）

自分の赤い炎と、黒い炎の間に、一筋の銀の光が円を描いた。

その光の動きに合わせて、オルガは混乱した思念を集中させ、無の空間へと意識を変えた。

〝赤〟の世界から、ラルフネスとセディアスが眠っている、〝白〟の世界に入る。

オルガは、一緒に〝白〟の世界に入ってきた、銀色の光を見つめた。

それは、静かに白の空間に溶けながら、やがて、人間の形を描き始めた。

その容貌を、オルガは見たことがなかった。だが、目が覚めるような白銀の髪が、ゆらゆらと空間に流れ、ゆっくりと自分と同じ瞳の色が浮かんだ時、自然と、呼びかける言葉が口をついて出た。

「母様……」

目の前の人は、想像した通りユセフスに似ていた。だが、ユセフスよりももっと繊細で、光り輝く容貌だった。

じっと見つめてくるその表情には、感情は浮かんでいなかった。

まじまじと何かの物体を見るような瞳である。

感激して抱きしめてくれるとは思わなかったが、喜色ぐらいはその面に浮かべてくれるかと思っていたオルガの胸には、少々哀しみが湧いた。だがそれ以上に、母の姿を目の前にした喜びと感動が勝った。

「母様、ですよね？」

「吾子、名はなんという」

「オルガ、です」

震える心から、ぽろりと涙がこぼれた。

母・ステファネスの目は、変わらなかった。淡々と告げる。

「お前が鳳泉の依代となることは、知っていた。カディアスの選んだ未来ではなかったから、これが我が国の選ぶ未来とは確信が持てなかったが」

「母様は、ずっと、浄化されずに宵国におられたんですか」

ステファネスは首を振った。

「いや、お前を産み、開いた宵国の入口を閉ざした際に、カザンとともに浄化された。今ここに在るのは我の思念よ。浄化される際に、わずかな思念をここに留まらせただけだ。お前の姿形から、自分の容貌を思い出し、人の姿を作ることができた」

オルガは、その表情のほとんどない顔を、食い入るように見つめた。

「どうして、宵国に残られたのですか？」

「言っただろう。お前が、鳳泉の依代となる未来を見たからだ」

静かな瞳のまま、ステファネスは告げた。

「産めるだけでいい、と思った。この世に、宿った命を送り出せるのなら、もう何も望まないと思った。この宵国は、見ても分かるように、生とは真逆。死に向かうための道なのだ。ここで生きる先読としてのこの身が、命を送り出せると思ったら、その喜びに抗えなかった。……多くの人間の命を犠牲にしてしまったがな」

そこでステファネスは、わずかに目を細めた。

「人の半分の期間だったとはいえ、お前の命を身体で感じることのできた日々に、感謝する。あの時ほど我は、人としての己を感じたことはなかった。この世に、生まれてきて良かったと、お前を身ごもったことでようやく思えた」

はたはたと両目からこぼれるものに、母の手が触れる。

「産みの苦しみの中で、お前の未来を垣間見た時に、我に執着が生まれた。お前は先程の黒き炎に追われていた。助けたい、と強く念じた。お前の人生まで見届けることは望まない、産めるだけで良い、と思っていたのに、お前の先を、見たくなったのだ。鳳泉として宵国へ来るなら、助けてやれるかもしれない、その一念が、残った。……どこまでもあさましきこの身よな」

だからこそ、助けてもらえた。オルガは必死で声を振り絞ったが、泣き声と重なって言葉にならなかった。嗚咽で震える頬を、母の手が包み込む。

「この瞳と、この髪では、ヨダで育つのも難儀であっただろうに。だが、お前が我の色を受け継いでくれたおかげで、我は人だった頃の姿を思い出すことができた」

難儀じゃなかったです、と、オルガは叫ぶように言った。

「俺を、育ててくれた両親は、ホントに、大事に大事に、育ててくれて、俺は、幸せ、しか、ありませんでした。今だって、幸せしかないです。師匠にも、王にも、神獣師の皆さんにも、半神にも、みんな……」

愛しかない人生でした。

必死でそれを伝えると、ステファネスは初めて、顔をほころばせた。

「……良かった」

身勝手な、親だったが。

お前が、幸せな生であって、良かった。

オルガは、無我夢中で、己を産んでくれた人の腕の中に、飛び込んだ。

オルガはそういつまでもステファネスにしがみついているわけにはいかなかった。

「セフィストが、あの黒い炎が、やってくるかもしれない」

「落ち着け。ここの世界は〝白〟。あやつのような不純物が入れる場所ではない」

「でも、すぐ傍にいることを感じます」

「それは当然そうだろう。しかし、それに捕らわれてしまっては、この白も、どんどん狭くなっていくぞ。あやつは絶対にここには来られない。お前がこの〝白〟の世界を作っているのだ。強く念じておれ」

だが、『始まりの地』に辿り着いたら、キリアスが宵国に入るのだ。

「こんな状態で宵国へ入ってしまったら、セフィストに負けてしまうかもしれない」

「お前の半神は、そんなに弱い男なのか？」

「強いです！　けど、俺はキリアス様の半神です。助けなければ」

「強き心よな。しかしオルガ、戦うべきは操者だ。この宵国で鳳泉の力を操るのは操者。お前が傍にいたところで、なんにもならん。傍にいたら力が与えられるわけでもない。〝赤〟の世界は、お前の半神がなんとかすると信じろ。『時飛ばし』は、あの黒き者がいたら、行えないのだから」

オルガにはそう思えなかった。この安全な世界だけ保っていればいいと言われても、〝赤〟の世界でキリアスが苦しんでいるとしたら、傍でともに戦いたい。

「オルガ、お前には、もっと考えなければならないことがあるぞ」

母の言葉に顔を上げると、ステファネスの指先は、白い空間に向けられていた。

「あたり一面、白き世界だが、これがどれほどの大きさか、お前には分かるか」

大きさ？　考えたこともなかった概念に、オルガは驚いた。

宵国では、距離感などは摑めない。静止していない物体など存在しないのだから、近くか遠くかなど、見ても分からないし、想像したこともなかった。ただ、無限の広さだろうと漠然と思っていた。

「宵国はそうだ。しかしここは、宵国と繫がっている鳳泉の力で築いている世界だ。オルガ、鳳泉の力は、『浄化』。力の根源はそれだ」

赤き力は、『悪しきもの』を祓う浄化である。先読にたまった毒を祓い、魔獣を浄化する力。

「対して白き力は、同じ浄化でも、宵国を流れる過去や未来、有形無形の雑多な時空を吹き飛ばし、不純物のない空間を作り出す。それがこの白き世界だ」

原理はそれだ、とステファネスは告げた。

「『時飛ばし』とは、鳳泉の力で時空が現世と完全に遮断された空間を作り出すことを言うのだ。そうして作り上げた白き空間に国を入れる。だから、お前のこの白き世界を、お前はできるだけ広げなければならない。操者が力動でヨダ国を丸ごと白き世界の中へ飛ばすには、まず依代ができるだけ大きな器を作らねばならないのだ」

大きな、器。

国一つ、抱え込めるだけの、巨大な容れ物を、作らねばならない。

キリアスが宵国へ入った瞬間、その世界には、凄まじい怨念の毒がまき散らされていた。

オルガの姿は見えなかった。鳳泉の、赤い力が感じられない。

「オルガ……!? オルガ、どこにいる!」

気配が感じられない。もしや、セフィストに捕らわれて力を失っているのではないか。キリアスの逡巡が、魔をあっという間におびき寄せた。

『これはこれは、第一王子!』

一瞬にして、目の前に、血のように赤い口が開かれた。血塗られた牙、舌、腸を食い破ってきたかのような口内が、自分の顔に喰らいつく寸前に、キリアスは浄化の炎を放った。

だがセフィストは、瞬時に浄化の炎から逃れた。身を翻して距離を取る。キリアスは、真っ赤に血走った目が、面白そうに自分に向けられるのを睨み据えた。目と、口しかない黒い物体が、うねうねと身体をくねらせている。

『たった今、お前の可愛い半神と、先読と王太子をこの腹の中に入れてやったところだ。少し、遅かったな』

これは嘘だ、単に揺さぶりをかけたいだけだと、キリアスは頭で念じた。

オルガがどうにかなってしまったら、自分が無事でいるはずがない。この宵国から弾き飛ばされてしまうのだから。

『さんざん命乞いをしたぞ。幼き弟妹は最後まで泣いていた。俺の腹を見てみい。ほれ、ここに食われたお前の弟妹と、半神の姿が見えんか』

物体の赤い口の下に、穴が作られたと思ったら、そこに映ったのは、泣いているセディアスを抱えた、ラルフネスの顔だった。

恐怖で固まった妹の唇が、助けて、と動いたのを目にした時、キリアスはつい口に出した。

「ラルフネス……！」

次の瞬間、黒い炎が凄まじい勢いで襲いかかってきたが、ラルフネスの泣き顔が頭にこびりついたキリアスは、すぐにそれに応じることができなかった。

しまった、と思う間もなく、身体が何かの勢いに押されるようにして、飛び上がった。

飛んだ、と思ったが、セフィストの黒い炎は、まだ勢いやまず追いかけてくる。

（炎を！）

我に返り、黒い炎を押し戻すように火を放つ。セフィストの黒い炎は、全て消えはしなかったが、一部浄化の炎を被り、炎が苦しむ様子を見せた。

セフィストの炎が、はるか下へ、下へと落ちてゆく。

一瞬、自分の心に浮かんだのは、喜びや達成感などではなかった。

浄化の炎に苦しむ、黒き炎。

ヨダに弾かれた、憎しみに燃えた、孤独な炎を、一瞬にして消してしまったと、思いたくなかった。

今、ここでセフィストを完全に誅（ちゅう）しなければ、『時飛ばし』は行えない。

赤い世界に不純物が紛れ込んでいては、白の浄化が行えない。

セフィストを倒さねば、時を飛ばせず、それだけ多くの兵が犠牲になるというのに、一体自分は何をためらうのか？

このためだけに、修行をしてきたはずだ。ここで躊（ちゅう）躇（ちょ）する理由はない。

こいつを、なんとかしようなどと思わない。

今更、この凄まじいほどの恨みを、絶望を、なんとか改心させたいなどと思わない。できるとも思わない。

『キリアス王子……鳳泉の、神獣師！』

黒き炎がふくれ上がり、再び血走った目が、向けられる。

その憎しみに満ちた目を、キリアスは見つめ返した。

◇◇◇

その場所は、そこだけが、全く別の空間として在ることを示すかのような、草原となっていた。

古代樹のまま生き続けたと思われる樹海を通り過ぎた後、なぜかいきなり、池ほどに小さな湖と、緑の草原が現れたのだ。

おそらくここは、千影山の結界により、普段は辿り着けないようになっているのだろう。

国土創世の、始まりの場所。

この場所のこの光景を、目にできる者は、そうはいなかっただろう。後世に語り継ぐために、ナハドは、その緑と青の世界を目に焼きつけた。

ナハドとイルムは、背負ってきたオルガとキリアスを、草原の真ん中に二人並べて横たえた。

険しい樹海を、オルガを背負ってずっと歩き続けてきたイルムは、激しく消耗していた。肩で息をするイルムの背に、ナハドはそっと手を置いた。

「大丈夫か、イルム」

心配かけまいと、イルムは微笑みを見せた。

おそらくもう、連合軍は国境付近にまで辿り着いているだろう。

一刻も早く、『時飛ばし』を行わなければならない。

自国の兵士らが、懸命に国境を守りながら、時が飛び、国が隠れる瞬間を待っているのだ。

イルムが立ち上がり、ゆっくりと、地に横たわるキリアスとオルガの周りに、まず一重の結界の円を描き始めた。

そしてイルムはそこから離れ、結界の護符を胸元から取り出した。口元に近づけると、ゆらりと文字が白い煙とともに立ち上り、イルムの口の中に吸い込まれてゆく。

イルムはただの白い紙となった護符を掲げるようにして、ゆっくりと円に沿って歩き始めた。唸るような声とともに口からぽろぽろと神言の文字があふれ、イルムの足元に落ちてゆく。

一重の結界の上に落ちた文字が光を放ち、その外側に、もう一つの結界が現れる。

三重の結界が現れる前に、ナハドは静かに樹海の中に戻った。

そしてイルムも、後ずさりするようにして、樹海の方へ近づいてきた。

イルムの口から、三番目の結界の輪を作り出す神言がこぼれる。

『始まりの地』に三重の光の輪が、オルガとキリアスを包み込むようにして浮かび上がった。

……結界の圧だ。

キリアスは、外部に結界が作られたのを感じた。

ナハドとイルムが『始まりの地』に辿り着いたのだ。いつでも『時飛ばし』が行えるように、三重の結界を描いたのだろう。

その真ん中に、自分たちの身体は置かれているだろう。キリアスは、いよいよ準備が整えられたことを実感した。

一刻も早く、この世界から異物を取り除き、国を消さねばならない。その時が近づいているのだ。

セフィストの怨恨（えんこん）の炎は、再び勢いを増してきていた。

ゆらゆらと挑発するように炎を揺らめかせ、やがてそこに、赤い翼のオルガの姿が映った。

「オルガ……！」

『これがお前の半神なのだろう。〝白〟の世界に逃げようと必死だったぞ。俺の炎で焼いてやったがな」

〝白〟。言われてようやく、キリアスはその世界を思い出した。オルガの気配を探るため、反対側の世界に意識を向ける。

「オルガ……オルガ、どこだ」

だがその一瞬の隙を、セフィストは見逃さなかった。黒い炎の塊が、勢いよく飛んでくる。

瞬時にキリアスは飛んでそれを避けた。が、人の姿では〝飛ぶ〟ことに限界がある。軽く跳ねた程度にしかならず、続けて放たれた黒い炎に危うく包まれそうになった。

オルガは獣化が得意だった。鳳泉を共鳴して早々に、その翼を身につけてしまった。

青雷の時もそうだったが、オルガは動物を想像することがとてもうまい。あっさりとその世界に馴染み、思うように動けるようになるのも、そのためだろう。

動物の姿の方が、宵国では動きやすいと言っていた。

だがキリアスは、人の姿から変化するのが逆に難しかった。想像力が貧困なのか、この姿にこだわっているのか、自分でも分からない。オルガのように、何かに変化したことは一度もなかった。

キリアスは、黒き炎の塊が、次第に大きくなっていくのを見つめた。

冷静沈着だった男が、なりふり構わず、こちらに怨念をぶつけようとしてくる。浄化されるかもしれないという恐ろしさなど、もう感じていないのだろう。ただひたすら、己の無念を、恨みを、ぶつけたいだけの、魂。

「……もう、止めろ、セフィスト。なんらかの術を用いて、最後にこの世界にしがみついていることから見ても、もう、お前の命は、もたんのだろう。このまま、魔物のまま、俺に浄化されることはない。命が残っている間に、人の身に戻れ」

『やかましい！　お前に、何が分かる！』

「……分かる」

キリアスは、次第に大きくなる黒き炎の前に立った。

「……分かってしまうんだ。俺だって、分かりたくはない。このままお前を、悪のまま浄化できたら、どれだけ楽か分からない。哀れとも思わない。お前に対して、すまないとも思わない。だが、分かってしまうんだ。誰だって、お前になったかもしれないんだ。俺だけじゃない。神獣師が、精霊師が、今現在の彼らが、過去何百と生まれてきた彼らが、お前になっていたかもしれない」

『だからそれはヨダが悪いのだ！　ヨダが、いつまでも閉鎖的で、精霊にだけ頼るような国家で在り続けるのが悪いのだ！　人間の生を、尊厳を、魂を、想いを踏みにじってまで、あの国を存続させてきたのが悪いのだ！　他の国家を見ろ、かつては皆、同じだったのだ。精霊に打ち勝つために、他国に負けぬために、文明を発展させて強国となっていったのだ。お前たちの、精霊と共存する生き方には、限界があるのだ。人を踏みにじってまで、精霊を宿す生き方をしなければならない国など、滅んだ方がいい！　俺が滅ぼす！』

「……そうなんだろうな」

言われなくとも、それもまた、先人たちは、何度も何度も自問自答してきたのだ。

何よりも、父王が、思ってきただろう。

他に、道はないのか、と。

完全な国家など、この世に存在しない。

ただひたすらに、その理想を追い求めるだけだ。

人を傷つけて、自らも愚かな姿を晒して、それでも生をあがくしか、先はない。

これから先も、この国の人々は、あがき続けるだろう。

他に道はないのか、万人が、幸せを手に入れられる世界を、築くことはできないのか、と。

世界のどこをさまよっているのか分からないほど、小さな蟻にすぎないとしても、
この地に、足跡すら残せないほどに、ちっぽけな存在だったとしても、
ひたすら自問して、あがき続けた果てに、もしかしたら、後の世で、わずかでも何かを変えた、そんな存在になれるかもしれない。

だからこそ人は、悩み、抵抗し、生きるのだろう。

「……俺は、俺の愛する、どうしようもなく未熟な、この世界を、守る」

黒い巨大な炎の塊が、飛んでくるのが分かった。

だが、キリアスは、それを避けはしなかった。


その黒い炎は、キリアスの身体を通っていったが、キリアスには、何も変化がなかった。

キリアスは振り返り、宵国に揺らめく黒い炎を見つめた。黒い炎は、少しずつ小さくなっていった。宵国の闇に溶けようとしているそれを見ていると、なぜか不思議な感傷が、キリアスの中に宿った。

「……身体に戻れ。『時飛ばし』で、〝白〟の浄化を行うから、その時に、送ってやる。だから……人として、死んでこい」

キリアスは、道を示すために、わずかな光を出した。

それを、黒い炎へと流す。

こんな感傷など、セフィストの心には響かないだろう。

だが、キリアスは、それを伝えたかった。

分かってくれなくてもいい。ただ、俺は、望む。

「……転生して、また、会えたらいいな」

キリアスは、炎に、微笑んだ。

「……千影山で、修行者として、会えたらいいな。また、精霊師として、切磋琢磨して、そして……」

今度こそ、唯一無二の、半神に出会えるように。

愛し、愛される人間を、求め求められるように。

「ヨダの魂が、精霊らが集う、あの場所で、また……会おう」

光が、黒い炎を包んでゆく。

やがて、黒き闇が、渦となってその光に吸い込まれていった。

その光と闇が、完全に消えるまで、キリアスは食い入るように見つめ続けた。

◇◇◇

失敗したか。

セフィストは自分が床に描いた文字を、指で払った。黒いしみが床になすりつけられる。

所詮、この程度の汚れしか、付けられなかったということか。

朦朧とする意識と、床に流れ続ける己の血に、セフィストの口の端に、自嘲するような笑みが浮かんだ。

扉の向こうで、フリスタブル二世が狂ったように叫んでいる。

だが、すぐそれはセフィストの意識から遮断された。

白く澱んでいく意識を引きずりながら、セフィストは、窓辺へと向かった。床を這い、最期の力を振り絞って、窓の下へ辿り着いた。

窓から見える空を、見つめる。

そこに在ったのは、いつものような、アウバスの白き空ではなかった。

目が覚めるほどの、青き、蒼穹だった。


……ヨダの青だ。


セフィストは、窓辺に縋りつくようにしながら、手を、その空に伸ばした。

震える手を、青き色が染める。それを、最期に握りしめるようにして、セフィストの身体は、静かに、静かに、床に臥した。

11

不純物が取り除かれた瞬間を、〝白〟の世界からオルガは感じ取った。

ああ、あの呪術師が、宵国から消えたのだ。

キリアスが浄化した気配はなかった。おそらく、現世に押し戻しただけだろう。

その気持ちが、オルガには痛いほど分かった。かつてのキリアスならば、この道を選んだだろうか。

「……異物が、なくなったな」

傍らのステファネスがぽつりと呟く。

「ならば我も、いよいよ消えよう。我とて異物と同じだからな。この思念は、ただの執着。お前が〝白〟を広げれば、そのまま消える」

「母様……！」

オルガは思わずステファネスの身体にしがみついた。

男でも女でもないその身体は、ただの幻だった。だが、最後の最後まで自分を思ってくれた、心そのものだった。

「オルガ。教えた通りだ。〝白〟の世界を、広げることができるな？」

オルガは必死で頷いた。

「お前の器は、我が知る神獣師のどの者よりも広く、深い。お前の器ならば、国を宿すことが可能だろう」

オルガには、母が何を言いたいのか分かった。伏せていた顔を上げ、自分と同じ瞳の色を、まっすぐに見つめ、頷いた。

「母様、俺は、今の今まで、本当に覚悟が持てているのか分かりませんでした。キリアス様には、もちろん死んでほしくない。キリアス様と約束しても、キリアス様を失ってまで、生きられるとは思わなかった。けど、今は、覚悟を持てます。憎しみも、哀しみも、慈しみも、全てを白の世界に帰するための浄化を、『時飛ばし』を行います。国を、この国土を、ありったけの俺の、鳳泉の時空の中に入れます」

ステファネスの、静かな視線が注がれる。

「……親の業を、継がせてしまったな」

オルガは思いきり頭を振った。

「誰のせいでもない、そう、思っています。一時は俺も思いました。みんな、思ってきたんです。自分のせいだ、って。ゼド様だってルカ様だって、ユセフス様だって、キリアス様だって、皆が皆自分の罪を責めて、俺だって、俺が生まれてこなきゃ良かったんじゃないかって思った。でも今は、生まれてきて良かったと思います。この浄化を行うことは、贖罪とかじゃありません。今、自分がやれることをするだけです」

　ステファネスの瞳が揺れる。

「……生まれてきて、良かったと思うか」

　初めて見る、ステファネスの、母の微笑みがそこにはあった。

　幸福を映した母の瞳に、オルガは頷いてみせた。

　ステファネスの指先が、後方を示す。

「……行え、オルガ」

「母様」

　ステファネスの姿が、白い空間に溶けていく。

　最後の最後まで自分を思ってくれた執着が、子を残して去る母親の祈りが、白い光の中に消えていこうとしていた。

　この世への未練が、成就して浄化される姿を、オルガは泣きじゃくりながら見つめた。

「……母様……！」

　母への感謝を、想いを、オルガは叫んだ。その姿が、完全に消えてしまう最後の瞬間まで、叫び続けた。

　母様。

　今度は、どんな世に、生まれてきたいですか。

　人として、生まれてきたいですか。

　人にかしずかれる存在ではなく、普通の、市井の夫婦の赤ん坊として、生まれてきたいですか。

　ただ単純に、人を愛して、嫌いになって、それでも愛して、愛されて、只人としての生涯を、送りたいですか。

　俺はまだ、分かりません。

　斑紋など存在しない、ただの一国民としての、穏やかな生か。

　それとも、また、狂おしいほどに人を愛して、葛藤して、苦しんで、それでも唯一無二のあの世界に戻りたいと思うのか。

　ただ一つ、思うのは。

　生まれてくるならば、また、ヨダの空の下に。

　全ての精霊を受け入れる、この広き器に、宿りたいです。

オルガは、己の器の全てを解放した。

白き世界があっという間に広がり、赤き空間までも包み込む。

時空の流れさえ目に留まらぬほどの速さで、鳳泉の白は、宵国を白く変えていった。

そしてオルガは、赤の世界に一人留まっていた、半神の姿を見た。

（キリアス様！）

キリアスの目が、自分を捉える。広げられた腕に飛び込んだ瞬間、赤き空間は消え、たった二人だけの、白の世界となった。

「……オルガ」

愛おしそうに、呼ぶ声。抱きしめてくる腕。

あなたで良かった、と心が叫ぶ。

何度世界が変わっても、俺は、必ずこの腕を、この声を、この魂を選ぶだろう。

どれほどの苦痛を与えられようと、この人を、渾身の力を込めて、摑む。

「……愛してます、キリアス様」

俺も愛している。真に語りかけてくる言葉を、抱きしめる。

「……オルガ。行うぞ。……いいか」

静かに、だが力強く呟かれたその声に、オルガは頷いた。

きつくキリアスを抱きしめながら、しっかりと、諾(だく)を伝えた。

◇◇◇

オルガとキリアスを寝かせた場所に張られたイルムの結界は、いきなり起こった地鳴りとともに消え失せた。

イルムは結界が破られたため、再びキリアスとオルガが眠っている場所に行こうとした。だが、ナハドはそれを止めた。

「駄目だ、イルム。時が飛ぶ。そちらにはもう行けない！」

地の底が蠢いているような地鳴りと揺れに、ナハドはイルムの身体を強く抱きしめた。

一体この地に、何が起こるのか。

腕の中のイルムが息をのむように身体を硬くし、ナハドの襟を引っ張った。イルムの視線の方向に目を向けると、空が、青かった空が、いつの間にか真っ白になっていた。

「……え？」

思わずナハドは呆けたような声を出した。

青き空が真っ白に変わっている。

しかもその白は、ただの白ではなく、雲のような質感を空に浮かべていた。

雲と違うのは、太陽の光を覆っているのではなく、逆に光そのもののように輝いていることである。空がまるで光沢を放っているかのようだった。

太陽は、と、ナハドは本来の光を届けるべき太陽を探した。

だが太陽は、どこにも見当たらなかった。

もしや巨大化した太陽が、あの雲の向こうにあるのか。だからこれほど空全体が、きらきらと光り輝いているのか。

雲は次第に、地上に降りてくるかのようだった。乳白色の綿毛が、どんどん近づいてくる不思議さに、ナハドとイルムは空を見上げ続けた。

空から、降り注いできたものがあった。

「……雪？」

細かく、空から舞い降りてくるそれは、ヨダでも滅多に降らない雪かと思われた。

イルムが手を伸ばすと、それは冷たさを感じさせずに手のひらの上で空に溶けた。水なども残さず、ただその存在を消した。

「……これは……花だ、イルム」

鳳泉の、花びらだ。

白の浄化の際に現れる、永遠の散華だ。

その時ナハドは、地鳴りがいつの間にか収まっていることに気がついた。

そして、空間を覆い尽くすほどの白き花の散華の向こう側で、本来結界の中で眠っているはずの二人の姿を確認しようとした。

草原の中には、キリアスとオルガの身体はなかった。

ただ、白い花びらが、音もなく、その場に降り続けていた。

12

砂漠と岩場の間に突如現れる緑の国、ヨダ国国境を守っているのは、紫道の操者ライキを長とする護衛団全八連隊である。

だが今、護衛団が陣を敷いている場所は、本来の国境よりもはるかに岩場と砂漠寄りだった。護衛団第八連隊長・マーセルは精霊師となって十九年、来年にはめでたく退団となる三十九歳であったが、こんなに国から離れたことなど一度もなかった。

「どこの国の領域にも入ってねえと言われたらそうだけどよ、俺はこんなとこまで見回りにも来たことねえよ。ここまで国境を離れて、精霊が出せるかどうかすら怪しいぜ」

マーセルは胸元を探り、葉巻を口にした。腰巾着のようにひっついている部下は、さすがにいつものようにすかさず火をつけてはこなかった。

いいけどねえ、そんな余裕ねえよなあ、と思いつつ、自分で火をつける。

第八連隊は、西方のアウバス国からの攻撃を防ぐために、陣形を組んでいた。兵士一人一人が鉄の盾を持ち、それで頭上を覆い、身を低くしている。

隙間を作らぬように、盾と盾がぴたりと重なってていた。おかげで陽の光も差し込んでこない、盾の箱のようなものができあがっている。マーセルもその一つの中に入っていた。

「煙出すなよ。こもるだろ」

一緒に盾の箱の中にいる半神のノートが、顔をしかめる。

「ちょっと隙間作ってくれ。まだ敵は攻撃してこないから大丈夫だ」

「部下は息を張り詰めて攻撃を防ごうとしているのに、あんたはなんでそう緊張感がないんだ」

マーセルは、薄暗い中で自分を睨んでくる半神を見つめた。

「お前は、こんな時にもお小言か」

「なら言わせるな」

「ノート」

「なんだよ」

「この戦いが終わって、互いに無事だったら、結婚してくれ」

「嫌だね」

二十歳で半神となって十九年、何度目かの求婚を断られてマーセルは笑った。

「そうだなあ。せっかくここまできたんだ。俺らはこのまま行くかあ」

「引退したら、もう一回言ってみろよ」

「そしたら精霊師じゃないんだ。正式には結婚できねえよ」

「それでもまあ、言ってみろ。試しに」

こんな時に、上官ののろけを聞かされる部下も気の毒だと笑いつつ、マーセルは葉巻を消した。

「盾をずらせ。カリドが伝令を伝えに来た」

諜報機関『第五』の精霊師・カリドの操作する鳥が上空を飛ぶ。

『アウバス兵が馬を止めたぞ！　隊列を組み始めた！　矢が来るぞ、マーセル！』

アウバス側の最前線に位置する第八連隊に、カリドは上空から声を注いだ。

そのまますぐに、その斜め後方を同じ陣形で守っている第七連隊に知らせに行く。マーセルは、部下が築く盾の下から呟いた。

「さあて、見せてもらおうか。アウバス自慢の『天の矢』を」

スーファ帝国は野戦でも投石機を用いるが、アウバス国はその威力ある弓矢での攻撃が有名だった。

何千という弓矢がいっせいに放たれ、空に弧を描き落下してくる有様は、『天の矢』と呼ばれ、鉄の盾を用いても、長く防ぐことは困難だった。

矢が大量に降り注がれた後には、アウバス自慢の騎馬軍団がつっ込んでくるからである。

大量の矢を防ぐには、隙間がないほどにびっしりと盾を敷き詰めるようにするしか方法はない。

アウバスの弓矢は強力で有名だった。太い弓矢を固い弦にあてがい、力自慢の兵士らがぎりぎりとそれを引き、いっせいに空に向かって矢を放つ。

空を覆うほどの矢が落ちてくる。それはまるで、大雨のようだった。落下の威力を伴って、鉄の盾に凄まじい衝撃が与えられ続けた。

「堪えろ！　絶対に盾を外すな、陣形を守れ！」

石が投げつけられているかのような威力をもって降り注ぐ矢に、盾を押さえる兵らの身体が揺れる。

マーセルは、矢が降り注ぐ中、はるか向こうから、アウバスの騎兵がいっせいに走り出したのを察した。地面が、振動を伝える。

「マーセル！」

思わず声を張り上げた半神の手を、マーセルは摑んだ。

「まだだ、まだ、最後の矢が降りてこない」

アウバス側は、最後の『天の矢』を放ったのと同時に、騎馬軍団を走り出させたに違いなかった。

矢が落下して、それをヨダ軍が防いだ直後、騎馬で蹴散らすのがアウバスのやり方だと、元アウバスの兵士だった傭兵・コイルからその戦術を聞いていた。

それを知ったライキは、このアウバス側の最前線に、マーセルがいる第八連隊を配置させたのである。

『マーセル！』

はるか天空から、カリドの合図の声が届いた。

矢が天空に弧を描き、落下し始めたのである。

マーセルは鉄の盾をはねのけるようにして立ち上がり、声を張り上げた。

「盾を外せ！」

そして同時に、マーセルが操る風の精霊が、一気に逆風を起こした。

ヨダ軍に降り注がれるはずだった矢が、突風によってアウバス側に返される。風と返されてきた矢に、アウバスの騎兵の足は止まり、前線の者は矢の餌食（えじき）となった。

それと同時に、第七連隊隊長・ガウトの操作する火の精霊が、マーセルの風に乗ってめらめらと空を飛ぶ。騎兵は完全に足を止められて、またしても後方に下がるしかなかった。

「初めて連携がうまくいったじゃねえか、ガウト!?」

「俺の予想ではもっと仕留められたよ！　てめえの風は遅えんだよ！」

第七と第八連隊長は、あまり仲がいいとはいえない。その後方にいた第六連隊長・ダンドルが、声を張り上げる。

「のんきなこと言っている場合か！　騎兵が使えねえと分かって、矢を降らせ続けるぞ！　正念場はここからだ！」

マーセルは騎兵の下がったアウバス軍を睨み据え、西側の国境を守る護衛団に告げた。

「各自絶対に指示があるまで陣形は崩すな！　火と風と、第六連隊の結界能力の合わせ技を用いながら、矢を振り払い続けろとのライキ様の指示だ。神獣の到着まで矢を堪えれば、神獣師様がこの場をなんとかしてくださる。国境線は死守だ。一歩も引くな！」

◇◇◇

スーファ帝国が辺境の遊牧民族を率いて押し寄せてきたヨダ国東側は、西側よりも国境線を巡る攻防が深刻だった。

スーファ帝国の投石機を、防ぎようがなかったからである。

矢ならばなんとか防ぎようがあっても、鉄の玉が大量に降り注げば、避けるために引くしかないのである。はるか遠くから弧を描いて投げつけられてくる鉄玉を、盾で防ぐなど無理だった。

投石機で投げてくるのは岩石だと聞いていたが、ヨダ国が思った以上にスーファの文明は発展していた。

鉄玉を作り上げて戦争に挑んできたのである。

要塞など高い場所から攻撃する場合は、石だけで存分に損害を与えられる。平地の戦場で用いる場合は、大きさは小さくとも、鉄の玉の方が明らかに破壊力があった。惜しげもなくこれだけの鉄の塊を投げられる。それだけスーファは大国の力を存分に見せつけた。

（鉄の塊には、精霊の力は効かんということか）

東側の国境最前線を守る護衛団第一連隊長ハザトは、スーファが投げてくる鉄の玉が地面を揺らすのを感じながら、その武器と己の精霊に考えを巡らせた。

精霊は、動物や人間の霊魂が元になっているが、霊魂が大気を漂ううちに、地や、水や、風や、火などの、自然の力を取り込んだものが主である。

ハザトの扱う精霊『氷槍（ひょうそう）』は、水を属性とする氷の武器である。その破壊力は精霊師の中でも随一と言われるが、あの鉄の塊を破壊できるかと言ったら無理である。

どの結界でも、あの鉄を砕き、止めることなど不可能だろう。

人間が知恵と技術によって生み出したものに対して、精霊の力は及ばないということだろうか。

（それにいち早く気づいたからこそ、スーファは精霊を完全に排除できると思ったんだろうか）

完全に、精霊の存在しない国を、築けると。

（正しいのかもしれんな）

ハザトは思った。高度な文明を築き上げていく過程で、自然は、精霊はいつしか消えていき、人から斑紋もなくなっていくのかもしれない。

いつかヨダも、そんな道を歩んでいくのだろうか。

ハザトには信じられなかったが、遠き未来に、そんな日が訪れるとしても、おかしくはないだろうと思えるのだった。

「ハザト！」

飛んできた鉄玉が、連隊の一部を下敷きにした。

上空から鳥を操作し、投石機とヨダ軍の距離を測っていた第二連隊長のコウガが叫ぶ。

『駄目だハザト、奴ら、もっと遠くまで鉄玉を飛ばせる！　もっと下がらないと！』

「全軍、下がれ！」

ハザトの指示にここぞとばかりに鉄の玉は勢いよく飛んできた。その後ろから、馬に乗った遊牧民族の連中が駆けてくる。

ハザトは『氷槍』を地面に走らせた。鋭い氷があっという間に馬の脚を裂き、遊牧民をすり抜けて投石機を操作するスーファ軍にまで到達する。氷の刃物は、一瞬で前線を血で染めた。

だが、それは鉄玉との距離を冷静に測れなかったハザト側も同じだった。

国境から離れると、どうしても精霊の力は弱くなる。深追いは禁物だったが、部下を鉄玉に潰されたハザトは、一瞬頭に血が上った。

転がってくる鉄玉を避けきれず、氷を砕かれる。傍らの半神から血が舞った。

「ラヴァル！」

ラヴァルが顔を押さえてうずくまる。ハザトはラヴァルの身体をすぐに抱きかかえた。

「ラヴァル！」

「大丈夫……たいしたことない」

「ラヴァル、手をどけろ、傷を見せるんだ！　どこだ、目か、額か」

「隊長！」

投石機の活動が活発になる。じりじりと距離を詰めてきているのは確かだった。

「早く指示を！　ハザト！　軍を下がらせろ、時間を稼ぐために『氷槍』を出すんだ！」

ラヴァルは片手で左目を押さえながら言った。

「ラヴァル……お前、目が……!?」

「いいから！　俺の身体を気にしていたら何もできないぞ！　早く、指示を！」

ラヴァルの指の間から血があふれる。

攻撃をすれば、最愛の者に傷がつく。

だが、国境線を守らねば。投石機の前に為す術もない、部下を守らねば。


「全軍、下がれ!!」


雷鳴のように突然轟(とどろ)いたその声に、ハザトは我に返った。

後方に目を向けると、その場に掲げられた王家の紋章旗が、すぐさま視界に飛び込んできた。

青い、王の旗が。

「王……！」

なぜこんな最前線に。ハザトは恐怖で身がすくみそうになった。神獣師がまだ一人も戦場に到着していないというのに、王が先に前線に来てしまうとは。

「下がれ！」

ハザトの指示に、最前線の一団が一気に下がる。それと同時にカディアス王も進んできたため、慌ててハザトはカディアス王のもとへ走った。

「なりません、王！　後方へお下がりください！　あの投石から、王をお守りすることは我々には無理です！」

「ならば無理はするなハザト、もうすぐ王都の魔獣を片付けて、神獣師らが向かってくる。今少し下がれば、お前の力も発揮できよう」

「しかし、これ以上下がっては……」

本来のヨダ国境には至っていないが、最初の計画よりもはるかに侵入を許してしまう。

「神獣師らが到着すればこれ以上の侵入はさせん。先にお前たちが潰れては、俺を守れんぞ！　陣形を立て直すのだ！」

カディアス王の一喝に、兵士らの顔つきが変わるのが、ハザトにも分かった。

「ハザト」

部下に応急処置されたラヴァルが傍らにやってくる。


左目を包帯で覆われていた。目なのか、その上なのか、額なのか分からないが、かなりの血がにじんでいた。傷を確かめたい衝動を抑え、ハザトは連隊長としての声を張り上げた。

「第一陣形！　敵は一気に距離を縮めようとしてくる。投石機の設置には時間がかかる。騎兵が来るぞ、矢で応戦しろ！　合図をしたら、俺が投石機ごと氷で串刺しにする！」


後方に下がったカディアス王は、ハザトの司令で持ちなおした護衛団を見つめながら、遠方にいるスーファ軍を見据えた。

優れた文明の来襲。

この危機は、訪れるべくして訪れたものかもしれない。

他国との交流を絶ち、独自のやり方のみで生きながらえてきたこの国への、警鐘(けいしょう)なのかもしれない。

文明により、人は、変わるべきなのだと。

それは、当然のことなのだろう。人間が進化すれば、自然も、精霊もまた変わってゆく。

ヨダは変革を求められているのだろう。

それもまた、理の一つなのかもしれない。

だがそれが、自然ではなく、人間が人間に淘汰される道だとしたら、絶対に許すことはできないだけだ。

人間の欲によってねじ曲げられた淘汰など、断固として認めるわけにいかない。

道を埋め尽くすほどのスーファの大軍を見つめる。

お前たちの子にも、斑紋を持って生まれた子供はいただろうに。

国の方針だからと、弾圧を許してきたのだろう。いらない子供なのだと、生まれてきてはならなかったのだと心を殺して、子供を殺してきたのだろう。あの軍の中に、そんな父親は大勢いるのだろう。

お前たちは、国に逆らうことができなかったのだろう。

それを、責めはしない。

もしかしたらお前たちの子供が、ヨダに逃げてきた亡命者の中に、紛れ込んでいたかもしれない。育てることができないのだと、なんとか隠してくれと、スーファ内の反乱分子にこっそり預けた者もいるかもしれないのだ。

国を、家族を、捨てることができずに、一人の子供を泣く泣く捨てた親が、あの軍の中にいるかもしれない。それは責めない。

だが、だからこそ自分たちは、その受け皿としての役割がある以上は、お前たちに滅ぼされる運命だとは絶対に思わない。

人から斑紋が消え、精霊を宿す術を失った時が、この国がこの国でなくなる時だろう。

もしかしたらその時に、この世界から、精霊が失われるのかもしれない。

それまでは、と、この国の王として思う。

なんとしても、この国を、守ってみせる。

◇◇◇

セツとナッシュ率いる傭兵団は、スーファ帝国軍とヨダ国軍の攻防を、山の上から身を伏せて見つめていた。

「ああ、やっぱ、投石機には、下がるしかねえ……」

スーファ帝国の軍事力の凄まじさに、幹部のバーナが茫然と呟いた。

「なんでハザトは、自慢の氷を出さねえんだ!? あの距離なら、串刺しにできるだろ!」

ヨダ側が押されている状況に、苛立ったようにナッシュが叫ぶ。

「国境からだいぶ離れている。じりじりと下がっていくしか方法はないから、国境から距離を取ったんだろうが、あれではハザトの力も半減してしまう」

まだ神獣師が到着していない。最前線を守るハザトは、それまでなんとしても国境を死守しようと、かなり越境したのだろう。ハザトらしい生真面目さだったが、それが仇となって兵が疲弊していた。

神獣師がまだ誰も到着していないということは、おそらく王都で魔獣退治にかかりきりになっているのだろう。

セツは、のんきに高みの見物をしている自分に苛立った。国が消えてしまうのなら、戻ってこられないぜドを守るために国を出ようとしたが、攻撃にあっている仲間を見ると、戦わずにこんなところに潜んでいていいのかと思う。

セツは後ろを振り返った。

スーファ軍の侵攻状況を護衛団に伝えてから、ナッシュの傭兵団はこの山の上に潜んだ。あちこちに偵察隊を放っているが、本隊は山の周辺に集まっている。

後方には、集めた大岩が積まれている。もしもスーファ側が国境線を越えてこようとしたら、山の上から岩を投げ落として阻止したいとセツが告げた時、傭兵らは反対するかと思った。上に誰か潜んでいると知ったら、スーファはすぐに攻撃してくるだろう。

だがナッシュは、セツの望みを了解した。

そうして傭兵らによって集められた岩が、後ろに隠されている。相当難儀な思いをして、山の上にまで大岩をいくつもいくつも運んだのだ。

「セツ、岩を落としたいか」

ナッシュが声をかけてくる。

「退路は確保してある。岩を、いっせいに落としたら逃げる。今、やるか」

ハザトの氷が、鉄の玉によって打ち砕かれる。セツは思わず顔を歪めた。あの衝撃では、依代のラヴァルは無事で済んだはずがない。

「ナッシュ、見ろ！」

コイルの声に、岩山に潜んでいる連中の目がそちらに向く。セツは目を見張った。王家の紋章旗。あの下に、王がいる。

まさか。まだ、神獣の気配はない。神獣師が来ていないというのに、先に王が戦地に赴いてくるとは。

「うおお、危ねえ王様だな！　あんな前にまで来るんじゃねえよ！」

「指示が出たんだろう、ハザトの連隊がかなり下がった」

当然スーファも距離を縮めてきたが、ハザトの氷を警戒して、投石機を前に出せず、代わりに遊牧民を行かせようとするが、精霊ではなくヨダ軍の矢によってバタバタと倒される。

「ずいぶん適当に突っ込ませるもんだな。スーファの遊牧民の使い方なんてこんなもんか」

ナッシュが吐き捨てるように言う。

投石機を前に出せば、ハザトの氷に串刺しにされる。

騎兵を突っ込ませれば、狭い道幅に矢がいっせいに放たれ、すぐに倒される。

攻めるスーファ軍と守るヨダ軍は、膠着状態となった。

だがそれは、スーファ軍から投げられる鉄の玉が、再び届き始めてから変わった。

「何……!?」

投石機の場所は変わっていないのに、投げられる距離が変わった。

「なんだこれは!?　投げる距離を加減できたのか!?　聞いてねえぞ！」

アウバス側の軍事力は、アウバス国の諜報機関にいたコイルなどによって知ることができたが、スーファ側は亡命者にも軍人はおらず、加えて国交を断絶して久しいため、スーファ帝国自慢の投石機の技術がどれほど進化しているのか、正確な軍事力を知ることができなかったのである。

またしてもヨダ軍がかなり後方に下がる。ハザトは、氷を出せずにいた。もしかしたら半神のラヴァルが限界か、それともハザト自身が力動の限界を感じたか。

スーファ側はこれでもかというくらいに鉄玉を投げ続け、じりじりと距離を縮めてくる。為す術もないヨダ軍の姿に、セツは思わずナッシュの腕をつかんだ。

「頼む、ナッシュ、岩を落とさせてくれ！」

「おい、見ろ！」

セツらが見守る場所からも、空に浮かんだその神獣の姿ははっきりと目に映った。

きらきらと輝く馬が描かれ、馬の背に羽根が現れた。銀色の雲の粒子が、自然と集まってその姿を作ったと思えるほど、それは優雅に現れた。あまりの美しさと、信じられないものを見た衝撃に、スーファ軍の攻撃が止まる。

「百花……」

王宮から出て、ユセフスがこの戦場の最前線に現れるとは。セツは驚いて百花を見つめたが、傭兵団は初めて見る神獣の姿に、身体を硬直させていた。

百花の翼が揺れ、羽根が溶けるように無数の花が空を舞う。そのあまりに幻想的な光景に、傭兵たちは、戦争の最中ということも忘れているようだった。おそらくスーファの軍も同じだろう。セツは、傭兵らが伏せている周辺一帯に結界を張った。ぴしりと空気が一瞬引きしまり、百花に見惚れていた傭兵らが慌てる。

「えっ、な、どうした!?」

「動くな！　あの花は毒だ。風の流れでこちらに来てしまうかもしれない。身を伏せているんだ。結界の中には入ってこない」

案の定、スーファ軍が大混乱に陥る。毒か、それとも催眠か。いきなり兵士がバタバタと倒れていったのだろう。精霊の力の恐ろしさに、スーファの大軍が混乱していることが、はるか遠くの岩山の上からでも分かった。

「おお、すげえ。さすがだ！」

ナッシュは喜ぶが、セツはいつまでもつかは時間の問題だろうと楽観視はしなかった。

セツも千影山の師匠として、ユセフスとミルドの能力を知っている。

どれほど王都に魔獣が出たのか知らないが、王が先にこちらに到着したところを見ても、かなり難儀な浄化を行ったのではないか。

国境から出てしまうと、神獣といえど力が弱まる。通常の百花の力なら、もっともっと大量の花を遠くまで飛ばせるはずだった。

今はスーファ軍が神獣の存在に恐れおののき、前線の投石機を捨てて逃げ出す有様だが、なんと言ってもスーファは大地を覆うほどの大軍を送り込んでいる。

もっと精度の高い、強力な投石機を後方から引っ張り出してこないとも限らない。

「ナッシュ、頼む。石を上から落とす準備をしてくれ」

セツの言葉に、形勢逆転と考えていたナッシュの一団は虚を衝かれた顔をした。だが、ナッシュはすぐに頷くと、後ろに控えていた連中に告げた。

「静かに、絶対にスーファに気づかれないように、石を手前まで運ぶんだ」

◇◇◇

西側でアウバス国軍と戦っている護衛団第六から第八連隊らは、降り注ぐ『天の矢』に対して、一歩も引かずにいた。

第八連隊長マーセルは、腕に刺さった矢を力動で飛ばした。血が噴き出るが、構わず前方のアウバスの騎兵らを睨み据える。

「矢を放て！」

第八連隊と第七連隊がいっせいに放った矢は、風を操るマーセルと火を操る第七連隊長・ガウトの精霊によって、火の風となってアウバス騎兵に襲いかかった。

『マーセル、また天の矢が降ってくるぞ、陣形を整えろ！』

偵察をしているカリドの声に、マーセルは後ろを振り返った。

常に半神のノートに仕えている部下が、陣形を離れて傍まで来ていた。

「どうした。ノートの傍にいろ」

「隊長、知らせなくていい、と言われましたが」

マーセルは反射的にその場を飛び出し、半神が部下に守られている場所まで走った。

「陣形を！　盾を組め！　矢が降るぞ！」

叫びながら後方に進むと、部下に囲まれた半神の姿が目に入った。

「ノート！」

ノートを守る結界を弱めたつもりはなかった。だが、風で矢を夢中で払っている最中、意識が緩んでしまったのか。

何度も距離を確かめて、精霊の力を限界まで出せる位置に陣取ったはずだった。しかし攻撃力は残せても、結界力は普段よりずっと弱まっていたのだろう。

ノートはどこにも外傷はないようだったが、口から血が流れていた。臓腑を破損したのかもしれない。精霊が傷つけられれば、依代がその衝撃を受ける。それがどこにどう来るのかは、分からない。

「ノート……すまん。依代を守れん操者なんて、フラれ続けて当然だな」

情けないことに、語尾が震えた。ノートは、声を出そうとして唇を震わせた。そこから血があふれ出てくるのを目にして、マーセルは静かに声をかけた。

「いい。お前がなんて言うか、予想はついている。兵のところへ、戻れと言うんだろう」

ノートは目で頷いた。マーセルはそれに微笑んで、ノートを抱きしめた。

「すまんなあ。最後まで俺は、お前の理想の男にはなれん」

マーセルはノートを腕の中に抱えながら、声を張り上げた。

「兵を引け！　天の矢が届く前に、兵を引いて陣形を整え直すんだ！」

マーセルの声に、兵士らがいっせいに後方に走り出す。かなり国境近くまで下がることになったが、矢は届かない距離となった。

陣形を整え直すのは向こうも同じだった。おそらくまた騎兵を走らせてくるだろう。

「ガウト！」

第七連隊長・ガウトに声をかけたが、聞こえていないのか反応できないのか、返事はなかった。この長時間の攻防戦に、向こうの依代も相当弱っているのだろう。

ノートの手が、腕を握りしめてくる。自分に構わずに力動を出せ、と言っているのだろう。

「……本当にお前は、どこまでも男前な奴だよ」

マーセルはノートをきつく抱きしめ、己の中の力動を集中させた。

その時、恐ろしいほどの力動の波に、マーセルはぶるりと身体を震わせた。

いきなり目の前に、きらきらと輝く滝のようなものが降り注がれたと思ったら、前方のアウバス軍から混乱と恐怖の絶叫が届いた。

滝は、銀と紫色の糸だった。マーセルが上を見上げると、紫の蜘蛛が、護衛団を囲むようにして、その巨大な姿を現していた。

「ライキ様……」

まだ戦争は終わっていない。だがマーセルは、助かった、と思った。気を緩めるなと腕の中の半神は怒るかもしれないが、ノートの髪に何度も口づけた。

「ライキ様とクルト様が、来てくださったぞ、ノート」

紫と銀の糸を青い空いっぱいに張り巡らせる蜘蛛の下で、国の守護神は声を張り上げた。

「よく守った！　態勢を整え、急がず陣形を立てなおせ！　紫道の糸は、一矢たりともお前らのところに矢を届けさせん！」

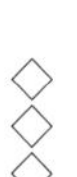

国境東側でスーファ帝国軍と相対するヨダ軍は、すぐ後ろに国境が迫ってきていることを感じていた。

ハザトがかなり越境して守っていたために、じりじりと後退しながらも敵に損害を与えることができたが、いよいよ死守すべき国境が近づいていた。

「王……ここは、なんとしても守らねばなりません」

馬に乗っているカディアス王は、傍で花に包まれているユセフスに目を向けた。

優美な花をあふれさせているが、かなり疲弊していることが傍目からも分かる。精霊を出しているため誰も寄せつけず、馬にさえ乗れず、杖に縋るようにして立っていた。

ユセフスは先読ラルフネス五歳の浄化の際、片足が不自由になった。そのため常に杖を持っているが、不自由さなどないかのように歩き、杖に頼っている様子は見せたことがなかった。

だが今は、それなしでは立っていることすらできないようだった。

「キリアスが『時飛ばし』を行っても、相手の軍を入れてしまえば、国を消しても一緒についてきてしまいます。わずかな軍勢ならいいでしょうが、なだれ込まれたら国を消しても戦争は止まらないでしょう。この国境線は、死守せねばなりません」

「しかし……」

『時飛ばし』が、本当に行われる保証はどこにもなかった。

「王!」

イーゼスが馬を飛ばしてくる。手前にハユルを乗せていた。

「イーゼス、西側はどうだった⁉」

「ライキがなんとか間に合いました。あちらは話に聞いていた通り、厄介なのは『天の矢』とアウバスの騎馬軍団だけです。マーセルらがよく守りました。矢であれば、ライキの蜘蛛の糸で全て防ぐことができる。クルトは依代の中でも一番体力がある奴だ。持ちこたえるでしょう」

「西側の国境線は守れる、と思っていいんだな」

「はい」

イーゼスは馬から降り、ハユルも降ろした。動物は精霊を恐れる。生き物から離れるということは、精霊を使うということである。光蟲の発動に、ハユルの身体が黄金に光る。

「おいユセフス、ミルドの奴、相当前に出ているぞ。いいのか」

「義兄のハザトを前線から下げたから、その代わりに第一連隊を率いているんだ。イーゼス、敵の武器を知りたい。後方におそらくもっと距離を飛ばせる投石機を持っているはずだ。このままあの大軍が、引き下がるとは思えない」

「お偉いさん方は、ずっと後ろで状況を見守っているだけだろうからな。案外、お前の百花をつまみに、酒でも飲んでいるかもしれないぜ」

「全員毒を嗅がせてぶち殺してやりたいな」

「王ー、内府がこんな物騒なこと言ってますよー」

イーゼスの力動によって、ハユルの身体から黄金の光が空めがけて立ち上った。

無数の花が飛ぶ空に、光の筋が凄まじい速度で線を描く。

イーゼスは光を放つハユルの身体を抱きかかえながら、スーファ帝国軍に向かって突き進んだ一筋の光を、帝国軍の手前で一気に分散させた。

それらは、目に見えぬほどの小さな虫となり、土埃にまみれた戦場に、容易に紛れた。

奥へ。奥へ。イーゼスは数十もの蟲を、スーファの軍に張りつかせた。蟲の一つ一つを、目を据えて追う。虫が見つめるものを、虫が聞く声を、全て拾う。

そして、スーファ軍の中枢に辿り着いた虫は、とんでもないものを、目にした。

「ユセフス、投石機を、見つけたぞ……！　これは、でかい……！　前線に置いてあったやつとは、比べものにならないくらいだ」

「やはりあったか」

「二倍……いや、三倍ほどの大きさだ。どうやら兵の話では、下方からの城攻めに使うものらしい。鉄の玉の大きさもかなりでかい。あんな重さのものを、飛ばすことなんてできるのかと思うが、投石機が、でかい……！」

ハユルを抱きかかえていても、イーゼスは震え上がった。

「王！　もうこれは、避けようがありません！　どれほどの威力で飛んでくるか、分かりません。あんな玉が落ちてきたら、おそらく連隊一つなんて、軽く吹っ飛びます！　兵を、東側の兵を、下げてください！」

カディアスは投石機相手に奮闘するヨダ軍と、その奥のスーファ帝国軍を見据えた。兵を国境内まで下げさせようと、声を張り上げようとした瞬間、ユセフスが、今まで発したこともないような声を張り上げた。

「ミルド！」

投石機がまたしても距離を縮めてきた。前線が大きな攻撃を受けたことが、イーゼスの光蟲により、すぐに伝わった。

不自由な足で走り出そうとしたユセフスの身体が揺らぐ。イーゼスはユセフスの身体を支えるように抱き留めた。

「落ち着け、あいつは無事だ！　俺が誘導する！」

「ミルド……もういい、兵とともに逃げるんだ！」

ユセフスの悲痛な声に重なるように、カディアス王の声が空に響き渡った。

「全軍、国境内まで下がれ！」

いっせいに退却し始めたヨダ軍を、当然スーファ側は追う。

「ユセフス、しっかりしろ！　ミルドは無事だ、最後に毒花であいつらを押し返すぞ！」

イーゼスの檄（げき）に、ユセフスは杖を握りしめて前方を睨み据えた。

その時、山の上からヨダ軍を追うスーファ軍に向かって、石が転がり落ちてきた。

「なんだ……!?」

「おそらくセツだ……傭兵らだ！　イーゼス、国境線に結界を張れ！　百花は外から、あいつらを返り討ちにする！」

「馬鹿野郎、いくらなんでもあの鉄の玉を防ぐのは百花でも……」


大地が揺れたのは、その時だった。

地の奥底から、大地の鼓動が鳴る。

静かな地鳴りは、やがて人々の身体の末端まで、その振動を伝えた。

「地震……」

そう思ったのは、一般の兵士だけだった。

精霊師は、神獣師は、そして王は、この大気と大地の変動を、全身で感じ取った。

己の中の精霊が、太古から繋がる血脈が、圧倒的な力の存在を伝える。

何も考えずに、畏怖（いふ）、ただそれだけが意識を占めるほどの、力を。

「鳳泉だ!!　時が飛ぶぞ！　全軍、国境内に走れ！　取り残されるぞ、中へ、中へ入るんだ！」

敵にまで轟くようなイーゼスの声に、皆がむしゃらに走り出した。

何が起こるのか分からない兵士らは、精霊師らの恐怖に染まった顔につられるように走った。

各連隊の隊長である精霊師でも、『時飛ばし』のことは聞いていない。だが、この国最高位の神獣が現れるということは、いやでも分かった。己の中の精霊が暴れている。ひたすらに、恐ろしい、と叫んでいる。ありとあらゆるものを浄化する、鳳泉の登場を、本能で感じ取っていた。

「逃げろ、逃げるんだ！　あの世に飛ばされるぞ、逃げろ！」

地面が安定していなければ、投石機は用いることができない。スーファ軍は鉄玉を投げることを諦め、騎兵団を走らせてきた。なぜか急に、慌てふためきながら撤退を始めたヨダ軍を追う。

「走れ、走るんだ！　もう精霊は使えない、国境の内側に、早く逃げろ！」

前線にいたミルドは、百花を操り、力動が限界に近かったが、声を張り上げた。よろめきながら立ち上がり、負傷して動けないでいる者の身体を起こす。自分が乗っていた馬に紐でくくりつけ、馬の尻を叩いた。

「精霊は絶対に出すな！　鳳泉の浄化に引っ張られるぞ！」

ミルドはそう叫んだが、精霊師らは鳳泉の力を感じ取って精霊を出そうとしても出せない状態だった。

「ミルド様！　早く乗ってください！」

第二連隊の者が馬を走らせながら、一騎の手綱を引いてきた。ミルドは最後の力を振り絞り、空に身体を跳ね上げた。空中で手綱を受け取ってそのまま馬に乗る。意識が落ちそうになったが、最後に声を放った。

「走れ！」

地が揺れる。スーファの大軍が押し寄せているからか。それとも、時が飛ぶ予兆か。びりびりと大気が震え出す。馬が、恐ろしさに嘶（いなな）く声が響き渡った。

国境線に立ったのは、火柱だった。

天空にまで届くかのような火柱が、地を裂いて現れた。

別次元の時空の出現は、驚愕の声をあげることすらさせなかった。一瞬にして、スーファ軍が火柱の向こう側に消え、音も立てずに真っ赤な炎が、目の前を赤く覆ったのである。

ヨダ国境に立った火柱に、カディアスは言葉を失った。

その火柱は、岩山も覆い尽くし、ぐるりと目に見えるヨダの国全体を覆い尽くしていた。

そしてその火が、何も焼いていないことは、すぐに分かった。

何かを燃やしている煙が、一切立っていなかったからである。

人々は、声も出せぬままに、その燃やさぬ火を、スーファ帝国軍を目の前から消した火を見つめた。

そして、彼らはようやく、視線を火から、頭上へと移した。

そこにいたのは、巨大な、鳥だった。

真っ白な鳥が、大きな翼をゆっくりと動かしながら、天空に漂うように浮かんでいたのである。

ヨダ国境の外側にいたセツの目には、全く別の世界が映っていた。

　セツとナッシュら傭兵団は、山の上からスーファ軍に石を落とした後、すぐさま身を隠そうとした。だが、地面の揺れに、セツが鳳泉の出現を感じ取った。神獣が現れる時には、必ず大地と大気がそれを伝える。

「時が飛ぶ……！」

　セツは山頂に戻り、身を低くしてその有様を見ようとした。

「おい、どうした、セツ……」

　セツに続いて山頂に戻ってきた傭兵団も、信じがたい光景を目にすることになった。

　彼らの目の前に、いきなり火柱が出現したのである。

「わあああ!?」

　傭兵団がいる場所には届かなかったが、山を貫くように赤い炎が壁を作ったのである。隠れていることも忘れ、彼らは絶叫した。

　そしてこちら側の火柱は、紛れもなく火であった。それを証明するように、突然熾った火が、突風を生み、傭兵団に熱風を吹きつけてきたのである。

　セツらがいる隣の山に、あっという間に火が燃え移る。

　だが彼らは、その火の熱さを感じても、逃げる、ということができずにいた。

　その目に、信じがたいものを、映していたからである。

　天空に飛ぶのは、巨大な、赤い鳥だった。

　赤い翼は、先端に向かって、紫から白へと変化していた。

　赤い胴体から伸びる首は青く染まり、まるで蛇の鱗のようにそこだけが毛に覆われていない。

　瞳とくちばしは金色で、ぎろりと見据えると瞳孔が赤く染まった。

　これが、鳳泉なのだ。

　セツは、身体が、がくがくと震え出しても、その姿から目を逸らすことができなかった。

　誰も、見たことがないと言われていた神獣。

　それも当然だ。

この本当の姿は、『時飛ばし』を行った時にしか、現れない。

鳳泉が己の時空を作り上げた時にしか、現れないのだ。

そしてこの姿は、その時空の外側からしか、見ることはない。

時空の中に隠れたヨダ側からは、この真の姿は、見られないのだ。

鳳泉の金色のくちばしが開き、その口に火がまとわりつく。

それは天空に大きく弧を描き、火の輪を生んだ。

やがてそれはぼとぼとと、無情にも、火の玉となって、逃げ惑うスーファ軍の中に落ちていった。

木々に燃え移った火から逃れるため、セツらは必死で山を下り、確保しておいた退路を逃げた。

なんとか下山し、セツが再び空を見上げた時には、もうそこに鳳泉の姿はなかった。

浄火の炎だけが、いつまでも燃え続けていた。

◇◇◇

いきなり国境線上にまるで赤い幕のように広がった火柱が、次第にその色を、白へと変えていく。

空は、現れた鳳泉が羽ばたくごとにまき散らされる羽毛で覆い尽くされた。

白い翼から溶けるように羽毛が舞い、天空に集められる。

青い空を、乳白色の羽根の雲が覆い尽くす。自然とかけ離れた現象が起きているというのに、兵士らは誰も取り乱さず、ただ、顔を上に向けていた。


突然アウバス軍と遮断された西の国境でも、同様の現象が起こっていた。

『天の矢』に苦しめられ、盾の下になっていた兵士らは、皆我を失ったように、白く変わってゆく空を見つめていた。

紫道の操者・ライキは、傍らの半神の、子供のような声を聞いた。

「雪だ」

その雲から、まるで羽根が散るように、白い何かが降ってくるのをライキは見た。

それは、雪でも、羽根でもなかった。

「……これは……花だ。クルト」

呟いてライキは、自分たちが、鳳泉の作った永遠の時空の中にいることを知った。

アウバスとスーファとの、戦争が終結したことを、知った。


千影山の裏山からでも、火柱で国全体が囲まれる光景は、見ることができた。

「おお……！」

思わず立ち上がったジュドの口から、震える声が出た。

現れた白い鳥に顔を向けながら、ジュドの瞳からは涙があふれ、顎を伝って落ちていった。


「成したか……！　よくやった、よくやった、キリアス、オルガ」

こみ上げてきた感情がなんなのか、一体なんの涙なのか、ジュドは自分でも分からなかった。

たった一つの感情で収まるほど、短い時を過ごしていなかった。

今まで目にしてきたものは、ここに至るまで味わった思いは、ただ一つの哀や、憎や、苦や、喜や、愛ではなかった。

「ガイ……ガイ、見えているか。見てくれているか。成したぞ。浄化を、ついに成した……」

肩を抱くように墓に触れ、促すように空を見る。

やがてジュドは、墓に手をついて、そこに伏せるようにして慟哭(どうこく)した。


王都では、まだ魔獣が出現したことによる混乱は収まっていなかった。

警備団を率いる諜報機関『第五』の連中とともに人々を誘導し、消火や救助作業に専念していた元神獣師・ザフィとシンは、現れた鳳泉に、言葉を失っていた。

ザフィとシンだけではない。焼け出され、家を失って茫然としていた人々も、その夢のような光景に、目の前の不幸も忘れて空を見上げた。

親にしがみついて泣いていた子供たちは、降ってきた花びらが、指先に触れるか触れないかというところで淡く消えるのを見て、はしゃぎ始めた。

大人だけが声を失い、子供は、大きな白い鳥と雪のような花の存在に、喜んで笑い声を上げた。


同じく王宮でも、子供の喜ぶ声が響いた。

「姉上、鳳泉ですよ！　宵国で見た、オルガの白い鳥だ！」

王太子セディアスは興奮して中庭に飛び出したが、誰も止めなかった。

皆が皆、初めて見るこの国最高位の神獣の姿に、一言も発することができずにいた。

トーヤに抱かれたラルフネスが、手を思いきり伸ばす。

トーヤは静かに、ラルフネスを抱きながら、セディアスがはしゃぐ中庭へと足を進めた。

ラルフネスの小さな手が、鳳泉の花びらに伸びる。

それは、人の手に触れずに、消えてゆく。

トーヤはその姿を、食い入るように見つめた。

そして、自分の対であったカザンが死んで以来、宵国でもその姿を見ることがなかった神獣の姿に、目を移した。

カザンが黒い魔獣と化して以来、鳳泉の姿を見ることはなかった。

かつての自分が、それを見てどう思っていたのか、もう思い出すことができないほど遠い記憶だった。

ラルフネスと繋がる手段でしかなかった、己の中の神獣。

二度と見ることもあるまいと思っていた、己の中に長く封印されてきたその姿を、目に焼きつけた。

「……あんなに、美しい神獣だったんだな。イサルド」

トーヤの呟きと静かな笑みに、神官長イサルドは、老いた身体をふらつかせながら地に膝をついた。

そして、あたりを憚(はばか)らずに、震える声と、涙を落とした。


王宮の一室で、まだ窓の外を見ることもできずに伏せっている者が、窓辺に張りついている者に訊いた。

「成したか」

書院番のサイザーは、寝台に横になるダナルにふらふらと近づいた。

「成してくださいました。烈火殿。鳳泉です。真っ白な、神々しい、鳳泉のお姿です」

ダナルはサイザーの、皺が深く刻まれた顔を眺めた。窪んだ目尻に、涙が浮かんでいる。

「ルカを、外へ連れていってくれないか」

傍らに寄り添うように横になっていたルカが、わずかに身じろぎする。ダナル同様、まだほとんど身体を動かすことはできずにいた。

ダナルの頼みに、医師や神官たちがルカの寝椅子を中庭に用意する。そして、ルカは慎重に、中庭に移された。

「ダナル様は？」

医師のカドレアの問いに、ダナルは静かに首を振った。

「俺はいいんだ。……ルカに、浄化を見せてやってくれ」

ルカがわずかに顔を向ける。ダナルは微笑みだけをルカに送った。

中庭に落ちてくる白い散華は、人々の身体には触れなかった。

まるで、差し出された手から空に放たれるわずかな熱に溶けるように、触れる寸前で消えてゆく。

ルカも、震える手をそれに差し伸べたが、それはやはり、生きる人間には触れずに溶けた。

やがて、雪のように静かに音もなく降り注いできた花は、淡い光を放ちながら、空へと戻っていった。

無数の花びらがいっせいに発光し、空へと立ち昇り、空は、白く光り輝く世界へと変わった。

「……さようなら」

ルカの口から、自然と、初めて、涙とともに、その言葉が出た。

無数の命が、花びらとなって、人々のもとに降る。

そしてそれは、光となって、天へと帰る。

イーゼスもまた、それに手を伸ばした一人だった。

触れるか触れないかのところで、消えるそれを、思わず掴んだ。

救ってやれなかった、気づいてやれなかった、永遠の後悔を、拳が震えるほどに、握りしめる。

やがてそれは、イーゼスの震える拳から離れるように、上へ向かい始めた。

思わずイーゼスが顔を上げると、すでに頭上には、無数の光が集まっていた。

それは、光蟲の光よりもずっとずっと淡かった。

光がにじむのは、浄化のせいか。それともこぼれ落ちる涙のせいか。

イーゼスは、ようやく、後悔と、贖罪と、別れの涙を、かつての半神に見せることができた。

ハユルは、ユセフスに背中を押されたが、静かに首を振ってその場に留まった。

しばし天を見つめるイーゼスの姿を見守るように立っていたが、やがて自分も、光を吸い寄せる空へと顔を向けた。

そして誰もが、驚きの表情で、それぞれの思いを抱きながら、空を見つめている光景を目にした。


光を見送る人々を見つめていたカディアス王は、その目を静かに、白い空へ向けた。

天空に飛ぶ鳳泉は、集められた光に溶かされるように、その姿を空に流していく。

それはやがて、光り輝く雲に姿を変えていった。

溶けてゆく光に、人々が、父を、母を、兄を、友を、愛する者を、想う。

カディアスもまた、想った。

育ててくれた者を。愛を貫いた者を。この国の生き神であった、兄姉を。

この国に憎しみを抱いた者を。精霊を宿す器から零れてしまった者を。

この国を守った者を。唯一無二という、苦しみと葛藤を求めて、戦い続けた、精霊師を、神獣師を。

……全ての浄化を。

無数の、苦しんだ命に、全ての尊き命に、光り輝く、浄化を。

彼らがいてくれたからこそ、今がある。

憎しみも恨みも、哀しみも喜びも、数多（あまた）の命によって守られたこの国。

長い歴史の中の、人の営（いとな）みの、ほんの一部の生かもしれないが、
今こうして、時が飛び、命を繋ぐことができたのは、先人たちが悩み、葛藤し、苦しんだためだ。

自分の苦しみも、そして喜びも、やがてこうして浄化される。

そしてそれは、いつか、後の世の子孫の誰かを守るだろう。

カディアスの目に、一筋の青い線が映った。

光の粒子を集めていた雲が、吸い込まれるように、流れてゆく。

やがて空は、目に痛いほどの、深い、青を描き始めた。

◇◇◇

スーファ帝国王宮にて、皇帝ハリスフォルト三世は、次々とやむことなく入ってくる報告を聞いていた。

「……ヨダ国周辺の火が、やっと鎮火したのですが、火と、ともに、岩山も森もかなり焼け、た、せいか、……ヨダ国に繋がる道が、分からなく、なり……」

報告する者も、なんと伝えたらいいのか分からないようだった。

前線で戦った貴族は、突如現れた神獣と火と、ヨダ軍が消えた原因を探っていたが、まるで敗戦処理を行っているかのようだった。焦燥と混乱と疲労で、軍服を改めていてもやつれ果てていた。

「はっきり申せ！　こちら側からヨダ国に繋がる道は、一つしかないのだぞ！」

大主教の怒りの追求に、報告していた貴族は、ついに苛立ったように返した。血走った目を大主教に向ける。

「なら申し上げるが、我が軍がどう進軍してもヨダ国

には辿り着けんのだ。一本しかなかった道が、いつしか山に、森に繋がる。そこに入れば、列を作っていたはずなのに、兵士が何人も行方不明になるのだ。何度やっても同じだ」

「方法が悪いのだろう！」

「精霊のせいだと、兵士らは怖じ気づいている」

「異端者め！」

大主教は、唾を飛ばして教本を貴族にかざした。

「精霊に惑わされるか！」

「なら神職の方々が、ヨダ国へ率先して入れば良いではないか。我々はその後に続こう。どうか導いて頂きたい」

大主教が怒鳴る前に、貴族は吐き捨てるように言った。

「惑わすも何も、巨大な火を吐く赤い鳥を我々はこの目で見たのだぞ。戦場に行った者を捕まえて訊いてみるがよい。あの鳥が落とした火の玉で、我が兵らがどれほど苦しんだか。周りには火しかない状況で、あっという間に辺境部族は逃げ去った。後方を守っていた貴軍は、それを追うこともせず、我らを助けることもせず、火の鳥に恐れをなして逃げ帰ったではないか。キンダル公！」

名指しされたスーファ帝国の大貴族・キンダルは、苦虫を噛みつぶした顔で言った。

「北方民族どもが、我が北方の要塞を奪ったと情報が入ったからだ！　陛下、私を領地に戻してください。我が領土の民が、北の部族に惨殺されているのですぞ！」

「兵士を拘束し要塞を占拠しているだけで、北方民族はそれ以上何もしてこないという話だろう。キンダル公が戻る前に、既に使者を立ててきている」

貴族らの中から声が飛ぶ。

「使者など！　奴らと話などできん！」

「貴公自慢の要塞がいとも簡単に一夜で落とされたのは、ヨダ国の精霊師が北方民族と同盟を結び、妙な術で要塞の兵士たちに催眠をかけたからだとか。その機に乗じて北方民族が要塞を占領し、自分たちの領土の不可侵を認めるよう要求してきている」

他の貴族らもざわめき始める。憶測だけで不安がどんどんふくれ上がる。

じっと黙って貴族らの会話の応酬を聞いていたハリスフォルト三世が、低い声で訊いた。

「アウバスはどうしている」

報告していた貴族が、「分かりません」と答えた。

「ヨダに入ることができないので、その西方の状況を知ることはできません。北の山脈を通ってアウバスに入ろうとしましたが、戦場から領地へ戻っていった辺境部族らもあの戦の尾を引いて混乱が落ち着かず、奥まで案内する余裕がなさそうでした。ですが、途中の村々で集めた情報によると、あちら側では貴族らが領地争いを始めているらしいです」

「領地争い？　貴族らがか？　……ということは」

「おそらくは、フリスタブル二世の王位は、もうないか、あっても弱いものかと……。あちら側は、もうヨダ国をどうこうしようという意思は消えているでしょう。確かではありませんが」

皇帝の前で、貴族らの言い争いが再燃した。

「アウバスとは同盟を組んだのだぞ。大使は戻ってきていない。まず西側がどうなっているのか調べねばならんだろう！」

「だったら西側に領地のある貴公がやればよかろう。辺境部族を使っても何をしても、アウバスを調べればいいではないか」

「一体ヨダはどうなったのだ。アウバスとヨダが手を組んだらどうなる」

憶測の応酬に、ハリスフォルト三世は、再び沈黙した。

「陛下、これ以上兵をあの地に留めておくことはできません。一度撤退を。散ってしまった辺境部族らが、戦地に残る我が軍に襲いかかってこないとも限りません。もう一度、情勢を把握してから動くことが得策かと」

貴族の意見に、賛同者が勢いづく。

「ヨダとアウバスの状況が分かるまでは、行動しない方が良いかと思われます。北方民族も、ヨダ国と繋がっているとしたら、今は下手に突(つつ)かない方がよいかと。北方民族はヨダの生き神に、我らをどうにかしてくれと頼むかもしれない」

「異端者め！　生き神とはなんだ、あれは魔物だ！」

大主教が叫びながら、顔を真っ赤にして皇帝の前まで進み出た。

「陛下、教義を忘れてはなりません。精霊は魔です。これは絶対に滅ぼさねばならない。こうした時に、いちいちあの国の魔物を恐れることがあってはならないのです！　陛下とて、明日にはお父上のように発狂してしまわれるかもしれないのですよ！」

　場に沈黙が落ちる。皇帝は、大主教にも貴族にも目を向けず、ただ空を見つめていた。大主教が虚ろな瞳の皇帝に一歩近づく。

「スーファの威厳を保つには、ヨダの予知能力者も、精霊も、全て滅ぼさねばなりません。あれらが存在する限り、スーファに安寧はありません。陛下とて、いつ奴らに狙われ、命を落とされるか分からないのですぞ」

　大主教の話を聞いていないように空を見つめていた皇帝が、いきなり言葉を発した。

「大主教以外に、ヨダ国の歴史に詳しい神職者は誰かおらぬか」

　大主教が声を張り上げる。

「陛下、なりません！　下の者は、正しく教義を理解していない者もおります！」

「黙れ」

　物静かな皇帝の目はつり上がり、目の前の大主教を睨み据えていた。

「大主教、去れ。同じことばかり繰り返すお前の御託（ごたく）は聞き飽きた。許可が下りるまで、教会庁から出ることを許さぬ」

「陛下……」

「二度言わせるか？」

　皇帝の視線がわずかに動く。衛兵数名が扉の前に立ち、大主教の退出を無言で待つ。大主教は、しばし皇帝の顔に視線をさまよわせていたが、もう一言でも発すれば衛兵が自分の両脇を抱えることを予感したのか、静かに衛兵が開いた扉の向こうへ消えた。

　ハリスフォルト三世は再び沈黙した。

　だがその視線も、醸（かも）し出す気も、誰にも何も語らせぬ存在感を放っていた。あれほどわめき散らしていた貴族も、みな言葉を失ったように目で語らうしかなかった。

　扉が開き、一人の男が中に進んできた。

　粗末な僧衣を纏（まと）った老齢の男は、大きな書物を片手に皇帝の前に進んできた。俗世より、人より、書と向き合ってきた人間であろう。俯きがちに、ぼそぼそと告げた。

「政治も戦も何も知らぬ者ではありますが、書で得た見聞や先人の考えなどは、お伝えすることができます」

ハリスフォルト三世は頷き、老僧に問うた。

「我が国はヨダ国に侵攻したが、ヨダ軍は、巨大な精霊とともに姿をくらましたようだ。一体何が起こったのか、実態は摑めぬままだ。あの国に何が起こり、今我が軍に何が起こっているのか、お前の知るところを伝えよ」

老僧は手の書物を開き、答えた。

「過去に我が軍がヨダに兵を向けた際、ヨダは国を消したことがあります」

国を、消す。その言葉に、場はざわついた。

「本当に国一つが消えてしまったのか、どのような状態だったのかは分かりません。ただ、いかにヨダ国に入ろうとしても、道がいつしか別の場所に繋がり、迷いさまようだけだったと」

その話に、前線で戦ってきた貴族が夢中で頷いた。

「そうです！　道に迷ってしまうのです。兵の身体を紐でくくりつけ、列となって進んでも、目印をつけても、いつの間にか同じ場所に戻っている。そんなことが何度もあったのです」

ハリスフォルト三世は、わずかに目を伏せた。皇帝の沈黙を、貴族らが息を殺して見つめる。その時、老僧が本を閉じ、静かながら、はっきりと告げた。

「あの国は、侵略は許しませんが、敵意を向けられぬ限り攻撃はしません」

ハリスフォルト三世は、大きく一つ息を吐きながら、場に告げた。

「全軍、撤退せよ」

13

オルガは、瞼の裏に映った光に気がついた。

それは、暖かく、柔らかい光だった。こんな光を、かつて、感じたことがある。

そう思った途端、手がかざされた。

光を遮る、優しい手が、一体誰のものか、目を開ける前にもう分かっていた。

まぶしくないよ。

分かってるよ。

心の声で、そう伝えてきた半神は、太陽を背に、優しく微笑んでいた。

口づけが降ってくる。オルガはその首に夢中で腕を絡めた。

「キリアス様……!」

ああ、夢ではない。この人と、同じ世界にいる。

現実のキリアス様だよね? 無事だったんだよね?

それともあの世?

「この世界があの世かどうか、もう分かっているだろ」

抱きしめられる腕の温もりと、重ねられる唇の熱さに、しばしオルガは酔った。キリアスは、なだめるように優しく頬をすり寄せ、舌を軽く絡めてくる。やっと息をついて、オルガはキリアスの肩に頭を乗せた。

ねえ、ここどこ? 『時飛ばし』の場所? なんかすごい森だね。

「普通に話せよ。まあ、この世界には俺とお前しかいないから、心話で話したってなんだって同じだけどな」

キリアスに抱きかかえられながら立ち上がる。太古の森の中の、そこだけぽっかりと浮いたように太陽が降り注ぐ草原にいた。動物の気配はわずかに感じるが、人の気配が全く感じられない。精霊の気配がないことが、驚きだった。

「千影山の麓、『始まりの地』だ。ここで俺たちは、『時飛ばし』を行った。感じるだろう。この世界にはお前と俺、二人しかいない。ここが、実空間のヨダなんだ。俺とお前以外のヨダ国全ては、鳳泉が作った時空の中に飛ばされた」

精霊が全くいない空間は、初めてのことだった。『時飛ばし』によって、実空間も浄化された状態なのだろう。周囲の気配がやけに明瞭だった。

「そうだな。精霊の気配がない。だから、逆に生き物の気配がはっきり分かるだろう？　遠くの気配は、スーファ軍だよ。軍が撤退しているな。東側に戻っていっている」

「ここには辿り着けないんだね」

「国全体の時空が歪んでいるからな。千影山と同じだ。スーファやアウバスの軍がここに入ろうとしても、同じところをぐるぐる回るだけだろうさ。ヨダの土地でも、お前と俺がいるこの空間だけが実際の世界と繋がっているが、奴らはどうやったってここまでは辿り着けない」

「鳳泉の浄化の空間が作られているから、精霊がいないんだね」

「そういうことだな」

　オルガは周囲の樹海の森を見回した。太古の森の中だというのに、精霊がいないことが信じられなかった。

「すごい森。あんなに幹や、根が太いなんて。これに精霊が宿っていたら、どんなものなんだろう」

「向こうに、小さいが池があったな」

「本当!?　見たい！　魚はいた!?」

　キリアスがまじまじと見つめてくる。オルガは、キリアスが『時飛ばし』を行った後の、身体の状態を失念していたことに慌てた。

「キリアス様、力動は……」

「ああ。もう十分寝たから、回復できたよ。思った以上になんともない」

「本当に？　今まで、無事で済んだ操者はいなかったって聞いたけど、キリアス様が特別なの？」

「いや、俺よりもお前が特別なんだよ。ほら、過去に『時飛ばし』を行った時に、鳳泉の依代だけが王宮に残っていて操者の記述がなかっただろう？　あれな、多分、術を行った操者だけがこんな風に実空間に残ったからだと思うんだ」

　どうやらキリアスは早々と目を覚ましていたらしく、一人でじっくり考察していたらしかった。

「お前が俺と一緒にこちら側に残れたのは、精霊を宿す器が、かつてなく大きかったからかもな。確かに、命を落とした操者もいたのかもしれない。それとも、現実世界ではなく宵国の中に留まってしまって、それが死となったか……。まあ、俺らは二人一緒に宵国や鳳泉の時空からうまく出られたというわけだ。運や俺の力動より、これはやはりお前の……」

「でも良かった！　キリアス様と一緒で嬉しい！　三

年も離ればなれなんて、耐えられなかったよ！」

オルガはまたキリアスに抱きついたが、キリアスはどうも浮かない顔をしている。

「キリアス様、どうしたの？」

「いや、……何も、ないんだよ、ここは」

意味が分からず首を傾げると、キリアスは困ったようにあたりを見回した。

「お前が起きる前にあたりをざっと見て回ったんだが、ただの、森なんだ。動物とか魚はいるし、果物らしきものもあるから食料には困らないだろうが、服とか着替えとか、道具とか何もなくて……」

「もおお、キリアス様のひ弱っ子！」

あまりの情けなさにオルガは怒鳴った。

「森なんだから何もなくてあたりまえだろ！　何考えてんの！　二人でいれば何も怖くないだろ！」

「いや、怖くはないが」

「もう、一緒に残れて良かったよ。料理とか裁縫とか、なーんにもできない人なんだから。いいよ。俺が食べさせてあげるから、心配しないで」

キリアスの顔に、満面の笑みが浮かぶ。

「そうだな、この世界で三年、楽しく過ごすためにも、お前の足を引っ張らないようにするか」

飛びかかるようにして抱きつくと、揺るぎない力で包まれる。その確かさを、目もくらむような幸福の中で、オルガは感じた。

◇◇◇

森の中の池は、深い緑色をしていた。

キリアスは服を脱ぐと、静かにその中に入った。生き物の気配を感じ取る。

小さな池だが、かなり深い。小さな魚たちは池底に潜んでいる。大きな魚は、三年の間自分たちが捕り続けたせいで、少なくなっていた。

(生態系を、だいぶ荒らしてしまったな)

本来なら、人が住まぬ土地である。三年、ここでオルガと暮らすうちに、森から得られる恵みに困ることはなかったが、数は減らしてしまっていた。

肉にするべきか、魚にするべきか。悩むキリアスの頭上から、声がした。

「お肉なら捕ったよ、キリアス様」

顔を上げると、銀色の長い髪が陽光を受けて光り輝いた。

キリアスは、樹の上に腰をかけたオルガの姿を、まじまじと見つめた。

三年、伸ばし続けた銀色の髪は、腰を覆うほどになっていた。年齢よりも幼かった頬は、すっかり大人の曲線を描いている。顔の肉が引きしまったために瞳は涼やかに引きしまり、銀色の鳥の羽のような睫毛の下の水色の目は、輝きを増している。

初めて千影山で会った時は、その変わった髪と瞳の色を恥じている様子を見せていたが、今は自分の容貌を全く卑下していない。

実の母親の容姿を見たことが、自分の容姿に対する自信となったか。この三年、たった一人の人間にしか自分の姿を見られていなかったからか。それともただ単純に、愛される自信にあふれているからか。

どちらにせよ、十九歳の己の半神の若さと美しさに、キリアスはただ見惚れた。


「どうしたの？　キリアス様」

「いや、綺麗だと思ってさ」

オルガは目をぱちくりさせたが、捕ってきた鳥をぽんと遠くに放り投げたかと思うと、いきなり樹の上から池に向かって飛び込んだ。

「ぅおい！」

服のまま派手な水しぶきを上げたオルガに、思わずキリアスが声を荒らげた。

「お前、服！　もうそれしかないんだぞ、大事にしろって言ってるだろ！」

オルガはこの三年で、身長はキリアスの顎を超え、ちょうど頭半分の身長差にまでなった。三年前は顎の下に頭がすっぽりと収まっていたのだから、かなり伸びたのが分かる。

加えて肩幅もしっかりして、腕や足も引きしまりすらりと伸びた。十六歳の時に着ていた服は、だいぶ小さくなってしまったのである。

『時飛ばし』を行ったのが冬の終わりで、上衣はもちろん、何枚も着物を重ねた格好だったのが幸いした。そうでなければ、とてもではないがこの世界で三年間を過ごすことはできなかった。途中で裸族となるしかなかっただろう。木の枝で針を作り、植物の茎を裂いて糸にしながら縫い合わせて、大事に服を身につけてきたのだ。住む場所は雨や雪を十分しのげる大きな洞窟があったし、食事にも困ることはなかったが、服だけは作り出すのは不可能だった。

「冬場だって〝界〟を張れば裸で過ごせるんだから、平気なのに。キリアス様は、神経質だよねえ」

「そういう問題じゃない。確かに俺らは力動があるから原始的な生活を送ってもなんとか過ごせるが、じきに文明生活に戻るんだからな」

たった二人だけの世界にいるせいか、常日頃細かなことに気を回し、丁寧に生活していたオルガの方がここではのびのびと暮らし、逆にキリアスの方が以前の生活をできるだけ維持しようとしていた。

「もうすぐ、この二人だけの世界も、終わりなんだね」

水に浮きながら、空を眺めていたオルガがぽつりと呟いた。その顔を覗き込むと、水色の瞳が空の青を受けて深く色づいていた。

「嫌か？」

閉ざした世界が戻ってきたら、鳳泉の神獣師として王宮に入り、主に神殿で暮らすことになる。

誰にも、何にも縛られず、思うがままに生きることは、今後難しくなる。

オルガも、その意味が分かっているだろう。子供の頃はあやふやだった、神獣師としての生き方を、様々な人間の人生を知ることで、自覚していった。

だからこそ、今の自由さが貴重で、二度とないことを知っている。

国の守護神として崇められ、人を守る立場ゆえに、不自由さを抱えて生きる。

「いいよ」

オルガは、水に浮きながら微笑みを寄越した。

「キリアス様と一緒なら、なんでもいい」

……全てが精霊とともにある。

それだけだ。人の意思は、そこにはない。

その意味にお前が気づくのは、はるか、先だ。

そしてそれゆえに、我らが始祖は、半神を求めたのだ。

己一人ではその運命に耐えきれぬがゆえに。

かつて父王が語った言葉は、最初は、己の中に少しも意味を残さなかった。

　それはやがて、思うがままにならない、抗えない運命からの非情な宣告となった。

　そしてそれは、いつしかこの国に対し、疑問を持ち、葛藤をぶつける理由となった。

　この言葉はこれから先も、様々な局面にぶつかるたびに、その姿を変えるだろう。

　だが今は、目の前に存在する人間が、己の唯一無二であると実感できる、愛おしい言葉として、受け止められる。

　これから先、何があっても二人で生きていくのだという、誓いに聞こえる。

「……愛しているよ。オルガ」

「俺も、大好き。キリアス様」

　水の中に潜るようにして、その身体を抱きしめる。身体を引き上げて水から出ると、オルガの身体にまとわりつく衣服の重さがのしかかってきた。

　春の訪れは、すぐそこだったが、まだまだ水の中ではオルガもキリアスも無意識に〝界〟を張っている。キリアスは、先程はオルガに服を丁寧に扱うように言ったばかりだというのに、荒々しい手つきでそれを脱がせた。

　肌を這う唇と舌に、オルガが少しずつ〝界〟を解いていく。池から上がり、陽光を浴びた草の上にオルガの身体を横たえ、身体中に接吻しながら濡れた服を剥いでいった。

　水の滴る身体を、吸い上げるように舐めまわす。

　己の身体は、力動による熱の発散とともに水分を皮膚から蒸発させていたが、オルガの身体は、互いの快楽の熱によって温めた。

　ひんやりした足に舌を這わせ、足の付け根に辿り着く。そこは既に、熱を持っていた。

　足の付け根から、陰茎に舌が移る。口内には含まず、舌を上下させる。あっという間にぴんと張ったそこから、睾丸に舌を移す。睾丸から、後孔の周辺を、舌だけがさまよい続けた。

「は、ああ、ああん、キ、キリアス、様……」

　刺激を求めて、オルガの腰が上がる。どこにどう快感を与えてほしいのか、素直すぎる身体は饒舌だった。太陽の下に晒された肢体を、軽い眩暈を覚えながらキリアスは見下ろした。

「……これだけは嫌だな。こんな風に、自由に、好き

なだけお前の身体を抱く日々が、終わってしまうことが、残念だ。永遠に、誰も、何も気にせずに、お前の身体を好きなだけ抱いていたい……」

オルガの下半身を折り曲げ、後孔を舌で嬲る。

「あアッ！」

昨夜もさんざん触れたそこは、柔らかく応じた。逆に肩に乗せられた足は、ぴんと張り、きつく顔を挟んでくる。

「ああ、ん、やあ、そこは、舌、入れちゃ、や……」

「指がいい？」

「うう、ん」

「舌だけで達するのはどうだ？」

「やだ、あ、入れて、奥まで、奥の、あそこを、突いて……」

何度聞いても、この声は、この息は、人を朦朧とさせる。キリアスは、滾る自分の血をなだめるように、大きく息をついた。草の上に寝そべるオルガの身体を膝の上に抱きかかえ、オルガの陰茎からあふれ出ている精液を後孔に馴染ませる。指一本の侵入は、たやすく迎え入れ、あっという間に快楽の蜜をあふれさせた。

「突いてるよ……ここだろう？　達したいか？」


震える胸の先端に舌を絡めながら訊くと、オルガは激しくなった指の動きにすすり泣くような声を上げた。

「い、や、挿れ、て、挿れて、キリアス様、の……これ、奥まで突いて」

オルガの手が、キリアスの陰茎を摑む。

「これにして……指、じゃなくて、ああんっ！」

達するのも時間の問題だった。このまま一度放ってもいいと思ったが、オルガは嫌なのか、必死で首を振ってくる。指を引き抜くと、オルガの身体は安堵したように脱力したが、陰茎はぴくぴくと反り返ったまま、辛そうだった。

オルガがぼんやりとした顔のまま、キリアスのものに口を寄せてきたが、それを止めてキリアスは放り投げておいた自分の腰の袋から、花の蜜を取り出した。焼いた穀物に付けて食べるつもりだったが、これが潤滑油の代わりになるだろう。

「いい香りだな」

キリアスはオルガを後ろから抱き上げて、膝の上に乗せた。足を開かせ、陰茎から尻に向けて滑らせるように花の蜜を塗る。芳しい香りに包まれながら、オルガの孔はすぐに滑らかになった。オルガは背中を押しつけながら、足の間にあるキリアスの陰茎を擦り上げた。

「挿れて」

オルガの両足を手で抱え、持ち上げる。

己の中心に、その身体を少しずつ、沈めていく。

オルガの中は、喜ぶように抱きついて、しがみつくように絡んでくる。

その素直さは、オルガそのものだった。

愛おしさが突き上げるままに、キリアスは激しく動いた。快楽からにじみ出た愛液と花の蜜は、律動の激しさに応じ、あっという間にキリアスの頭の中に快感を届けた。きりきりと、頭の中が軋（きし）んでくるほどの快楽の波に、キリアスは思わずオルガの首に歯を立てた。

「は、ああ、あああん、ああ、いい、ああんっ、い、い、い、っ……！」

オルガも激しく背中を反らせ、手をキリアスの頭の後ろに回して、髪の毛を摑んできた。快楽の波に耐え、絶頂を迎える振動を、互いに伝え合う。

「は、ああ、あああ、ああっ……」

ぶるぶるとオルガの身体が震え、前方の草むらに精液が飛び散った。ひくひくと痙攣し、締め上げてくるオルガの中に、キリアスも存分に精を放った。

「は、あ、あ、ん、んん……」

キリアスの熱を受けとめた刺激に、またしてもオルガの身体が快楽に震える。それが甘い余韻となるまで、キリアスはその身体を抱きしめていた。うっすらと膜を張った汗の下で、皮膚の上に留まっている快感をなだめるように、優しく、口づけを繰り返した。

時空が閉ざされた世界の中で三年間過ごす間に、ヨダ国は、戦争からの復興を終えていた。
王宮の中で最も損害が大きかったのは書院だったが、すでに修復され、以前よりも多くの人々であふれ返っていた。
その奥で、書物に埋もれていたルカは、半神の気配に顔を上げた。

いつからそこに立っていたのか、ダナルが顔をしかめている。

「いい加減、帰ってこないか。片腕に慣れたとはいえ、昔の身体ではないんだぞ。没頭するのもほどほどにしろ」

そういうダナルも、内府でユセフスとともに国の備蓄の計算をしては、ああだこうだと議論ばかりしていた。

国が閉ざされて三年、ユセフスが予想したよりも早く食料が底をついてきたのである。

鳳泉が作った時空では、人が死なない代わりに生命も生み出さないのである。

人間だけでなく、家畜などの動物も同じだった。穀物などの植物は育つが、動物は新たに生まれない。家畜の管理は国が行い人々に配給していたが、思った以上の消費の速さだった。

「もうあれから三年だ。早いとこあいつら、時を戻してくれんかなあ。二人で遊びほうけて、国のことなんて忘れてたりしないだろうな」

『時飛ばし』を行ったキリアスとオルガが、この世界から二人揃って姿を消したことは、立ち会ったナハドとイルムが報告していた。

二人が消えたことを知った書院番のサイザーとルカは、文献をひっくり返して調べ始めた。魔獣によって損害を受けた書院は、数多くの書物が失われその整理が行われたが、かろうじて無事だった書物の中から、『時飛ばし』の記述が残されていた文献を書院番のチャルドが発見したのである。

それによると、宵国に魂が飛ばされたまま力動を失い帰ってこられなかった操者もいたが、実空間内にたった一人残った鳳泉の操者もいたのである。

ならば二人は、元の世界にいるのだろうとルカはカディアス王に報告した。この世界が、鳳泉の作った時空の中にあるということは、少なくともそれを宿す依代のオルガは絶対に無事である。キリアスも、無事であると思っていいのではないか、と。

そう報告してルカは周囲を安堵させたが、確かな記述のある文献を探し続ける毎日だったのだ。書院から本が焼け出されたことで、埋もれていた本が次々と現れ、ルカは書院に入り浸っていた。

「空間が閉ざされて、外部から侵略される心配がないってのに、どこもかしこも忙しいよねえ」

ハユルだった。ハユルは今、ユセフスやダナルの仕事を手伝っているのである。

「千影山のラグーン師匠から、珍しく手紙が来たよ。修行者は毎年入ってくるのに、正戒できないから精霊師として下山させられないでしょ。人手が足りなすぎるって。ユセフスとミルドは師匠には何も言えないから、ダナル師匠がなんとか黙らせてってさ」

千影山は、『時飛ばし』が行われた後、慎重に表山と裏山の結界が解かれた。

キリアスとオルガがいると思われる千影山の麓の国土創世の地は、千影山の裏山の空間から続いている。結界を解くことで影響が出ないかと懸念されたが、キリアスとオルガのいる場所は完全に遮断されているらしく、裏山から『始まりの地』へ続く道が失われただけで、問題は起こらなかった。

表山に避難していた修行者が裏山へと戻り、師匠らとともに修行を再開したが、『時飛ばし』の影響だろう。精霊を授戒できても、正戒はできない状態だった。結果、三年間、精霊師が千影山から輩出されない状態が続いている。

「山に師匠として入ったザフィとシンが、思った以上に修行つけるのうまいから、精霊師の数が多いんだって？」

ルカの言葉に、ダナルは頷いた。

「あの二人は面倒見がいいからな。ザフィは子供好きだから、しょっちゅう表山にまで顔を出しているらしい。まあ、師匠がラグーン、ジュド、シン、ザフィの四人しかいないんだ。大変なのは分かるが、こっちだって人が足りなすぎるんだ。俺も山に戻る暇なんてないし」

「律儀に三年ちょうどまで待たずに、一刻も早く時を戻してほしいと、キリアスとオルガに伝えに行けたらな」

「全くだ」

笑い合うダナルとルカの横で、ハユルがふと空に顔を向けた。

「あーあ、まーたイーゼス、文句ばっかり言ってるよ」

「仕事したくねえ！」

人目も憚らず、イーゼスが絶叫する。警備団の諜報機関『第五』隊長・ジュードは思わず顔をしかめた。

「仮にも神獣師様が、往来でなんと言うことを。せめて人前だけでもそのクズっぷり……いえ、自由気ままさを隠して頂けませんか」

「知ったことか！　俺はハユルのふわふわ頭に顔を突っ込まないと寝られないんだぞ！　それが、お前らに、王都の外れに拘束されて二日！」

「仕事を放棄して戻った時に、ハユル様にさんざん怒られて会ってもらえなかったのを忘れたんですか」

「てめえらがチクったからだろうが！」

まあまあ、と、ジュードの半神のアイクが割って入る。

「警備団の大改革を行ったのも原因ですが、国が閉ざされて平和になると思っていたのは間違いで、案外人々の心は不安と焦燥に落ち着かず、些細な争いごとが絶えなくなりましたからね。我々は王都の治安を守るのが本来の仕事です」

国が閉ざされたことで、国民の仕事や生活に及ぼす影響は、中枢が考えているよりも大きかった。物流の変化、様々な生活の制限等により、国民の不満は戦争前より吹き出していた。それを取りしまるのが警備団の仕事だったが、長年イーゼスが放ったらかしにしていたツケが回ってきたとしか言いようがなかった。警備団を牛耳っていたアジス家のグスカがイーゼスの怒りに触れて免職され、警備団の再編成が行われたが、なかなか落ち着かない状態が続いていたのである。

「イーゼス様、我々だけではありませんよ。護衛団は地方の村々の警備や精霊退治で、ライキ様は半年以上王宮に報告にすら来られないとか」

「あいつはその代わりに、クルトを連れ回しているだろうが。あんなに隠していたくせによ」

「ならイーゼス様も、ハユル様を内府のところに隠していないで、こっちに連れてこられたらいいんですよ」

「絶対に嫌だ！」

『第五』精霊師のカリドの操る鳥が、頭上を旋回する。機嫌の悪そうな上官が睨みつけるのも構わず、大声で報告した。

「イーゼス様ー、またしても、昔ここを担当していた隊の不正が発覚しましたー」

「見なかったことにしろ！」

その報告と返答に、周囲の住民が笑い出すのを、ジュードとアイクは微笑みを交わしながら見つめた。

国王カディアスが神殿に赴くと、王太子セディアスが剣の稽古を終えて戻ってきたところだった。

出迎えたトーヤは、イルムにラルフネスを託し、汗と埃にまみれたセディアスの顔を拭いている。セディアスは興奮したように稽古の様子をトーヤに語っていた。

「トーヤ、見た!? 僕、ナハドに初めてあんなに剣を近づけたよ!?」

従者のナハドは、褒めて伸ばすやり方を実践しているようだった。

「お上手でした。兄上が戻られたら驚かれますよ」

「真っ先に見て頂くんだ。ねえ、トーヤ、いいでしょ。兄上、きっと喜ぶよね？ こんなに丈夫になったのを見たらさ」

セディアスは十三歳になった。病弱だった身体が大きくなり、ナハドとの剣術の訓練で体力もつき、ここ三年、ほとんど病気らしい病気をしていない。以前とは見違えるような成長ぶりだった。

『時飛ばし』の状態のせいか、セディアスもラルフネスも、宵国へ飛ぶことができなくなった。宵国への入口が閉ざされた、とセディアスは報告した。死と生の世界を繋ぐ扉が閉ざされているのだ。

ラルフネスは変わらず成長せず、言語をうまく扱えずにいる。だが、宵国と繋がらずにいるせいか、眠る時間は極端に減った。ナラハを家庭教師代わりにして、本の読み聞かせをさせている。もともと頭のいい子供のせいか、ルカが驚くほど知識を吸収していた。

「宵国へ飛んでしまうことがなくなり、毒を溜めることもなく、王太子様も先読様も普通に子供らしい生活をなさって、願わくはこの神殿だけは、このまま時が飛んだ状態であってほしいと願ってしまいます」

「ナラハ」

ナラハの呟きに、神官長のイサルドが低い声で咎める。ナラハはすぐに謝罪した。

「申し訳ありません」

ナラハがこう思うのも当然のことだった。

この生死の時間が止まった状態ゆえに、トーヤの命はまだこの世に残っている。

誰も生まれない、だが誰も死なないというこの三年がなかったら、トーヤの命はとうに尽きていただろう。

「それでも、ラルフネス様にとっては、宵国へ自在に飛ぶことができる方が、きっと快適なんだよ」

トーヤが微笑みながら、イルムの腕の中にいるラルフネスを見る。

「あの世界では、ラルフネス様は無敵なんだから。ねえ、セディアス様」

「そうだねえ。兄上とオルガが戻ってきたら、宵国、すっごい楽しくなると思うんだ。ね、姉上」

顔を近づけたセディアスの鼻先を、ラルフネスの小さな手がぱちりと弾く。笑い合う子供とトーヤを、しばしカディアスは見つめた。

あっという間の三年だった。

もうすぐ、この空間は、現実と繋がろうとしている。

カディアスは、青き空を見つめ、ここにいない、外の世界の二人のことを思った。

◇◇◇

オルガは木で作った櫛（くし）で、キリアスの髪を梳（す）いた。

短かかった髪が、この三年のうちに肩を覆うほどになっている。ぼろぼろになった服の一部を裂いて作った紐で、しっかりと結んだ。

くるりと背中を向け、自分もしてもらう。この世界にいる間に十八歳になったため、髪を結んでもらうのが習慣になっていた。ヨダ国で髪を結ぶのは成人の証（あかし）である。

「みんな、おまえの成長に驚くだろうな」

キリアスの、髪を扱う手はいつも優しい。そして意外にも器用だった。とっくに成人し、自分で結ってきたこともあっただろうが、さらさらと手に収まりにくいオルガの髪を、自在に操って頭の高い位置で一つに結ぶ。余った髪を根元に巻きつけてくれる結び方が、オルガの一番の気に入りだった。池の水面で、今日の髪型を確かめる。

「さてと、始めるか。オルガ」

キリアスが気楽に声をかける。オルガは、笑顔で頷いた。

国境周辺に、外から結界の圧のようなものがかかったという知らせは、護衛団の長であるライキにいち早く届けられた。

「すぐにでも、時が戻りますか？」

護衛団第一連隊長ハザトの言葉に、ライキは首を振った。

「いいや。計算して圧を伝えている。おそらくこれは、これから行うから準備しろという合図だろう。『時飛ばし』が行われたのは、三年前の、二日後だ。ハザト、念のため、国境周辺に護衛団を全隊配置しろ。俺は、王宮に報告する」

ライキがクルトを連れて王宮に戻った時には、すでに他の神獣師はこの合図に気づいていたらしく、全員黒宮に集まっていた。

「圧をこうも器用に伝えてこられるのは、操者の力動です。キリアスはあちら側で無事ですな」

ユセフスの言葉に、カディアス王は安堵したように肩で息をした。

「保証がなかったから、どうかと思ったが」

「念のために戒厳令を敷きますか？　俺個人の考えでは、大丈夫なような気がしますけどね。国境周辺に護衛団を全隊配置させましたが、あまり気負わずにいろと伝えました」

ライキの言葉に、イーゼスも頷いた。

「アウバスやスーファがどうなっているか知らねえが、三年前のまま、投石機配置させているわけねえって」

「私もそう思います」

ミルドの言葉に、カディアスは頷いた。

「このまま、時が戻るのを受け入れよう。世界がどう変わっているのか、どうすればいいかは、その後考えればいい」

はーい、と、クルトが手を上げる。

「キリアスとオルガ、戻ってくるんでしょ？　お帰りなさいって、出迎えようよ」

違うところを見ているクルトに、また何を言っているのかと皆が言葉を発せられずにいたが、思いがけないところから、声が飛んだ。

「ああ。いいんじゃないか。神獣を出して、出迎えるか」

ユセフスの言葉に、クルトを除いた全員が仰天（ぎょうてん）した。

「奴らがいるのは、『始まりの地』千影山の麓だ。また鳳泉が出るかは分からないが、俺らも神獣を千影山から空に飛ばすか」

「ワーイ、面白い！」

クルトは無邪気に喜んだが、意外な人物の意外な申し出に、カディアスも茫然とした。ユセフスは、珍しく笑みを浮かべた。

「民も、精霊師らも、この三年よく耐えました。我々は列強から隠れましたが、不安を抱いたまま時を戻せば、民にも伝わりましょう。神獣を空に飛ばせば、それだけで民は安堵します」

カディアスは、微笑んでそれを許した。

「美しいだろうな」

ミルドも喜んで身を乗り出した。

「千影山には、青雷もいますよね。レイとルーファスは、正戒ができないから千影山に留まっていますけど、共鳴はしているんでしょ？　五大精霊が揃うのなんて、何年ぶりでしょう」

五大精霊が、揃う。その言葉に、カディアスは、目を細めた。

「……何年かな」

◇◇◇

神殿に向かったカディアスは、空を見上げているトーヤを目にした。

「外側から、鳳泉の圧がかかりましたね」

カディアスが近づく前に、トーヤは告げた。

「分かるのか？」

「そりゃあ、あれを宿していた身ですから」

微笑むトーヤに、カディアスは寄り添った。

「神獣師たちが、ミルドやユセフスも一緒に、皆で千影山に発った。時が戻ったら、あの山から皆でいっせいに神獣を出して、キリアスとオルガを出迎えようと」

トーヤの顔が輝く。

「ここから、少しは見えますかね」

「どうだろうな。鳳泉の大きさなら見えるだろうが」

「全て見えなくても、空に、綺麗な雲が流れますよ、きっと」

トーヤの身体を後ろから抱きしめる。素直な力が預けられるのを、カディアスは幸せとともに感じた。

「トーヤ」

「はい」

「俺は、キリアスが戻ったら、セディアスに譲位する」

驚いたトーヤが顔を上げるが、カディアスは腕の力を緩めなかった。

「キリアスに、セディアスが成人するまで五年、筆頭兼摂政として国政を任せる。俺は、あとはもう、只人としての生涯を生きたい。お前とともに」

「カディアス様……それは」

「頼むから、俺の望みを叶えてくれ。全てが終わったら、お前一人だけの男になると言っただろう」

トーヤが力を込めて、カディアスの腕の中で身体を正面に向ける。怒ったような表情だったが、目尻には涙がにじんでいた。

「……いいんですか」

カディアスは微笑んで、その瞼に口づけた。

「返事は？　トーヤ。俺は、やっと、我儘が通ると思ってもいいんだろう？」

きつく抱きついてきた力の強さが、返事だった。カディアスはトーヤの髪に顔を寄せ、訊いた。

「二人で暮らそう。どこがいいかな。やっぱり千影山にしておけとユセフスには言われるか。あんなうるさいところでは、王宮と変わらんか」

「どこでもいい」

トーヤがすすり泣きを堪えるように、顔をカディアスの肩に擦りつけて言った。

「どこでもいい。カディアス様と、二人なら、どこだっていいです」

トーヤの髪をなだめるように撫でながら、カディアスは、わずかな白を浮かべた、空を見つめた。

　その青は、やはり、美しかった。

　千影山にやってきた面々に、ジーンはしばし声を失った。

　王宮ならばともかく、紫道、百花、光蟲、これらの操者と依代が一堂に会するなど、そうはない光景である。

　特に百花のユセフスとミルドは、ここで修行をした経験があるとは思えぬほど、山という空間にそぐわなかった。

　さすが神獣師、ユセフスは足が不自由で杖をついているにもかかわらず、汗一つかいておらず呼吸一つ乱していなかった。ミルドが気にして抱き上げようとするが、邪魔だと言わんばかりに押しのけられる。

「よーう、そうそうたる顔ぶれだな！　わざわざ時が戻る準備のために集まったか！」

　元紫道の神獣師・ザフィとシンだった。白い着物に赤い羽織、裏山の師匠格の格好に馴染んでいる。

　そのザフィらの後ろに、青雷を授戒した者が立っていた。三年前に青雷の授戒を許され、既に共鳴まで終えているものの、時が戻らなくては正戒ができず、神獣師の列に加わることもできないため、山でジーンらとともに修行者の世話をしているレイとルーファスだった。

「お久しぶりです、内府。裏山で御師様方がお待ち……」

　真面目に挨拶しようとしたレイは、挨拶途中でイーゼスに突き飛ばされた。

「それが新しい青雷の依代か！　本当だ、混血だな！」

　少しも気を遣わないイーゼスの不躾な視線に、ルーファスはかちこちに固まってしまった。

「へえぇ、本当だ。珍しいな。顔にまで斑紋があるのか」

「目が緑だから、斑紋の青雷の色に合っていて綺麗だ。顔がきらきらしているよ」

遠慮のないミルドとクルトに、レイがルーファスを庇うように背にした。

「じろじろ見ないでください！」

「は？　何言ってんだ。操者が自分の依代の斑紋も神言も見られたくないのは分かるが、これは隠しておくのは無理だろう」

ライキの言葉に、イーゼスも笑って続けた。

「うおお、これが神獣の神言かよ！　って、誰だって興奮して見るぞ。心配するな、お前がまとめるのは近衛だから、俺の部下ほど下品じゃねえよ。うわべはな」

レイとルーファスが神獣師らの囲みから逃げ出せないのを、ユセフスは木の切り株に腰を下ろし、あくびをしながら眺めていたが、頭上から懐かしい師匠の気配を感じて顔を上げた。

「なんだ。足が動かなくなって、ヨボヨボの老人になったかと楽しみにしていたのに、変わらず憎たらしい顔じゃありませんか」

「お前は相変わらずだな、この性悪が！」

ラグーンはジュドに背負われながら、手にしている杖を振り回した。

「山の中じゃあ難しいが、これでも自分でかなり歩けるまで回復したんだぞ」

ジュドの言葉にユセフスはため息をついた。

「全く師匠は人がよろしすぎる。若い頃さんざん虐げられてきたんですから、ザマミロと言わんばかりに放り投げればいいんですよ」

「ジュド！　もっとこいつに近づけ！　杖でぶん殴ってやる！」

わめき散らすラグーンに、まあまあ、とミルドが近づいた。

「これでもね、かなり心配していたんですよ。師匠、俺が背負いますよ」

馬鹿者、と、ミルドはラグーンの杖で叩かれた。

「お前たちはこれから、神獣を飛ばすんだろうが。でかいこと言い出したんだから、それ相応の神獣を出せるんだろうな？　この間『時飛ばし』でキリアスが出した鳳泉のように、空を覆うほどの鳥とまではいかなくとも、それ相応の形を出すんだろうな？」

ラグーンの言葉に、操者らの目が据わった。

「依代らも、よく見ておけ。『え～、ヤだ～、俺の半神のモノって、比較するとあんなに小さかったの～？』って衝撃を受けるなよ」

「口がどうにかなれば良かったのによ！」

操者らの罵りに、師匠らは皆、声を上げて笑った。

宵国へ飛ぶのは、久々だった。

作り上げた空間はそのまま広く、オルガは何も困ることはなかった。

（キリアス様は平気？）

漂う意識に、すぐに別の意識が添う。

（平気だよ。力を出した時よりも、戻す感覚の方が簡単だ）

そう言う通り、力動の細かな調整まで可能なようだった。

外界の刺激を最小限にするためだろう。キリアスは、空間に、少しずつ、時を戻した。

緩やかな時が、次第に速さを増していく。

オルガはその、無情ともいえる速さを見つめた。

考えを、思いを、叫びたいのに、訴えたいのに、それを許さないほどの、時の、人の、国の、流れ。

それにしがみつこうとして、無情にも流されていく、人の無念。憎しみ。哀しみ。

だが、目にも留まらぬほどの濁流の中に流された、小さな願いは、涙は、忘れた頃に、思わぬ形となりながら、誰かの笑顔を、作るだろう。

戻ってゆく、数多の思いと、願い。

受け止められるように。それを、どうにかすることは、できないかもしれないが。

少なくとも、こぼさぬように。抱きしめられるように。

そうした器に、自分は、なろう。

ヨダ国国境を越えた山の上から、時が、国が戻る瞬間を見つめる視線があった。

ゼドは、傍らに立つ半神が、そっと手を握りしめてきたことを感じた。強く、セツの手を包み返す。

「ここでいいのかねえ？　また火柱がどーんと立つかもしれないぜ」

この三年、ゼドとセツとともに行動していた傭兵団のコイルとナッシュが、ゼドに説明した。

「熱風でこの山、燃えたんだからな？　三年経ってもまだ裸のところが多いだろう」

「けどその奥は、普通の山々に囲まれた、国の光景にしか見えないんだよな。なぜ中に入れないのか不思議で仕方ない」

大主教失脚後、斑紋つきの子供たちを保護する地下活動をしていた神職者や支援者らはいち早く動いた。

そのおかげで、セツと再会を果たしたゼドが、ヨダ国王・カディアスの文書を手にスーファ帝国皇帝に謁見したのは、戦争終結から一年後だった。

今までヨダ国大使らでさえ会ったことがなかった皇帝に対し、国王カディアスの代理人としてであっても、精霊を宿す者が直に会ったのは、歴史上初めてのことだった。

数多くの大貴族や神職者が侍る中、ゼドはたった一人で謁見の間に現れ、その場で今後はヨダに兵を向けない、その代わりヨダもスーファに害をなさないという条約を交わした。

そしてスーファ帝国は、精霊を魔とすべしという教義をついに撤回した。

地下に隠れていた斑紋つきの子供たちや、その支援者らはようやく光の下に出てこられたのだ。

ナッシュが、自分たちがいる場所より下で群がる仲間たちに目を向ける。

「火柱が出るかもしれないのに、のんきすぎないか、あいつら」

「大丈夫だ、ナッシュ。国が消えた時のようにはならない」

ゼドの言葉に、ナッシュが眉をひそめる。

「なんで分かる？」

それは、ほんのわずかな振動だった。

以前は大地が激しく揺れて時が飛んだが、『時戻し』の方は、静かに、重い扉が開くかのような振動しか伝えてこなかった。

「……戻る……」

大地が、静かな振動とともに伝える響きは、ゼドの身体に染み渡った。はるか昔、胎児だった頃に母の体内で聞いていた音があるとしたら、こんな音なのかもしれない。血を巡り、指先にまで、体内のありとあらゆる水と、血に、共鳴する。覚醒とともに、訪れる、安心感。

キリアスが国の周囲に張り巡らせていた結界が溶けるように消えたのを感じた時、わずかな振動は、失われていた。まだ身体が震えている感覚が体内に残っていたゼドは、時が無事に戻った瞬間を、はっきりと捉えられずにいた。

「……ゼド」

隣に立つセツが、震える手で腕を摑んでくる。セツの視線の先に目を向けたゼドは、ヨダ国上空に浮かぶものを、目にした。

赤と白の翼を広げた鳥が、悠々と空を飛んでいた。


赤と白が交じり合い、身体の部分は桃色に染まり、顔は真っ白な羽毛で覆われている。

かつて、実弟から聞いていた通りの、鳳泉の姿がそこにはあった。

そして、鳳泉の周りに、青き竜の姿が現れた。次に羽が生えた銀色の馬が空を飛び、戯れるように大空を飛ぶ彼らの周りに、黄金の蛇が隙間を縫って飛ぶ。やがて空一面に、銀色と紫の蜘蛛の糸が降り注いだ。

誰もが、言葉を失ったまま、その光景を見つめていた。あまりに美しい、この世とは思えない画（え）は、次第にその姿を、青き空に溶かしていく。

空に浮かぶ白い雲が、その色を受け取る。赤を、白を、青を、銀を、紫を、金色を。混じり合ったそれは、青き空に、美しい彩雲を放った。

それを映し出すゼドの両目から、止めどなく流れるものがあった。

ゼドは身体を震わせながら片膝を地についた。両手が自然に胸の前で重なり、拳と手のひらが合わさる。

ゼドは、生まれて初めて、心の底から、この国に対して臣下の礼を取った。

そして、真っ青な空に、満面の笑みを向けた。

三年間馴染んだ樹海を通り抜け、千影山の中に入る。

オルガは、久々に感じる、数多の精霊の気配に踊り出したくなった。

千影山の木霊（こだま）たちが、オルガの訪れを喜んで跳ね回る。

「ただいま、みんな！」

木霊はおおはしゃぎで、足元でぽんぽん飛び跳ねた。

一方でキリアスの方は、木霊が体当たりするわ頭に重なって乗ってくるわで、歓迎を受けているとは言いがたかった。

「この国の筆頭になったってのに、まだこれかよ」

面倒そうに木霊を振り払うキリアスが、気配を感じて上を向く。

「オルガ！」

その声に、オルガは顔を上に向けた。

新しき空と神の獣達

1

「床に仰向けになり、軽く足を開いて操者を誘導する。ここではまだ何も話さなくていい。相手がお前の上に屈んできたら、自ら太ももを抱え、『早く、奥まで来て』と言う」

「なんの話ですか?」

「え? 円滑な間口の開け方だろう?」

どうにかしてくれとルーファスは思う。

ラグーンとかいう師匠のもとで修行した者は、皆この有様だった。

「おかしいって思わなかったんですか? 必要ないでしょう、そんな誘い文句!」

「だって、依代は操者をうまく誘導しなければならないんだぞ。そこじゃない、穴はここだからちゃんとほぐしてから入れてってって」

「だからその言い方!」

カルクは、ルーファスがなぜ怒っているのか分からないようだった。ぽかんとした表情で見つめてくる。

カルクの半神候補としてともに修行中のザイドが、苦笑しながら頭を掻く。

ザイドはルーファスと同じアウバスとの混血児である。同じ孤児院出身で、ルーファスにとっては兄貴分のような存在だった。

ルーファスは現在、表山で修行中の身だが、近々裏山に入ることが決まり、先に操者として裏山で修行していたザイドに話を聞いていた。

「カルクはふざけているわけじゃないんだよ。そういう風に教えられたんだから仕方ないだろ。ラグーン様は、確信犯だと思うけどな」

ザイドはカルクを引き寄せて抱きしめると、額に口づけた。

それを見てすぐにルーファスは、おそらくはもう互いの肌を知っている関係なのだろうと察した。共鳴にはまだ至らず、修行中の二人であるが、距離感が違う。

ルーファスの視線に気がついたのか、ザイドは照れくさそうに笑った。

「孤児院育ちの俺らはすれっからしで、十四歳で入山する前からませた奴が多かったけど、カルクみたいな坊ちゃん育ちは、卑猥な言葉も修行の単語として覚えちまう」

「お坊ちゃんなんだ？」

「ああ。かなり裕福な商家の息子。本来なら、アウバスの血を引いた俺なんか、とても相手になんかされないよ」

ザイドの言葉に、カルクは首を傾げた。

「またザイド、そんなこと言ってる。アウバスとか関係あるの？」

ルーファスやザイドにとっては関係あることだった。

彼らは、生粋のヨダ国民とは、肌の色からして違う。ヨダ国民も、北方のスーファ帝国の民と比べると肌の色が濃く、目の色も髪の色もはっきりとしていたが、太陽の日差しが強いアウバスは、もっと肌の色が濃い。髪はヨダ国民と同じような黒髪が多かったが、瞳の色は茶・青・緑と千差万別だった。

ヨダ国民に直毛が多いのに対し、アウバスの血を引く者は髪がうねり、巻き毛が多い。ヨダ国ではほとんどの人間が髪を伸ばしており、十八歳で成人するまで結わない。そうなるとルーファスやザイドのような髪は広がる一方なので、二人とも几帳面に髪を編み込んでいた。ルーファスは編み込んだ髪を五本ほど垂らしているが、ザイドはもう十九歳なので編み込んだ髪を上でまとめていた。おそらく、カルクが編んでいるのだろう。

このヨダ国では肌の色の違いで差別されることは少なかったが、それでも異質な存在には違いなかった。生まれによる差別は明らかにあった。ルーファスもザイドも、母親はアウバスで売られ、ヨダ国に流れてきた娼婦である。

ルーファスの父親はヨダ国の人間らしかったが、ザイドの父の国籍は不明である。二人とも国境付近の色街で生まれ、母親からはほとんど相手にされず、幼い頃から店の雑用をこなして食い扶持を稼いできた。

色街などで生まれた子供は、斑紋が大きかったり、力動が強かったりすると、人買いにすぐに目をつけられる。うまく精霊師として育てば、家に多大な恩恵をもたらすからだ。ルーファスもザイドも、五歳の時に人買いに目をつけられ、同じような子供らが集まる家に放り込まれた。母親にどのくらいの金が渡ったのか、ルーファスは知らない。

二年後、人買いらが摘発され、子供たちは全員、別の孤児院に入ることになった。

その孤児院は、今までの劣悪な環境とは全く違った。

それもそのはず、精霊師になる可能性が高い子供たちだけを集めた、国家が管理する孤児院だったのである。

その場所では衣食住も保証され、十分な教育を受けさせてもらったとはいえ、すでにルーファスは七歳、ザイドは八歳になっていた。野良猫がいきなり家猫になって、いい子でいられるわけがなかった。特に力動が強かったザイドは、孤児院の中でも外でもさんざん大人を手こずらせていた。

十四歳で千影山に入山すると決まった時、ザイドは精霊師になんてなれないのだから行きたくない、と吐き捨てた。

「アウバスの血が入っている子供は、どうせ精霊師になんてなれないだろ」

孤児院の教師は諭すように言った。

「そこをなんとかうちの孤児院出身の混血の子も精霊師になれるように、入山させてほしいとずっとうちの院長ががんばってきたんじゃないの。確かにうち出身で精霊師になれた者はまだいないけど、あとは実力の世界です。なれるかどうかは、ザイド、あなた次第よ」

「どうせ駄目だって言われるに決まっている」

ルーファスは、ザイドは修行を諦めてさっさと戻ってくるだろうと思っていた。

だがザイドは戻ってこなかった。孤児院の教師らの話では、里帰りの許可が出ても帰らないほど修行に励んでいるとのことだった。

ルーファスは翌年入山したが、依代の組だったので当然ザイドには会えなかった。

そして今、裏山への入山が認められ、久々にザイドに再会したのだが、人が違ったように成長したザイドに驚いた。

「操者の修行は、反抗なんてしている暇はないからな。何度も死ぬかと思ったよ。まあ、それに耐えられるのも相手が決まっているからなんだけどな」

宝物を抱えるように、ザイドがカルクを抱きしめる。

確かにカルクは、男にしては珍しいほど綺麗な顔をしていた。幼少の頃、斑紋のせいで悪い精霊に取り憑かれそうになったことがあるらしく、成長が遅かったらしい。ルーファスよりも幼く、ほっそりとした身体つきをしていた。

「幸運だったね、ザイド。女の子大好きで、男なんて相手にしたくないから、精霊師になんて絶対にならないって文句言っていたのに」

「お……まえ、余計なこと言うなよ」

孤児院時代の口調と態度でからかうと、カルクが明らかに悲しそうな顔をした。

その素直さに、ルーファスは面食らった。ザイドが耳元で何事か囁くと、すぐに幸せそうな笑みがカルクの顔に浮かぶ。

ザイドはそんなカルクが、愛おしくてたまらない様子だった。

「可愛い人で良かったね」

カルクが師匠に呼ばれて寄合所（よりあいじょ）に戻った時、ルーファスは心からザイドにそう言った。

「カルクを半神にできたことで、俺はこの国に生まれて良かったと初めて思えた」

カルクが去っていった方を見つめながらザイドは言った。

「世間知らずのお坊ちゃんで、大きな斑紋があったから、そりゃあ大事に育てられてさ。こんな俺が半神なんて、家族に申し訳ないと思ったくらいだ」

「会ったの？」

「ああ。紹介してもらった。今までも何人か精霊師を出している家系だから、すごい裕福で。だから半神というものを理解してくれててさ。俺はまだ精霊師になれるか分からないってのに、なんらかの精霊を共有したのなら、もうあなたは息子の半神ですって」

ザイドも変わるわけだとルーファスは思った。

親の庇護なしに育った子供は、どうしてもすれっからしになる。

根本で人を信じられなくなるのだ。憎まれ口を叩いたり、悪態をついたり。自分もそうなのでルーファスにはよく分かる。

だが、それがザイドにはもうなくなっていた。

「お育ちがいいと、素直だよね」

「ああ。共有してビビった。すごく綺麗なんだよ。俺の方が、自分の汚さに引け目を感じちまって、力動が乱れて苦労かけたよ。一年経って、ようやく落ち着いたけど……」

「へえー。まだ想像できないけど、俺はどうなるのかなあ」

ふと、ザイドが鋭い視線を向けてきた。

「なんだよ？」

「お前、聞いていないか？」

「何を」

「お前、神獣を宿すかもしれないって言われているぞ」

　ルーファスはザイドが何を言っているのか分からなかった。

　裏山で修行をして、自分の出自も忘れてしまったのだろうか？

「俺はアウバスの混血だぞ。神獣師になれるわけないだろう。ザイド、あんただってな、浮かれているだけじゃしっぺ返しを食うぞ。俺たち混血が、千影山に入山を許されるようになったのだって、つい最近だということを忘れるなよ。俺たちは生粋のヨダ国民じゃない。土壇場で精霊師になどさせられないと言われるかもしれない」

「……それは分かっている」

　きついことを言うと我ながら思ったが、実際ルーファスたちは、子供の頃からそれで何度も痛い目を見ている。

「それに、アウバスとの関係が不穏になっているんだ。俺らだって、いつあらぬ疑いをかけられないとも限らない」

「……分かっているさ。ただ、裏山ではそういう話が持ち上がっているのは確かだ。神獣の依代が見つからないのが一番の理由だそうだが、操者が存在する以上、半神を見つけなければならないそうだ」

「操者？」

「青雷の操者だ。もうとっくに裏山に入っている。俺と同い年だからな。はっきり言って、ただの精霊師で収まるような男じゃない。あの男の相手を、なんとしても見つけなければと表も裏も人材捜しに躍起になっているんだ。だが今現在、表山にはそれらしき斑紋を宿す者がいない。……お前以外はな」

　青雷。

　座学で聞いたことがあった。五大精霊。青き、水の恵みを与えると言われている竜。

　もう長い間、それを宿し操る神獣師は不在だということも。

「……確かに表山には、俺以上の大きさの斑紋を持つ奴なんて存在しなかったが……」

　一瞬想像したが、ルーファスはすぐに忘れた。

　何を聞かされても、自分が神獣を宿すことになるとは考えられなかったからである。

◇◇◇

「お前に足りないものは、何か分かるか。ルーファス」

「……分かりません」

「色気だ」

　ルーファスは、全身から力が抜けていくのを感じながらも必死で自己を保った。

「お前ねえ、待っているだけでレイがなんとかしてくれると思ってんの？　ああいう男はな、ただ押し倒すだけじゃチンポ勃(た)たねえんだよ！　馬乗りになって、咥(くわ)え込んで、腰振って、犯せ！」

　キリアスとオルガによる『時飛ばし』から二年半。未だ外界と切り離されているヨダ国で、今日も師匠は元気だった。ルーファスは、抜けていく力をかき集めながら、師匠の動かなくなった足を揉んだ。

「師匠の頭の中では、犯されているのはレイの方ですか」

「あっ、忘れてた。あいつ、操者だったな。挿(い)れる方を間違えていた」

　何か、根本から間違っている気がする。

「でももう、いいんじゃねえの。あとは共鳴するだけなんだからよ」

「何がいいんですか！　それでも師匠ですか」

「お前らがいつまで経ってもヤらねえのが悪いんだろ！　共鳴できねえのは性交してねえからだよ！　お前が攻めになっちまえ！」

「……嫌ですよ……」

　もう、力はどこにも入らなかった。

「嫌だったら、素っ裸になって、『抱いて！』って叫んでこい！」

「嫌ですよ！　そんな恥じらいのない奴、レイがすんなり抱けるとは思えません」

　ラグーンとの二年以上に及ぶ修行の中で、相当毒されていることにルーファス自身気がついていなかった。

「そこまでさらけ出して抱けない男はクソだぞ。やっぱりお前が攻めになるしかない」

「師匠……ふざけないでくださいよ」

「青雷を授戒させた時、おれがあれだけお膳立てしたのによ。授戒直後に二人一緒に地下牢に放り込んでよ。普通は、操者が狂ったように依代を求めちまうから、依代の尻がイカれちまうのを考慮して、間口を開けられるまで接触禁止にするのに。さあおヤリなさいと言わんばかりの状況にしてやったってのに、手コキで抜き続けて終わりなんて逆に気持ちわりーよ。あいつ、もしかしてイチモツに相当自信ねえのか？」

「いえ……あれで、並より立派です……」

　誰も止める者がいないので、延々猥談が続く。

　こんな話しかできないというのも事実だった。

『時飛ばし』が行われてから半年後に、レイとルーファスは、王命で青雷授戒を許された。

　とうの昔に間口は開き、力動の調整も難なく行え、レイ側が青雷の力を引き出すことも可能になっているが、共鳴はまだだった。

　共鳴しなければ、その精霊の全ての力は引き出せない。深淵に辿り着かなければ、唯一無二の半神とはなれないのだ。

　もうやれる修行もなく、レイとルーファスは千影山の雑用をこなす毎日だった。レイは表山と裏山を行き来しながら千影山の運営の手伝いをしているが、ルーファスはもっぱら師匠の相手と介護だった。

　ラグーンの足が不自由になったのは、明らかに自分のせいだとルーファスは思っていた。だがラグーンは、そんなことは微塵も思っていない。弟子を助けるのは師匠の役目。導く者が助けて当然であることが理解できないのかと、かえって怒られる始末だった。

　最初にラグーンが師匠になった時は、近寄りたくもない存在だった。無神経さが我慢ならなかったのである。だが今では、どうでもいいようなことでもなんでも話せる存在になっている。ルーファスには親がいなかったが、もしも身内というものがいるとしたら、こんな存在なのだろうかと思ったりもする。

「でもお前はさあ、共鳴できない自分側の原因は、もう分かっているわけだろ？」

「色気がないから」

「まぜっ返すんじゃねえよ。お前がそこまで自覚しているなら、あとはレイが悪いんだよ。まあ、俺は最初から、あいつのチンポをガチガチにする方が難しいと踏んでいたけどな。ああ、オルガのことがあるからじゃないぞ？」

「分かってますよ」

「師匠、ちょっとよろしいですか」

後方からの声に、ルーファスはラグーンの寝台の上に突っ伏した。

「いっやらしい！　レイ！　気配を消していきなり戸を開けるかあ!?」

ラグーンの叫びに、礼儀正しく戸口で控えているレイは戸惑いを見せた。

「いえ、消していませんし、何度も戸を叩いて声かけしましたが……」

「冗談だよ。お前の呼びかけに気がつかないほどエロ話に夢中になっていただけだ。誰かさん欲求不満だから、俺の昔の武勇伝、チンポ百人斬りの話を聞きたいってせがまれてよ」

「しっっしょう!!」

思わずルーファスは絶叫したが、後方から恐ろしい声が流れた。

「ほお……それは、ぜひとも俺も聞かせてほしいものだな」

冷気を漂わせて立つジュドに、ラグーンはさすがに態度を改めた。

「もお〜、冗談だってばあ」

「いい加減にしろ、馬鹿たれ。王宮から、レイに呼び出しがかかった。今後の近衛団の方向性を、青雷の操者であるレイを交えて相談したいそうだ」

ジュドの言葉に、ラグーンは片眉を上げた。

「『裏第五』？」

「そう」

『裏第五』？　聞き慣れない言葉に、ルーファスは思わずレイに顔を向けた。レイも初めて聞く単語らしい。分からない、と目配せをしてきた。

ふん、とラグーンは鼻を鳴らした。

「ユセフスと話をするより、俺とエロ話に興じる方がマシだと思うがな」

「お前とエロ話を交わしても、イチモツはガチガチにならん」

「お前ら、どっから聞いていた!?　立ち聞きしていたのかよ！」

「立ち聞きもくそも、あんなでかい声で色話すんな」

ルーファスは、ラグーンの寝台に顔を突っ伏したまま、動くことができずにいた。

レイが王宮に出向くのならば、自分も下山したいとルーファスは申し出た。

「お前も王宮に行きたいのか？」

ジュドの問いに、ルーファスは首を振った。

「いえ、俺が昔いた孤児院に、ザイドとカルクが手伝いに行っているでしょう？　久々に会いたいと思って」

ラグーンは少々顔をしかめた。

「やめておけって。あの二人は、今関係が微妙になっているから孤児院に行かせたんだぞ」

「それは、師匠たちが精霊を与えないから悪いんじゃないですか」

幼馴染みのザイドは、ルーファスよりも一年早く入山し、半神のカルクと早々に結ばれたが、まだ精霊を与えられていなかった。

国が『時飛ばし』の状態でも、正戒はできないが精霊の授戒はできる。裏山に入って三年になるというのに、精霊が与えられなければ、もう才能なしと見なされ、精霊師になる望みは絶たれたと判断してもいい。

ところが、師匠であるジュドもラグーンも、まだ適した精霊がないだけで、いずれは精霊を授戒させると言っていた。

いずれは精霊師になれると言われても、どうなるかは分からない。精霊は山のようにあるはずなのに、なぜ授戒できないのか。授戒しても最低二年は修行しなければ使いこなせない。ザイドが苛立つのも無理はなかった。

後輩が次々と授戒を許されていく中で、自分たちはいつまで経っても認められず、ザイドは次第に荒れていった。

「俺は、やっぱり、アウバスの血が入っているから、拒絶されているんじゃないか」

「師匠を信じろよ、ザイド。必ず精霊師になれると言ってくれているんだろう。俺を見ろよ、混血が駄目だったら、俺なんて神獣の授戒を許されるわけないだろう」

「神獣と精霊では違うのかもしれない。俺は操者だし……。師匠らは許していても、内府の許可が下りないのかもしれない」

「ザイド」

同じアウバス出身の孤児院育ち同士でなければ分かり合えない悩みだった。

苛立つ姿を見せたくないのか、ザイドはカルクに悩みを打ち明けなかった。代わりに頻繁にルーファスはザイドの悩みを聞いた。その様子に、カルクの方が深く傷ついた。

「一番に悩みを打ち明けてくれないなんて、一体なんのための半神なの」

ひとまず二人を千影山から下山させ、頭を冷やさせた方がいいだろうと、ザイドとカルクは王都の孤児院の手伝いに行くことになったのだ。

「そこにお前がまた行くわけ。カルクがまた焼きもちを焼くだろう」

「カルクは俺に対して妬いていたわけじゃないですよ。ザイドが悩みを打ち明けてくれなかったからで。俺に妬くなんて、そんな弱い結びつきじゃありません」

「はあ〜、お前は何も分かってない。どれほど強く結びついていたとしても、嫉妬は別なものよ。ジュドを見ろ。まだ昔の俺の浮気にネチネチ文句を言う」

「お前は焼きもちを焼かせるなんて程度じゃなかったからだろう」

やっぱり駄目かと俯くルーファスは、師匠二人が目配せし合うのを見た。

「ま……いいか。状況も変わりそうだしな」

「そうだな。ルーファス、お前、ザイドとカルクの様子を見てこい」

久々に下山できる喜びに、ルーファスはレイを振り返った。

だがレイは、珍しいくらい顔をしかめていた。

ルーファスが顔を向けたのですぐに不機嫌さを引っ込めたが、わずかに不満が漂っている。負の感情を滅多に表に出さない男なので、ルーファスはまじまじとその顔を見つめてしまった。


「俺に、下山されると困る？」

ルーファスとレイは、セツが居住していた家に住んでいる。

ラグーンとジュドが住んでいた家は鳳泉の修行で破壊され、二人は寄合所に居を移していた。そこには今現在、四組もの修行者が住んでいた。

正戒できず精霊師が下山できないのに、表山からは次々と修行者が入ってくるからだ。

ダナルとルカは王宮で仕事をしており、もうこちらに戻ってくるつもりはなさそうだった。代わりに二人の居宅に入ったのがザフィとシンだった。ここにも、三組の修行者が入っている。

もともと青雷の修行者としてルーファスは最初セツに弟子入りした。セツがゼドを追って国を出た後も、ここを守らなければという思いから留まることを願い出て、許されている。

「いや……困るってことはないよ」

レイの口調はいつものように優しかったが、気分が晴れない様子だった。

こんな時には、間口を開けて心話で会話すればいいのだろう。だがルーファスはどうしても自分から求めることができなかった。

何を考えているのか、何を思っているのか、心の中を覗かせてもらえばいいのだ。共鳴している半神同士は、ためらうことなくそれをして、相手を受け入れるのだろう。だが、半神とはいえ当然、相手を拒絶することもできるのだ。見せてほしいと望んで、拒否されたらどうしようと思う弱い心を、ルーファスは克服することができなかった。

ルーファスは自分が、卑しく、臆病で、ひねくれていることを知っている。

ひねたものの見方をする自分に、大人たちは、育ちが悪いからと二言目には言ってきた。

あたりまえだとルーファスは思った。

お前ら大人が、良い育ちなど与えてくれたかと唾棄した。

残飯を漁らせ、寒くて凍えそうな夜だって、毛布一枚くれなかった。人買いに平気で売り渡した。裸にさせて家畜のように人の斑紋を品定めし、目の前で金を渡したではないか。

青雷を宿して二年、ルーファスは、レイがもうこんな自分を理解してくれていることを、十分分かっている。

素直になれない怖がりということも、とうの昔に分かってくれている。

レイの視線が向けられる。

心話で語りかけていなくとも、心の揺らぎに気づいてくれる。

レイは優しい。

決して力任せに、強引にはしない。そっと近づいて、優しく心を撫でてくれる。

臆病な動物に、大丈夫だよ、と、ゆっくりと手を伸ばすように。

……「あ〜、まだるっこしい！　四の五の言わずに俺を抱け！　って言わんかい！」

いきなりラグーンの言葉が頭の中に響き、ルーファスは身体を硬直させた。

「……どうした？」

顔を覗き込んでいたレイが、怪訝そうに顔を傾ける。なんでもない、なんでもない、とルーファスは慌てて顔を振った。

（よ……欲求不満？　そういえばこの頃、全然触れていない……）

ラグーン語で『貫通（処女喪失）』はまだ行っていなかったが、『陰茎見合い（手淫）』は何度か行っていた。精霊授戒直後の、力動が乱れてどうにもならなかった時だったが、それからも何度か、互いに手でしごき合う行為はしている。だがそれも、ここのところとんとご無沙汰だった。

ふと、顔を両手で包み込まれ、瞼の上に口づけが落とされた。

身体と心があっという間に弛緩する。

最初は触れられるだけで後ろに飛びのいていたが、今では抱きしめられるのが心地いい。

レイは、斑紋に口づけているようだった。

ルーファスの斑紋は、珍しい。普通、斑紋はまとまって肌の上に広がっている。だがルーファスのそれは、片側にまだらになって、一部ぽつぽつと途切れている。

しかも、顔にまでそれがあった。

ルーファスは、自分が知る限り斑紋が顔にまである人間は見たことがない。斑紋はたいてい上半身にある。神獣を宿すほどの斑紋は、上半身半分ぐらいの面積があるらしい。らしいというのは、ルーファスは他の神獣師の斑紋を見たことがないからだ。

普通依代は、大人の手のひらを広げたぐらいの大きさの斑紋がなければ、精霊を宿せないと言われている。神獣を宿すのなら、その倍以上の斑紋があたりまえらしい。

ルーファスは、まだらの斑紋が嫌で仕方なかった。顔にあると、遠目からだと汚れに見えるのか、よくからかわれた。どれほど大きいと賞賛されても、劣等感しかなかった。

顔に痣のような斑紋があるだけで、何倍も不細工に見えた。

「精霊を宿せば、その斑紋がどれほど見事か分かる。まるで、宝石を顔に散りばめているように見えるだろうよ」

顔の斑紋を嘆くルーファスに、最初の師匠だったセツはそう伝えた。

セツの言う通りだった。精霊の神言は、授戒するとその斑紋に宿り、光り輝くのだ。

練習用の精霊を宿した時でさえ、斑紋の上に重なった神言は蒼く溶け、光り輝いた。額と瞼の上、目の下まで宝玉で彩ったようだった。ルーファスは初めて、自分の顔を見て喜んだ。

だがレイは、それをさらけ出すことを快く思わなかった。

「あまり……人に、見られたくない」

「どうして？」

「依代には分からないだろうけど、操者は、自分の半神の斑紋も契約紋も、あまり人に見られたくないって思うんだよ」

「どうして？」

「だって、みんな、じろじろ見てくるだろう。本来だったら、服の下に隠れているから滅多なことじゃ人に見せない。珍しいからなおさら見てくる」

「だって俺は、顔にあるんだから仕方ないじゃないか」

「分かってるよ。顔半分隠したら目も隠すことになるし、別に隠せと言ってるわけじゃない」

結局、自分の変わった見た目は、この人にとって不快でしかないのかと、ルーファスは気持ちが沈んだ。

こんな肌の色じゃなかったら、こんな斑紋じゃなかったら、レイは何も悩むことはなかっただろうに。

がっかりなんて、させたくないのに。

「……下山しても、斑紋、ちゃんと隠すから。人に見せないから、心配しなくていいよ」

レイにそう告げると、レイは顔を引いてまじまじと見つめてきた。

「これつける」

顔の半分だけ隠す面をルーファスは取り出した。普段は忘れがちだが、手先が器用なジュドが作ってくれたのである。革紐で頭の後ろで結ぶと、ちゃんと固定されるようになっている。目の部分もちゃんとくりぬかれているので、視界ははっきり確保できる。

　ジュドも、操者が斑紋を見られたがらないのは理解できると話していた。

「他の奴らは、自分一人しか依代の斑紋を見ていないからな。……まあ、俺の半神は、他の男にも見せていたかもしれないが……」

　みしみしと仮面を軋(きし)ませながらジュドは言った。

「そんなんでも、ラグーンの斑紋だけは、俺のものだと思っていた。そんなもんなんだ、操者は。独占したいんだよ。神獣の契約紋が直に見れるなど、滅多にない。お前の顔に、誰もがくぎ付けになる。レイを責めてやるなよ」

　責める気などなかった。ただ、余計なことでレイを煩(わずら)わせるのが苦痛だっただけだ。

　そんな会話をしながらジュドが作ってくれた仮面を、ルーファスはつけようとした。だが、レイにそれを止められる。

「いいよ。つけなくても。そのままでいい」

「でも……嫌でしょう？」

「嫌とかじゃないんだよ。俺が……俺が、単に、自信がないだけなんだ」

　ルーファスは驚いた。自信？　なんの自信なのか。

　レイはじっと見つめてくる。何を考えているのか、ルーファスは不安だったが、間口を開いてみようかと思った。だがその前に、ぽつりとレイが呟くように言った。

「……ザイドに久しぶりに会うの、嬉しい？」

「え？」

　訊き返すと、レイは顔を横に向け、なんでもない、と小さな声音で告げた。

　おそらく今間口を繋げ、レイの本心を知りたいと願っても、レイは辿り着かせてくれないだろう。

　そしてそれをこじ開けられる強さは、ルーファスにはなかった。

2

『時飛ばし』が行われる前に、スーファ帝国から多くの斑紋持ちの子供たちが亡命してきた。

親と一緒の子もいたが、たいていは親が手放した孤児たちだった。精霊を悪とし、斑紋を宿す子供たちを弾圧することに反対したスーファ帝国の心ある一部の神職者たちが、そうした子供を地下に匿い、今回ヨダ国に亡命させたとルーファスも聞いていた。

「諜報機関『第五』の精霊師が前々からスーファに潜伏していて、手助けをしたらしい。子供の健康状態はあまり良くなかった。当然だよな、長いこと地下に潜んでいて、大きな斑紋持ちの子は悪い精霊を引き寄せたりもしただろう。スーファの神職者は、言葉に力動のような力を乗せて呪解するらしいが、限度がある。それで、手助けにザイドとカルクが呼ばれたわけだ」

「じゃあ今は、孤児院じゃなくて、スーファからの亡命者の住まいになっているんだね」

「ああ。早急に受け入れる場所を確保するには、君が以前いた孤児院が一番環境的によかったらしい。結界で純化された場所だしね」

レイと二人きりで行動するなど、初めてだった。ルーファスは心が弾むのを止めることができなかった。つい口調が軽く跳ねてしまうので、気を引きしめる。

下山して早々に、ルーファスは斑紋がある顔を仮面で隠した。レイに気を遣ったからではない。周りが驚き、あからさまに見つめてくるのに滅入ったからだ。

考えてみればあたりまえのことだった。彼らは、精霊師さえ目にする機会が少ない。おおっぴらに自分が精霊師であると明らかにする者はいないからだ。

それが、めったにお目にかかれない斑紋の上に、光り輝く神言があるのである。凝視どころか、仰天して指で周囲に示しながらわめいても当然だった。

ルーファスは即座に仮面を顔に付けた。レイはその様子を気にかけてくれたが、すぐにルーファスの心はレイと二人だけでいられる幸福に浸った。

孤児院の近くまで来ると、ルーファスは馴染みの街の説明を嬉々として始めた。戦争で王都も被害が大きかったと聞いていたが、早々に復興し商店街は以前と変わらぬ賑わいを見せていた。

「あれが、孤児院を抜け出してザイドとよく買い食いしていた店！　おじちゃんは、いつも大きめの揚げ物をくれたんだよ。この悪ガキども、って怒られることもあったけど、優しかったなあ」

「そうか。会いに行ってみたい？」

「ううん、いい。この顔見せるわけにいかないしね。ああ、あとこの路地裏は子供たちの遊び場で、かくれんぼとか玉遊びとかしてた。ザイドは力があるから、玉を飛ばしすぎて、商店街の屋根にまで届いちゃって、今日は肉屋に当たったー、とかね」

レイは微笑みながら話を聞いている。レイは基本的に人の言動を咎めないので、声を大きくして興奮していたことにルーファスは自分で気づき、慌てて声をひそめる。

孤児院が見えてくると、ルーファスはいても立ってもいられなくなった。十四歳まで育った場所である。寂しさを抱えることもあったが、ルーファスにとってはやはり故郷だった。

時間を教えてあったので、ザイドとカルクは門の前に立って待っていた。その姿を見て、ルーファスは我慢ができなくなった。二人に向かって走り出す。

「ザイドー！　カルク！」

「ルーファス！」

つい幼少の頃からの癖でザイドに飛びついてしまったが、カルクは少しも不快さを見せなかった。

「ルーファス……様、元気そうで良かったです！　青雷を授戒したんですよね？」

神獣を授戒しているからだろう。カルクが神獣師に対する接し方で話しかけてくる。ルーファスは戸惑い、思わず仮面を摑んだ。

「ああ、うん、この仮面の下……」

「ああ、馬鹿！　見せんなって！　他の人間に見せるもんじゃねえんだよ！」

「こらザイド！　その口の利き方！」

レイが静かに近づいてきたからだろう。二人はルーファスから離れ、かしこまる。

これはもう仕方ないのだろうが、ルーファスは一抹の寂しさを感じた。

「お久しぶりです、レイ様」

「ああ、元気そうで何よりだ。俺はこの後王宮に呼ばれているから、ルーファスのことを頼む。また、帰りに立ち寄るから」

「はい、行ってらっしゃいませ」

レイは軽く目配せをよこして、そのまま上衣を翻して場を去った。

「ルーファス様、山の御師様のご様子はどうでしょうか」

幼馴染みのからかいに、ルーファスは気が抜けるのを感じた。

「ザイド、それやめてくれ。なんか逆に、馬鹿にされている気がする」

「神獣を御身に宿された以上、私も態度を改めねばにゃらぬ……噛んだ」

「にゃらぬ！」

ルーファスとカルクは揃って吹き出した。

「多少は崩した態度でもお許し頂こうよ、ザイド。でも、様、はつけさせてください。ルーファス様。これはどうしても双方慣れていかないと。あなたは確実に国の守護神となるんだから」

「……分かんないよ。共鳴してないし、できないかも」

「えっ？　まだなの」

ザイドとカルクは顔を覗き込むようにして近づいてきた。

「あとは正戒を待つばかりかと思ったのに。俺らだって、練習用の精霊だけど共鳴は経験しているぞ……ますよ」

ザイドとカルクは、今は精霊を外しているが、練習用の精霊でもう共鳴を経験している。

だからこそ、間違いなく精霊師になれると目されているのだ。

「共鳴って、どうやってやるの～」

「そんなの教えられるなら、誰も苦労しないんだよ。師匠はなんて言っているんですか」

「早く貫通しろとしか言わない」

「まだしてねえの⁉」

ザイドの顔に、レイの下半身を疑問に思う感情が漂ったのを、ルーファスは見逃さなかった。思わず胸ぐらを摑み上げる。

「てめえ、何を想像してんだ。お前のモノより立派だからな！」

「いくらモノが良くても、役に立たなかったら意味ないだろう」

「師匠と同じこと言うんじゃねーよ！　手の早いお前と一緒にすんな！」

「ルーファス様、まさか（陰茎）見合いはしていますすよね!?」

「そのくらいしてる！　馬鹿にしないで！」

三人ともラグーンの弟子なので、真っ昼間から公共の場で会話する内容ではないことになかなか気づかなかった。大声で叫ぶ大人たちを、無垢な瞳で見上げる子供らに気がついて、慌てて態度を改める。

ルーファスは、色が白く、淡い色の瞳をしている子供たちを見つめた。薄い色の、柔らかそうなまっすぐな髪。鳥の羽のような睫毛を。

何もかも、自分とは対照的な容姿を。

「ここにいるのはほとんどスーファからの亡命者だ。この子たちは、親のない孤児だ。親と一緒の子供は、別の場所にいるよ」

ザイドは慣れた手つきで二歳くらいの子供を抱き上げた。

「何歳だと思う」

「……三歳？」

親の庇護を受けていなかったり、精霊に取り憑かれたりしていた子は、成長が遅い。

「四歳だ。これでもずいぶん、ヨダ語を覚えた。ほら、挨拶して」

「……コンニチワ」

可愛い！　あまりの可愛らしさに、思わずルーファスは飛びはねそうになった。自分と同じ孤児のはずなのに、少しもスレた感じがしない。

「地下で育って、行動を制限されていたからか、感情の起伏がないんだ。スーファの神職者らは、かなり苦労して情緒面の発達を促してきたらしいが、生まれてからずっと地下でしか育っていないような子供たちだ。これでもだいぶ笑ったり、泣いたりするようになったよ。俺らの方がまだ、ましな子供時代だったんじゃないかと思うくらいだ」

カルクも子供の頬を突きながら話す。

「もっともっと、我儘言って困らせていいんだよって言いたいくらいだよね」

ザイドは孤児院でも兄貴肌で頼りにされていたが、こんな慈愛を見せたことはなかった。

大人になったということだろうが、ここでの生活で、亡命してきた子供たちと接し、色々考えるところがあったのだろう。

「ザイドなんて、ずっとここで働きたい、精霊師なんてならなくてもいいって言ってるくらいなんですよ」

カルクが面白そうに耳打ちした。

「あんなに、なんで俺は精霊師になれないんだって騒いでいたのに」

ルーファスも驚いた。あれほど、師匠らに、そして国に対して不信感を抱いていたのに。憑きものが落ちたような変わりようである。

かつてルーファスが寝起きしていた子供たちの部屋が並ぶ棟は、そのまま子供たちの住居になっていた。だが昔と大きく違っていたのは、世話をする職員らもそこでともに生活していることだった。昔は職員の棟と分けられていたのに、食事も、日中の活動も、みんな同じ空間でされている。まるで一つの大きな家族のようだった。

「驚いただろう、このやり方。昔の俺のような問題児もいるんだけどさ、あんまり手のかかる子は、ここの施設長になった元精霊師夫婦が別棟で生活しているから、そっちで一緒に暮らしてる」

元精霊師夫婦？　ルーファスは心の中で首を傾げた。引退した精霊師が、ここの施設を管理するように言われたのだろうか。

ふいに袖を引かれ目を向けると、先程の小さな四歳児が見上げていた。仮面が気になるのだろう。じいっと無垢な目で見つめてくる。

ルーファスが手を差し出すと、慣れたように両手を広げて抱っこを求める格好をした。それだけでルーファスは、ここの子供たちがどれほど慈しまれて育てられているか理解した。ルーファスは幼い頃、職員にこれをやられても、なんの意味があるのか全く分からなかったのだ。抱きしめられる、ということを知らなかったから。

抱き上げると、興味津々といった顔で仮面にそっと触れてきた。

「男の子？　女の子？」

あまりに可愛らしいので、どちらか分からない。

「オトコノコ」

ルーファスは、オルガのことを思い出した。

髪の色こそ違っていたが、柔らかそうな髪質も、透き通るような肌も、ガラス玉のように光る瞳も、よく似ていた。

最初に見たのは、練習用の精霊をレイと共有した時だった。

珍しい容姿だったが、孤児院にいた、スーファの血を引く孤児も同じような容貌をしていたので、白い肌も、薄い髪色も瞳も、見慣れぬものではなかった。

この子は誰なのか、という単純な疑問は、すぐに氷解した。

白い肌と水色の瞳は、あまりにも美しく、水を操った。

精霊を共有していたわけではない、これが自分の半神となるのだろうと勝手に思い込んだだけだとレイは説明した。

だがそれだけで、あれほど明瞭に人の姿を思い浮かべることができるわけがない。

惹かれたのだろうと、すぐに悟った。

自分のこの肌の色では、あんなに水を美しく輝かせられないだろう。

褐色の肌と、うねった黒髪、緑の目。木や土の属性ならば映えたかもしれないが、水の精霊などとても似合わない。

そんなことを考えて、レイと共鳴するのを怖がるようになった。精霊の中の自分は、あのオルガのように美しくはないだろうから。

そこを通り抜けるまでは、時間がかかった。実際のオルガに会い、その心根の純粋さにまたしても自分とは違うと落ち込んだが、アウバスの呪術師の罠にかかってからは、ルーファスも自分の卑屈さと正面から向き合った。

向き合わざるを得なかった。師匠に一生治らない傷を負わせたのである。

魔獣化する恐ろしさ、闇に捕らわれる自分の弱さを痛感した。

「それで、恐ろしいから精霊を宿すのをやめるなどと言ったら一生許さんところだったが、お前が自分の弱さを自覚できたのなら、足を失った甲斐もあるというもの。気にするなルーファス。俺だってさんざん、師匠を悩ませてきた。あとは、自覚したお前と向き合ってくれるのは半神だ。自分を知らずして世界は知れん。考えるのはここからだぞ、ルーファス」

ラグーンの言葉を、すぐには理解できなかった。

今だって、まだ分からない。

ただ一つ分かっているのは、怖がらずにレイとぶつからなければ、絶対に見えない世界があるということだ。

レイの中にオルガがどう存在しようと、それとどう比較されようと、今はどうも思っていない。仕方ないことだと思っている。

それに引け目を感じているレイに、どこまでも甘えて、ただ優しくしてもらうのが心地よいのだ。あの優しさに、いつまでも甘えていたいと心のどこかで思っている。

ただひたすら守られて、慈しまれて、愛されて、そんなことを今まで経験したことがなかったから。

それを手放してしまうのが怖かったのだ。

「こっちが事務棟だ。施設長に紹介するよ。来ることは伝えてあるから」

事務棟にも自由に子供たちは行き来していた。比較的大きい子供が多い。スーファ語を話しているので何を言っているのかは分からない。教師らしき男もスーファ語を話していた。

「コーダ先生は？」

中から出てきた男に、ザイドが声をかける。

「中におられる。先程から、お二人でお待ちだぞ。青雷の気配を感じておられたらしい」

男の言葉に、ルーファスは驚いてザイドらを振り返った。二人も仰天していた。まだ正戒を受けていない以上、ルーファスに青雷が宿っていることは、裏山にいる人間以外は誰も知らないはずである。

ザイドとカルクは困惑して見つめ合っていたが、すぐに事務棟の中に入る。

「コーダ先生、カイト先生！」

ルーファスは二人の後に続き、その部屋に入った。中に入った瞬間、視線が注がれるのを感じた。

四十歳近いと思われる男性二人が、見つめてくる。

「……お待ちしておりました。新たなる青雷様。私はこの孤児院の施設長のコーダと申します。これは半神のカイトです」

温厚そうな容貌の男が、そう告げた。

「……俺が青雷を宿していると、なぜ分かったんですか」

コーダは目を細めた。

「青雷の気配だけは忘れられません。……私は、オルガの父でございます」

ルーファスは息をのんだ。

二人は元精霊師の男同士である。当然、実親ではあるまい。オルガの養親だったということだ。

ではオルガも孤児だったということだろうか。スーファの民の容貌に似ているのであちらの生まれかと思っていたが、以前ラグーンは王家に近い存在だと話していた。だからこそ青雷が封印されていたのだとしか聞いていない。

ザイドもカルクもオルガが下山した後に入山したので、先の青雷の所有者を知らない。ルーファスももちろん話していなかった。どこまで話していいものかルーファスが混乱していると、コーダが慌てて言った。

「申し訳ありません。困らせるつもりはなかったのです。ただ、懐かしい気配につい、気が緩みました。私たちにとって青雷は思い入れのある神獣です。もう二度とあの気配を近くに感じられることはあるまいと思っていましたので……」

コーダの後ろにいたカイトも、頷いて微笑んでみせた。

ルーファスは、千影山でオルガが会いに来たことを思い出した。

あの時は青雷をまだ宿していなかったが、それでも特別な目を向けてきた。

今のカイトと同じような瞳だった。

あの時、オルガが何を伝えたかったのか、今なら分かる気がした。

ルーファスは顔半分を覆う仮面を、ゆっくりと外した。

傍らのザイドとカルクまでが息をのむ。目の前のコーダは思わず半歩後ろに下がった。

半神以外には晒されることのない、斑紋の上に浮き上がる神言を、まさか見せるとは思わなかったのだろう。

顔半分を彩る蒼く光り輝く契約紋が、震えるコーダの目に映る。コーダの目からせり上がるものが表面にこぼれ落ちそうになった時、カイトの身体が前に出た。

カイトは、何かに操られるように、ふらふらとルーファスの方へ手を伸ばした。その手がルーファスの顔に触れそうになった時、コーダが止めた。

「カイト！」

カイトはびくりと身体を震わせ、我に返って慌てて身を引いた。己の行動に驚いたように手を引っ込める。だがルーファスは、迷わずその手を摑んで自分の顔に当てた。

カイトの身体が驚いたように跳ね上がり、再び後ろに下がろうとしたが、ルーファスは手を離さなかった。

カイトの手のひらを、顔半分に押し当てる。

そのうち、震えていたカイトの手が、指先が、そっと斑紋の上を滑った。

それは、慈愛に満ちた愛撫だった。

この手はおそらく、何度も何度も、こうして幼い息子の腹の上を撫でてきたのだろう。

十六年間、様々な思いを、神言の上にのせてきたに違いない。

カイトの手を離したルーファスは、その慈しみにあふれた手の温もりに、思わず瞳を閉じた。

かつて母と呼んだ人から、こんな温かさをもらったことはない。

だが、確かに欲していたその温もりは、心にまで染み渡るようだった。

目を開けると、すぐ近くにカイトの涙があった。

頬を包み込むような手が、最後にそっと、愛おしそうに撫でる。

微笑みが、十六年、息子を護(まも)っていた存在に、別れを告げた。

「……ありがとう……青雷。あの子を、私たちに授けてくれて、ありがとう」

斑紋の上の神言が、わずかに熱を持ったのを、ルーファスは感じた。

◇◇◇

通行証を手に、レイは黒土門(こくどもん)をくぐった。

黒土門は、王宮全体を守る近衛団の象徴ともなっている。この次の神通門(じんつうもん)から先は神獣師しか通れない。

黒宮(こっきゅう)、青宮(せいぐう)、そして神殿を守るのが神獣師なら、その手前の黒土門を守るのが精霊師、近衛団の仕事だった。

それゆえか、護衛団や警備団の兵士に比べ、近衛団は気位が高い兵士が多かった。実際、近衛の兵士らは精霊師になりたくともなれなかった者が多いとされている。裏山での修行を許されなかった者、裏山に入っても精霊師となれなかった者が、他の軍団に比べて圧倒的に多かった。全体的な能力が高いので、気位が高くなって当然である。

　黒土門からは近衛兵の数がやたらと多く目立つようになる。皆、目に鮮やかな緑色の上衣を翻している。門を通り内府の殿舎へ向かおうとしている一般人にさりげない視線を向けてくるが、不躾ではない。ただの一般人が内府まで通れるわけがないからだ。内府の殿舎の手前でレイを出迎えたのは、王太子の従者であるナハドだった。レイを案内してきた近衛兵が、ああこの青年は新たな従者候補かと納得したようにナハドに引き継ぐ。

「……申し訳ございません。本来なら、補佐官が案内するところですが……」

　小声のナハドに、レイはいいえ、と軽く首を振った。

「正戒を許されるまではただの修行者ですから、お気になさらず。百花……内府は、こちらに？」

「いいえ。内府の殿舎には書記官や補佐官の目がありますので、外宮までご案内します」

　レイは気を引きしめた。内府からの呼び出しがあったというのに、補佐官にまでそれを知らせたくないとは異例ではないか。一体、何を話されるのか。

　レイは目の前の男の背中を見つめた。ただの従者にしては、手練れな感がある。無論それを隠しているが、それもまた心憎いほどにさりげない。

　役人らが行ったり来たりする内府は、話に聞いていた通り大きな殿舎だった。書記官が、侍従が、近衛兵が、神官が、ああだこうだと言い合いながら忙しなく行き交うのを横目で見ながら、レイは内府の中庭を通り過ぎた。

　内府の騒がしさと打って変わって、外宮は人の声が全くせず、しんとしていた。

　多くの木々に囲まれているが、各殿舎の屋根はそれぞれの神獣の色に輝いていた。かすかに人の気配がするが、皆静かである。

　レイが通されたのは、青の殿舎だった。その青の見事さから、説明を受けなくとも、青雷の殿舎だと分かった。

「突然呼び出してすまなかったな」

　まさか入口に内府ユセフス自身が出迎えに来るとは予想もせず、レイは慌てて臣下の礼を取り、挨拶しようとした。

「いい、やめろ。本来ならこの殿舎はお前の居宅だ。先に入らせてもらったから出迎えたまでだ」

「いえ、私はまだ、正戒を受けた身ではありませんから……」

レイの言に、ユセフスは珍しく肩を揺すって笑った。

「お前、その上品さでライキやイーゼスと渡り合っていけるのか？　俺への態度などどうでもいいから、早く改めた方がいいぞ。あいつらは人を力でしか判断しない。まあ、それが正しいんだがな」

ユセフスが招いた一室には、ダナルも座っていた。戦争でかなり身体を壊したと聞いていたが、レイが見る限り、全く昔と変わっていなかった。相変わらず鋭い双眸を向けてくる。

「お久しぶりでございます」

「ラグーンはどうしている。足は？　ジュドが言うには良くなってきているとのことだがな」

裏山では決して仲が良さそうではなかったが、負傷した戦友が気になるらしい。

「お元気です。ルーファスが、毎日付き添っています。介護の必要はほとんどなく、単に二人で色々話しているだけですが……」

「八割がエロ話で、一割が俺らへの文句で、あとの一割が修行の助言じゃないか？」

「いや、俺らへの文句は二割だろう」

気にはなっていても心配はしていないらしい。

ユセフスはレイに座るように促すと、自分も袖を払いながらその対面に腰を下ろした。

「さてお前は、『時飛ばし』が終わり、正戒を受ければ青雷の操者として近衛団を率いることになる。ここの歴史についてはもう知っているな？」

「……青雷を所有していたのがセツ様と、その半神であるゼド様とおっしゃる方だった。このお二人は、先代の先読・ステファネス様が崩御された際に、神殿の混乱に巻き込まれて負傷され、神獣師を引退されたと聞きましたが、なぜオルガ様に青雷が宿ったのかは聞いておりません」

「オルガについては、俺とミルドまでしか知らない。イーゼスもうすうすは知っているだろうが、それ以降の神獣師は知る必要もないと判断されている。今後どうなるか分からんがな」

ユセフスが軽く引いた漆黒の上衣が、レイの足元にまで流れてくる。膝をつき合わせた距離の近さに、レイはこれから告げられる話の内容の重大さを悟った。

ユセフスに代わってダナルが言葉を続けた。

「ゼドとセツが青雷の神獣師を退いた後、長が不在となった近衛を預かったのは？」

「当時紫道の神獣師だったシン様とザフィ様です」

「そう。護衛団長でありながら、奴らは近衛をよくまとめ上げてくれた。ゼドという男は、わずか二年しか近衛の長に就いていなかったが、連中から絶大な信頼を得ていた。ゼドはカディアス王の摂政だった。血筋の良さでは親父殿はカディアス王の従兄弟に当たる。王家に次ぐ。奴らにとっては、まさに理想の長だったわけだ」

ダナルの不快さをにじませた言葉に、レイは思わずわずかに視線を上げた。ユセフスが苦笑する。

「ダナルが面白くない理由は、ザフィとシンが近衛をまとめ上げてても、これに素直に従わなかった連中がいたからだ。それが、近衛第五連隊だ」

「……第五連隊……」

「警備団第五部隊が通称『第五』と呼ばれているのは知っているな。全員が諜報員の精霊師集団だ。だが、奴らの仕事はあくまで王都から国全体、外国まで。『第五』は王宮までは、捜査権限がないんだ」

それは知っている。『第五』は、対外的な諜報活動が主であり、他国の情報入手や間者の摘発、通商の不正取引などに関わっている。

「王宮は一つの街を形成していて、かなり力のある連中が居住している。役人はもちろんのこと、富裕層も多い。王宮内の不穏な動きを探るのが近衛第五連隊だ。裏で諜報活動をしていることは表向き知られていないので、『裏第五』。ラグーンとジュドの会話にあった言葉だ。『裏第五』と呼ばれている」

レイはなぜ、自分が呼ばれたのか理解した。

「王宮の黒土門から先には、地下通路が張り巡らされていてな。もともとは王族の脱出通路なんだ。ここの存在を知っている者は、神獣師、王、神官長のイサルドぐらいだ。地下には牢獄もある。刑罰などまともに与えられん罪人を捕らえておくところだ。ここの管理者が、近衛第五連隊長なんだ」

レイは目を見開いた。それでは、近衛第五連隊長は、本来行くことが許されない黒宮や青宮まで行けるということか。

「そう。ここは普段、土砂で埋め尽くされている。数多くの精霊師の中でも近衛第五連隊長だけは、代々土の精霊『泥老（でいろう）』を受け継ぐ。王か、近衛団長の指示が出された時だけ、この土砂を吸い上げ、人の通行を可能にするんだ。この巨大迷路がどこへどう繋がっているのかは、まあ、それは後で教えてもらえ。俺の説明で、引っかかったことは？」

「王か、近衛団長の指示だけ？」

「お利口で助かるよ。そうだ。第五連隊長は、絶対に自分たちの長か、王の言うことしか聞かない。意味は分かるな？　近衛でも第五連隊だけは、ゼドが青雷の神獣師を引退してからずっと、シンの命令も、続くライキの命令も、無論内府である俺らの命令にも従わなかったんだ」

考えれば、無理もない話だと近衛第五連隊がそうした意志を引き継ぐのは、無理もない話だとユセフスは言った。

「王には私兵がないからな。兵らしき側近は従者のみ。近衛は本来王族を守るものだ。その点、近衛でも『裏第五』は徹底していた」

ダナルは昔を思い出したのか顔をしかめていた。

「中枢が混乱している最中だからこそ、近衛第五連隊が他の神獣師になびくわけにはいかない、とな。絶対に自分らの持つ情報を渡さなかった。振り返ってみれば見上げた忠誠心だが、俺はそいつを信用していなくてなあ。相当やり合ったんだ」

「誰ですか？」

「当時のアジス家当主・ギルスだ。今の第一連隊長セイルと、紫道の依代クルトの父親だよ」

アジス家の悪評はレイも聞いていた。

最も多く神獣師を輩出する一族として有名で、その恩恵を受け、一族の多くが政府の要職に就き、光紙商人としても財を築いている。間違いなくヨダ国一の名家だった。

近年、アジス家長老の息子で、警備団第一部隊長だったグスカが免職され、それに伴って一族の者の命令違反や汚職などがどんどん明るみに出て、問題となっていた。

「結果から言うと、ギルスはアジス家のために動くことはしてなかった。警備団の『第五』と違って、『裏第五』は精霊師ではない一般の兵士を諜報員として王宮内の至るところに潜伏させているんだ。普段は一般人として普通に生活している者もいる。その数、百人とも言われているんだぞ」

レイはその情報に驚いた。そんな話はまったく聞いたことがない。

「ギルスは、その百人が誰かを教えるわけにいかないとはねつけた。まあな、部下を思えば当然かもしれない。『第五』なんて、当然『裏第五』の存在を知っているから、彼らが持つ情報を喉から手が出るほど欲しがっていた。『第五』の精霊師に目をつけられたら、なんの力もない諜報員は強引に情報を奪われ、危険な目にあうかもしれないと懸念したんだろう」

「腹を立てたダナルは近衛第五連隊を凍結させたが」

「仕方ないだろ！　神獣師を介さないで連隊長を王に近づけられるか！」

「結局カディアス王は第五連隊長だけは自由に謁見を申し出ることを許した。結果、国王が直接ギルスから王宮内に潜む諜報員よりもたらされる情報を得て、内府に調べさせるような、ちぐはぐな状態が続いた」

　ダナルは顔をしかめっぱなしだった。よほど屈辱だったのだろう。

「ギルスの次に近衛第五連隊長となったのはダジル。ギルスの考え方をちゃんと踏襲した。土の精霊『泥老』を受け継ぐ際に、その思想も受け継がれるというわけだ。『裏第五』の誇りをな」

　ダナルは、内府として神獣師として、自分たちを飛び越えて国王に直接情報を伝える近衛第五連隊を忌々しく思っていただろうが、レイは内心驚嘆していた。

　あくまで近衛の長か、王にしか従わないとは。上の状況が変われば従うのが必然だろうに、立ち位置を絶対に変えない者たちの存在というのは、貴重ではないだろうか。

　その貴重さが、誇りなのだろう。上がどう変わろうと、国のために自分たちは変わらないというのが根本の思想に思われた。おそらくはダナルもそれを分かっているに違いない。それでも、国家の要である神獣師が国と王室を裏切るはずがなく、なぜ信用しないのかと不快だったのだろう。

　しかめ面のダナルと違い、ユセフスは淡々と言った。

「俺は、ダナルと違って第五連隊を責めたりはしなかったがな。王国混乱期にギルスが、ダジルが迷えば、『裏第五』は空中分解していたのは間違いない。信念を受け継ぐのはいいことだ。おかげで、シンに続いて近衛団を預かったライキは、近衛を毛嫌いしてしまったがな」

　なるほど、そういうわけかとレイは納得した。

「お前が引き継ぐ近衛団とは、そういうところだ。長年不在だった自分たちの長を、皆が心待ちにしている」

ユセフスはそう締めくくるかのように話を終えたが、レイはじっとユセフスの口元を見ていた。

こんな話のために、わざわざ呼び出したわけではあるまい。

ユセフスの目が、ゆっくりと細められた。

「ダジルはまだ四十歳になっておらず、精霊師を引退するには早いんだが、辞職を申し出ている。戦争で王宮が魔獣に襲われた際、ダジルは大いに働いた。『泥老』は魔獣の動きを抑えるのに非常に力になってくれた。だが、依代への負担は大きかった。ダジルの半神であるネロウは負傷し、二年経った今でも近衛に戻れていない。医師が言うには、精霊を宿したままではできる治療が限られるそうだ。ダジルは、ネロウの治療のために第五連隊長を辞したいと申し出てきた」

新たなる、近衛第五連隊長とその半神に、『裏第五』と精霊『泥老』を譲渡したい、と。

「今までの話を聞いて、お前なら、お前の片腕となる第五連隊長に誰を推薦する」

ユセフスの目は、まだ細められたままだった。

「我らが師匠が、次の『裏第五』の指揮官に、誰を推（お）しているかある程度想像つくか？」

裏山には、精霊師になれると言われながら、まだ精霊を持つことを許されていない二人がいる。

すでに練習用の精霊では共鳴までしているというのに、許可が下りていない者。

「ザイドと……カルクですか……？」

レイの脳裏に、先程会ったばかりの二人の姿が思い浮かんだ。

子供のように跳ねながら、ザイドのもとへ駆けていったルーファスの後ろ姿も。

「お前、同山だそうだな。気心は知れているだろう」

「……ユセフス様……」

レイは混乱する頭で、膝を握りしめる自分の手を見つめた。

「ユセフス様、近衛は、第五連隊長は、特に国と王家に忠誠を尽くす誇りを受け継ぐと先程の話を聞いて思いました」

「その通りだ」

「その連隊長に、はたしてザイドは適任でしょうか？彼は、ヨダ国に、不信感を抱いています。自分がいつまでも精霊を与えられないのは、自分がアウバスの血を引く孤児だから、信用されないのだと」

「お前はどう思うんだ？」

その言葉に、レイは見つめていた自分の手から、ゆっくりと視線を上げた。

目の前のユセフスの目は、変わらず細められていたが、もうそこには一筋の笑みも浮かんでいなかった。

「アウバスの血を引く孤児だから、生粋のヨダ国民ではないから、信用できないか」

「違います。俺ではなく、彼が、そう思っているから」

「だから、信用できない？　自分の片腕にはしたくないか」

ユセフスの目が、何かを見据えるようにいっそう細まる。

「お前の半神とて、ヨダに不信を抱き、劣等感を抱えながら生きてきたアウバスの血を引く孤児だろうに」

レイは、身体の芯が冷えていくのを感じた。

自分の奥深くにある、ルーファスと繋がっている精霊の間口。そこが、深い、穴の底へ沈んでいくのを、見つめるしかなかった。

◇◇◇

ルーファスを迎えに孤児院へ赴（おもむ）くレイの足取りは重かった。

自分が今、どんな顔をしているのか分からない。

自分の知らなかった自分が、否応なしに浮き上がってくる。いや、知らないふりをしてきたと言ってもいい。

強固に固められた偽善者で優等生の仮面の下にあった、醜悪（しゅうあく）な自分がにじみ出ている。いくら取り繕ったところで、顔を背けたくなるほどの悪臭を放っているに違いない。

ルーファスが、兄弟同然に育ったザイドに頼るのも、懐くのも、分からないではなかった。

幼い頃から苦楽をともにしたのだから、無理もないだろう。

この一件を知ったら、ルーファスはどちらの意見に従うだろう。

思わずレイは足を止めた。

夕方の時間帯、帰路を急ぐ人々に顔をしかめられても、そこから動くことができなかった。

今俺の、仮面の下からにじみ出た膿（うみ）は、どんな腐臭をまき散らしているのだろう。


「レイ、どうしたの？　何かあった？」

案の定、ルーファスはすぐにレイがいつもと違うことに気がついた。

「なんでもないよ。それより、遅くなったな。早く帰ろう」

「待って、ここの施設長に挨拶してほしいんだ。今、子供たちの食事前の手伝いに入っちゃったけど、もうすぐ出てくるらしいから」

「ルーファス、王宮での話をすぐに御師様らに伝えなければならない。もう時間がない、また次の機会にしてくれ」

「だ……だって、だってね、その施設長って、オルガの両親なんだよ」

「だから？」

我ながら語気が強くなってしまったと思ったが、オルガの親だからなんだという思いは変わらなかった。ルーファスが悲しげに瞳を揺らす。レイはため息をついてその背中を撫でた。

「正直もう、オルガのことはどうでもいい。ルーファス、急ぐんだ。分かってくれ」

ルーファスがきゅっと唇を噛む。意固地になる前兆だったが、なだめている時間はなかった。ザイドが遠慮がちに間に入った。

「これから先、またいつでも時間は取れるんですから。夜道は危ない。今夜中に千影山に入りたかったら、急いだ方がいいですよ」

いつもならそつなく礼を言うところだったが、今のレイにはその余裕はなかった。ザイドの促しでルーファスがやっと動き出したのも、正直不快でしかなかった。

「世話になった」

一言だけ告げて、レイはルーファスの手を取って馬を預けている馬場に向かった。

道中ずっと、ルーファスは無言のままだった。相当気分を害したのは分かっていたが、あえてレイも取り繕わなかった。

そうそうルーファスの機嫌ばかり取っていられない。かなりシンバを速く走らせたが、千影山に着いたのは、もう真夜中近かった。月が傾き始める頃に寄合所に到着したが、二人の話が気になっていたからだろう、寄合所はまだ火を落としていなかった。

「おお、おお。急いで帰ってきたようだな。食事はしたのか？　ルーファス」

ルーファスがふさぎ込んでいる様子にすぐ気がついたのだろう。真っ先にラグーンはルーファスに声をかけてきた。旅用の上衣を脱ぎながら、レイは、そういえば夕食を取るのも忘れていたことに今更気がついた。

レイがそれを伝える前に、ラグーンは傍にいた弟子に食事を用意するように伝えた。

「ルーファス、お前は別室で食事してこい。顔と手を洗ってな。ほれ、斑紋と神言がかちこちになってしまっているぞ」

上衣を脱ぎながら、ルーファスは仮面も外したようだった。シンバを駆けさせて汚れた顔を、上衣で拭う。

「師匠……」

弱々しい声を、ルーファスは床に座るラグーンに向けた。ラグーンは子供をあやすように笑っていた。

「孤児院で、懐かしい顔の他に、思いがけない連中と会っただろう。お前に会えて、喜んでいなかったか」

次の瞬間、ルーファスはいきなり川が決壊したかのように、ぼろぼろと涙をこぼした。何かを話そうとしても、嗚咽となって声にならない。その泣き方に、レイは茫然とした。

「あとで、その話を聞かせてくれ。今はほれ、その顔を洗って、温かい飯でも食え。な」

ルーファスは子供のようにこくこくと何度か顎を動かした。鼻をすすりながらふらふらと台所に向かうルーファスの背中を、レイは声もかけられずに見つめるしかなかった。

ルーファスが出ていった後、レイは並んで座るジュドとラグーンに目を向けた。

そこには、ルーファスに向けていた目とは真逆の瞳があった。

レイをしばし見据えていたラグーンは、口角をつり上げて嗤った。

「性悪美人に、少しはチンポガチガチにさせられてきたようじゃねえか。ええ？　この不能野郎。俺のエロ談義よりも興奮したか？」

「お前がまたそういうこと言うから萎えるんだよ」

ジュドが呆れたように言う。

「これで萎えてちゃそれだけの男だってことよ。そんなフニャチン野郎に俺が手塩にかけて育てた依代を渡せるか」

「……師匠は内府に何を話されたんですか」

レイは自分の腹の中でどんな感情が渦巻いているのか、自分でも分からなかった。

師匠に見下されていても、恐怖や衝撃はなかった。なぜか湧き上がってくるのは、熱い、怒りのような感情だった。

自分の芯が滾るように熱くなっているというのに、なぜかその周りは真逆に冷えてゆく。

その対比に、レイは視界が揺れるのを感じた。

「別に。『裏第五』を率いる近衛第五連隊長に誰を推すのか、前々から考えていたことを話しただけだ。そいつがルーファスの幼馴染みの頼りになる兄貴分で、お前が内心引け目を感じていることなど別に話したりはしなかったぞ？」

笑い声まで響かせるラグーンの顔を、レイは無言で見据えた。

「……近衛団の内情について説明を受けました。師匠らが第五連隊長にザイドとカルクを推していると内府より伺いましたが、ひとまずそれは保留にと願い出ました」

レイの言葉に、ラグーンもジュドも顔を見合わせた。

「……話の中身によっては、お前にフニャチンどころかクズ野郎の烙印を押してやるぞ」

「なんとでも。まだ他国の血が入った者が、精霊師になった例は少ない。自尊心の高い近衛団に、それも第五連隊という特殊な位置に、戦争で争ったばかりのアウバス国の血を引く者が入る。どれほどの反発が起きるかは目に見えている」

「ああそうだな。だが、近衛団の長、青雷の宿主までがアウバスの血が入った者なら、あからさまに反発はしないだろうよ。ザイドを侮蔑することはルーファスを侮蔑するのと同じだ」

「俺の半神を精霊師の盾にしないでいただきたい」

冷静に見つめる目が、怒りでかすかに熱を孕むのをレイは感じた。

「もしも容姿や血を理由に、近衛団がルーファスを侮蔑する態度を取ったら、俺は神獣師の威厳にかけてそれを許さない。必ず断罪する。だが俺は、ザイドまで守る気はない。精霊師ならば、己の力で偏見をねじ伏せればいいのだ。俺が護るのは半神一人だ。近衛の連中がザイドの生まれを見下そうと、それらから守る気はありません」

ジュドとラグーンは一瞬返す言葉が見つからないというように唖然としていたが、やがてジュドは頭を掻きながら言った。

「いや、スーファから班紋付きの子供らを迎え入れたから、今後異国出身の精霊師も誕生することになるという表明が国としても必要なんだよ。その意識改革として……」

「要するにお前、ザイドを信用してねえだけだろ！」

ジュドの言葉をラグーンが遮って怒鳴りつける。

「信用していませんよ。現状に不満を抱いて、全部アウバスの血を引く孤児だからだとへそ曲げているような男。それが『裏第五』？　指揮を執るのは俺ですよ。厄介ごとはごめんだ」

レイは口から思ったことがどんどん出てきたが、もう取り繕わなかった。どれほど腐臭を放とうが、もう今更だという思いだった。

「この野郎、化けの皮が剝がれたと思ったらとんでもねえクソだ！　足が動いていたらぶん殴っているぞ！」

「ルーファスも同じだから分かる。子供の頃、あれほど世の中に虐げられてきたのに、国を、世間をそう簡単に信用できると思いますか。俺がザイドに問いたいのは、今後、『裏第五』として、国の嫌な、汚い部分を見る覚悟があるかということです。あのカルクも巻き込んで。諜報活動とは甘いものじゃないってことは、かつて『第五』を率いた師匠らが一番よくご存じでしょう。百人の諜報員の命を握りしめて、神獣師まで敵に回さねばならぬ強さを、国への忠誠心を自然に身につけろなんて、無理なんです。覚悟を定めない限り。国の判断よりも本人たちに問うべきでしょう。神獣師と違って、精霊師には生き方を選ぶ自由がある。ザイドが、覚悟の上で精霊師となるというのなら、俺も納得します。正直今のザイドが、第五連隊の頭になれるとは思えません」

　ジュドとラグーンは無言になった。師匠二人を見据える目つきを改め、レイは頭を下げた。

「折を見て、俺からザイドにそのあたりを話したいと内府に申し出ました。精霊授戒前にそんなことをするのは御法度だと言われましたが、今後の近衛を俺に任せるというのなら、俺には口を出す権利があるはずです」

　ラグーンは苦虫を噛みつぶしたような顔で、吐き捨てた。

「てめえ、共鳴もまだのくせに団長面してんじゃねえよ」

「やめろ、ラグーン。お前の負けだよ」

　ジュドは軽く肩を揺すって笑い、そう言った。

「やっと優等生面を外したと褒めてやりたいところだが、頭に血が上るとそれしか見えなくなるのがお前の欠点だな。ルーファスにはちゃんとその辺、説明してやれ」

　先程の泣き方を思い出して、レイは気持ちが沈んだ。俯いた頭に、ラグーンの嘲る声が降る。

「ザイドが精霊師になれなかったら、レイが反対したからだって俺、チクってやろー」

「こら、ラグーン」

「だってこいつ、いつまでルーファスを信じねえんだって言いてえよ。お前の言葉にルーファスが耳を傾けないだろうって思ってんだろ？　あいつだってちゃんと成長してんだぞ」

「……分かっています。俺が、単に……自信がなかっただけです」

　優しさだけを与えたかった。

　あまりに傷つきやすいあの心に、もう二度と余計な不純物を落としたくなかった。

　頼りになる幼馴染みの存在に嫉妬し、顔の斑紋を誰にも見せたくないと苛立つ狭量な半神を知ったら、ルーファスは失望する。

　失望だけならいい。またそれを、自分のせいだと思うだろう。

　だからこそ、何事にも動じない、誰よりも強い男になりたかったのに、いつまで経ってもそこに至らない自分がいる。

　それどころか、焦燥とともに、己の醜さが露呈していく。

「相手の全部を受け止められるような聖人君子が、この世にいるかよ」

　大きなため息とともにそう言ったのは、ジュドの方だった。

「俺はどれほど達観したかったか分からんぞ。二十年以上、俺が変わればいいんだから、こいつは変わらないんだから俺が変わろう、俺ができた男になればいいんだって自問自答して、それでも毎回『知るか、クソ野郎！　俺がなんで変わってやらなきゃなんねーんだ！』の繰り返し」

　ラグーンがさりげなく距離を取る。

「まあ、そんなもんでも半神だ。これからだよ、お前。自分が相手にとってどんな唯一無二になるのかはな」

　ジュドの微笑みに、レイは黙って頭を下げ、立ち上がった。

　食堂はおろか、もう寄合所にルーファスの気配はなかった。おそらく、食事も取らずにすぐに家に戻ったのだろう。

　眠ってしまう前に、一言謝らなければ。レイは早足で家に向かった。

　家には灯りがついていなかったが、風呂の焚き口の中には火が燃えていた。食事よりも入浴したかったのだろう。

　水の属性の精霊を宿す者は皆同じだというが、ルーファスはすぐに水の中に入りたがる。精霊を宿す前は、風呂嫌いのほうだったらしいが、気分が落ち着かなくなるとすぐに水に浸かるのだ。おそらく、力動の乱れを無意識に整えたくなるのだろう。

　釜にくべられた薪は、多くなかった。軽く温める程度で良かったのだろう。このまま放っておけば消えてしまう程度の火種でしかなかった。

　レイは真っ暗な家の中に入ったが、灯りはつけなかった。暗闇でも目が利く上に、火をつけることに時間を取られるよりも、ルーファスの顔が早く見たかった。まっすぐに湯場へ向かう。

「ルーファス」

　湯場にも灯りはついていなかった。ぱしゃん、と、魚が跳ねる程度の水を弾く音がした。レイは、断りもなくいきなり湯場の扉を開いた。

　まさか扉を開けられると思わなかったのだろう。ルーファスの身体が水の中に沈む。だがすぐに、ぷかりと浮いてきた。湯桶の中から、こちらを睨んでくる。

「お、れは、今日は、色々あったから、話を、聞いてほしかった」

　闇の中に、様々な青が、煌めいていた。

緑がかった青。まるで呼吸でもするように、青から、水色へ、そして濃紺へと変化する青。斑紋の下の血の動きに呼応するように、色を変え、発光する。

　その輝きを、レイは食い入るように見つめた。

「聞いてる？」

「……ああ」

　顔から首へ。鎖骨から、胸へ。暗闇に浮かぶその蒼い輝きは、竜が身体をくねらせているような画を描いていた。

「……なんでも……言っていいよ」

　その言葉に、ルーファスの緑色の目が輝いた。怒っているのか、わずかにつり上がる。レイの目には、まるで竜が目を細めたように見えた。

「ちゃんと、オルガの両親に、挨拶してほしかった。俺は今日、オルガのお父さんとお母さんに会えて、本当に良かったと思ってる。それを、レイにも教えたかったのに」

　珍しく強い意志を込めて伝えてくる。レイはその必死さを愛おしく思ったが、それは淡い感情では収まらなかった。

　呼吸が乱れるほどに、興奮してくるのが分かる。

「あと、あと、ザイドとカルクにも、もっと話しかけたっていいと思った。そりゃ、神獣を所有しているのは分かるけど、あんまり素っ気ないと思った！」

「……そう……だな。……ごめん」

　声がかすれる。

　まるで、初めて精霊を共有した頃の、性欲が極限まで滾ったあの状態に戻ったようだった。

「レイ？」

　様子が変だと思ったのか、ルーファスが首を傾げる。

　力動を注ぎ込みたくてたまらなくなる。身体中の力が、血の巡りが、精力が、ただ一点に向かっていくあの感覚。身体中が震え、呼吸がままならなくなる。もうこれはとうの昔に調整済みのはずだったのに、一体どうしたことか。

　レイは、ルーファスに間口を開けるように促そうと思った。だが、それよりも先に身体の方が動いた。暗闇に浮かぶ、緑色の瞳の蒼き竜の姿に手を伸ばした。

　水の中から引き上げた時、そのしなやかな裸体は、陸に引き上げられた魚のように跳ねた。

噛みつくような接吻に、驚いて腕の中でもがく。だがレイは、力を緩めなかった。

初めて練習用の精霊を入れた時でさえ、これほど欲情をそのままぶつけたことはない。必死で力動を保とうと自制した。傷つけないように、驚かせないように。

ここまで、解放を求めるのは初めてだった。

どうにもならない獣の力を抑え込もうと必死だった。

「レ、イ……」

「ごめん……ごめんな、ルーファス。我慢できない……」

驚いたからだろう。ルーファスの目にうっすらと涙が浮かんでいた。一瞬心が揺らいだが、その涙が瞳と溶け合い、緑の雫となるのを目にした途端、再び理性が飛んだ。瞳に唇を這わせて、それを吸い取る。

「ふ、うっ……レイ」

ルーファスの身体を抱きしめて手を這わせているうちに、ルーファスの身体から湯の雫が流れ、レイの服に染み込んでいった。それでもしっとりと潤んだ肌に手をさまよわせていたが、レイはルーファスの身体を横抱きにすると、湯場の扉を蹴飛ばして開けた。その乱暴さに、ルーファスの身体がびくりと震える。

「怖い……」

「ん……大丈夫。乱暴はしないから」

「レイ……一回待っちゃ駄目？　ちょっと待つの駄目？」

「ごめん。もう駄目」

寝台の上に置かれたルーファスは、レイが服を脱ぐ間、喉を震わせていた。レイはすぐに裸になって、ルーファスの身体に自分の肌を押しつけた。興奮しきって肌も燃えるように熱く、ルーファスの肌が冷えているのかどうか分からない。

光り輝く裸体に、手と唇を這わせる。胸の斑紋を舌でなぞると、ルーファスの嗚咽のような声が、次第に甘さを含んできた。震える胸の先端を舌で転がす。ルーファスの顎が持ち上がり、首の斑紋の輝きが増した。

一刻も早く自分のそそり勃ったものをこの中に入れたいが、この斑紋を永遠に撫で回していたい気持ちもあった。舌で、指でなぞるたびに輝きが反応する。

「……綺麗だ……」

思わず呟きが漏れた。

皆、この斑紋に、こうして捕らわれるのだろうか。

「綺麗だ……ルーファス……俺のものだ、俺の……」

まるで熱に浮かされたように言葉がこぼれた。

「ルーファス……頼む、もう誰にもこの斑紋を見せないでくれ……俺だけのものにしてくれ……誰にも見られたくない。見せたくない。俺だけのものにしてくれ」

狭量な男と思われたくなくて、押し込めていた望みが口から流れていく。

だがもう、取り繕っている余裕などなかった。

この熱を、この肌に擦りつけなければ、頭がどうにかなりそうだった。

ルーファスは、そんなうわごとを聞いているのかいないのか、いつしか嗚咽は完全に嬌声へと変わり、激しい愛撫に身を委ねていた。

暗闇でも、ルーファスの足の間が精液でぽたぽたと濡れていくのが分かる。下腹や太ももに落ちた雫をレイは舐め取ったが、肝心の陰茎には口も手も触れていなかった。ただ、その周囲だけにひたすら舌を這わせた。

「レ、レイ、さ、触って……」

腰を持ち上げられた格好のルーファスが、我慢できないというように自分の股間に触れる。だがレイは、ルーファスの足を持ち上げ、そのまま睾丸の下から後孔へと舌を這わせた。

「あ、ああっ！」

刺激に驚いたルーファスの陰茎がぶるぶると震える。飛び散った白い雫は、青い斑紋の上に新たな模様を描く。その美しさに、レイは眩暈がしそうになった。

ルーファスの胸は激しく上下していたが、レイは待ってやることができなかった。飛んだ雫を指でなぞり、胸の先端になすりつける。ルーファスの身体が激しく揺れた。

「や、あ、待って、待って、待っ……」

レイが待ってやれたのは、香油を取りに行く間だけだった。すぐに芳しい花の香りとともに、ルーファスの陰茎から後孔にかけてぬるりとした刺激が与えられる。闇に響き始めた卑猥な音は、レイの耳の奥までじんじんと興奮させた。

「ああ、レイ、待って、お願い、いっちゃう、また、いく……」

すすり泣くルーファスの懇願を唇でふさぎ、吸い上げる。口内と、下の孔と、くちゅくちゅと粘膜が擦り上げられる音に、いよいよレイのものも限界が近くなっていた。情けないことだが勃ちすぎて、ルーファスの足に擦られるだけで痛い。

「ルーファス、もう、俺、いい……？」

刺激し続けた孔は、人差し指と中指を根元まで受け入れている。中で中指を動かすたびにルーファスの身体がびくびくと痙攣するように動き、声が響く。耳元で囁いても、もう何も聞こえていないようだった。

指を離し、陰茎をルーファスの中心にあてがう。ルーファスの弛緩した身体が、委ねられている。ああ、やっと、この中に入れる。極限に達した興奮とともに、レイは、待ち望んだそこに、ゆっくりと自分を沈めていった。


レイは、意識が反転したことに一瞬気がつかなかった。

腕の中に抱いていたはずのルーファスの姿が消えていた。

代わりに、腕の中にあったものは、七色の光だった。

最初は、玉石かと思った。様々な色を映した玉石が無数に煌めき、目の前に浮いていた。

いや、浮いているのではない。これは水の中だと悟った時、その玉石が、鱗だと気がついた。

「……青雷……！」

〝それ〟とはっきり分かったわけではない。だが、目の前に浮かび上がる無数の鱗の正体が、他には考えられなかっただけだ。これほど美しい輝きを放つ鱗が、他の獣にあるだろうか。

ばらばらだった鱗が急に凝縮し、形を作る。間違いない、竜の、青雷の身体だ。抱きしめようとした時、それは身を翻すようにして、腕から逃げ、勢いよく空へと昇った。

「青雷……ルーファス！」

まだ、その姿を完全に目にしていない。焦って上に向かって呼びかけたレイは、水がゆっくりと渦巻くのを見た。

渦の水に抱かれるようにして現れたのは、竜ではなく、人間の裸体だった。

日に焼けた、すらりと伸びた手足が、水の流れに任せてしなる。

斑紋に浮かぶ神言は、青に光っていた契約紋は、全て七色の鱗となっていた。

それが、ルーファスの身体にまとわりつくように浮いている。

ゆっくりと目を開けたルーファスの緑色の瞳に、吸い寄せられるように鱗が集まる。

この美を、どう言い表せばいいのだろう。

全ての操者が己の依代に思うことを、レイも思った。


我に返った時、真下にルーファスの身体があった。

ルーファスの腰を摑んだ格好だった。

ルーファスの方は、気を失っていた。顔を紅潮させ、うっすらと汗ばんで、寝息を立てている。顔には、安心しきったあどけなさしか浮かんでいなかった。

レイは、その姿を見て、しばし自問自答するしかなかった。

(……共鳴……だよな……?)

共鳴した。おそらくそれは、間違いない。

自分の中の力動が、以前の比ではないくらい、ルーファスの間口に容易(たやす)く向けられるのを感じる。間口がいきなり全開になった感覚だ。

青雷と、繋がった。この手にいつでも、その力を引き寄せられる確かさを感じる。

手にした、という、感覚。暴れ出したいほどの愛おしさが湧いて、眠っているルーファスの身体をたまらず抱きしめた。

「ぅうん」

つい力をこめてしまい、腕の中のルーファスが身をよじる。

「ああ、ごめんごめん」

不思議な感覚だった。神獣を手にした喜びよりも、自分と何もかも共有する相手を確かに手にした愛おしさの方が強かった。

ああ、唯一無二だ。これが、半神なのだ。

「愛してるよ、ルーファス……愛してる……早く、目覚めてくれ。早く伝えて、早く……」

冷静に考えると、おそらくラグーン語で言う『貫通』はまだ行っていない気がする。

ルーファスの腹から胸にかけては精液が飛んでいたが、レイは自分が射精した感覚がなかった。興奮しているからか分からないが、萎えていない。

間口を繋げて性交すると、相手と自分の快楽がごちゃごちゃになり、どちらも溶けるような快感を繰り返すと言われているが、これがそうだったとはどうも思えない。共鳴したということは間口が繋がったのだろうが、無意識に間口が繋がり、性交したのだろうか。

だが当然、レイはその辺を師匠に確かめるつもりはなかった。

「朝になって君が目を覚ましたら、もう一回最初から抱かせてくれ、ルーファス。やっと共鳴したんだ。二、三日、君とただ抱き合って過ごしたって、師匠らも文句言わないさ」

心地よさそうな寝息を立てる額に、レイは口づけた。朝なんて恥ずかしいって嫌がるかな。聞いてあげられないけど。

訪れる朝を想像して、レイはルーファスを抱きしめたまま、肩を揺らして笑った。

3

近衛第五連隊長ダジルが指定した場所は、通常は精霊『泥老』にて土砂で埋め尽くされているという王宮地下通路の一角にある地下牢だった。

「この牢獄の真上は、内府の殿舎です」

地下牢内は通気口からわずかに光が差しているだけだ。その空間に、レイはダジルと二人で向き合っていた。

「この牢獄の中に入ったことのある神獣師様はどなたか、正戒を受けられたら教えて頂くといいですよ」

ダジルは寝台に腰掛けてほんの少し微笑んだ。

レイはその向かい側の椅子に腰掛けていた。

「優しい時代になりましたね。次の連隊長に、この任を受けるかどうか訊きますか」

三十代半ばのダジルは、近衛らしく整った容貌をしていたが、あまり感情を表に出さない性質らしく、口調も単調だった。

隣の牢部屋には、ザイドがいる。本来なら立場上、まだ精霊師でもない者がこの話を聞くことも知ることも許されない。レイがユセフスに頼み込み、なんとかザイド一人だけは隣で聞くことを許されたのである。いない者とみなしてダジルは話しているが、当然気配で分かっている。ザイドには、従者のナハドが付き添っていた。

「『裏第五』だけは特殊です。警備団の本家『第五』には嫌われますし、他の連隊も一歩引いています。精霊師の中で直接王とやりとりできるのは俺だけです。俺と先代のギルス殿の時代は、青雷の神獣師が不在で、それこそ神獣師様らの頭上も飛び越えてきた。周囲から浮くのは仕方なかったが、半神には辛い思いをさせました」

色々と思うことはあるのだろうが、変わらず淡々とした口調だった。

「どんな人ですか。次に『裏第五』をと、御師様らが推した人は」

まだ情報を渡すわけにはいかないと思っているからか、ダジルは世間話のような会話しかしなかった。レイは、詳しく聞き出すのを止めた。その任に就かなければ、知り得ない世界なのだろう。

「……そうですね……まっすぐな男ですよ」

本人は否定するかもしれないが、レイはそう思っていた。

「へえ。俺もそうですよ」

ダジルは初めて、面白そうに笑った。「半神からは堅物すぎると言われます」

「あの内府らが、相当手こずったと話していましたよ」

「そりゃあ、『裏第五』ですから。さんざん罵られましたよ。ですが、情報源は絶対に渡しませんでした。俺が王宮中に放つ間者は、ただの人間ですから。精霊師相手に身を守れません。上が守らないと」

この一言だけを告げたかったのだろうとレイは理解した。目礼で敬意を表すと、ダジルは静かに立ち上がった。

見送るためにレイが立ち上がると、ダジルはレイの足元に片膝をついた。

「私が第五連隊を率いた時間には、蒼き神獣の姿はありませんでした。代わりに王の目を拝する光栄を賜りましたが、自分を率いてくれる長の存在を、待ち望んでおりました」

柔和に見えるその微笑みの後ろに、どれほどの苦労があっただろう。上が、守らなければ。その一念だけで『裏第五』を率いてきた男は、おそらく自分の直接の頭となる、守ってくれる存在が現れてくれるのを、ずっと待っていたに違いない。

「任期途中に引退することは心苦しいですが、青雷の登場とともに身を引けるのが、救いです。どうか、黒土門を水の神獣でお護りください。近衛は、あなた様を歓迎いたします」

　ダジルは最後に臣下の礼を取り、静かな歩みで地下通路を歩いていった。

　その後ろ姿が完全に消えてなくなっても、レイはダジルが歩いていった道をしばし見つめていた。そして、隣の牢に歩み寄った。

　ザイドは、中で寝台の上に腰掛けて身動き一つせずにいた。椅子に腰掛けていたナハドが立ち上がったが、ザイドはその気配にも気がつかないように一点を見据えていた。

　ザイドの心に何が浮かぼうと、レイは何も促すつもりはなかった。あとは、ザイドが選ぶべき道だろう。乗ってしまえばその道は、どう嘆こうが降りることは許されない。

　ザイドの目がゆっくりと向けられる。

その目は、今までの視線と違っていた。

　敬意や忠誠などといったものではない。それは、畏(い)怖(ふ)、に近かった。

　先程全く同じ目をダジルから向けられたのを思い出した時、レイは一つのことに気がついた。

　この目は、自分を見ているのではない。

　自分の中の青雷を、見ているのだ。

　国の、守護神たる者を。

　そういう存在になることを、レイは、初めて自覚した。

　ダジルが半神とともに近衛第五連隊長の任を退き、精霊『泥老』を呪解(じゅかい)したのはこの時から二か月後。
　それからすぐ、ザイドとカルクは『泥老』を授戒した。

「吉日を定め黒宮にて青雷襲名の儀を執り行う。新王より、両名に正戒を授ける」

王宮からの勅使の言葉に、ルーファスは頭を下げっぱなしだった。

もうそろそろいいのかな？　と、隣のレイを見ると頭を下げ続けている。慌ててルーファスはまた下を向いた。

青雷授戒の時は青い文箱で青雷の護符と授戒を許可する勅令が届けられただけだというのに、正戒の儀の知らせには、わざわざ王宮から神官長がやってきたのだ。

裏山は掃き清められ、レイとルーファスは身体を清められ儀式用の正装に着替えさせられ、後ろに侍る師匠らまでが正装し、千影山の総責と管理人までが並ぶ中、恭しく勅令を掲げた勅使を出迎えた。

「謹んでお受けいたします」

レイの言葉に続いて、ルーファスはかちこちになりながら言った。

「お、お受け、いたします」

勅令が文箱に戻され、立っていた勅使が床に座り直してから、ようやくレイが頭を上げる気配がした。ルーファスも顔を上げると、後ろの師匠らとアンジとマリスも顔を上げた。

勅使となった新しい神官長は、女性だった。先程の厳しい顔を改めて、微笑みを浮かべている。

「ナラハ、お前仰々しすぎねえか？　神官三十人って！　派手だな、お前！」

緊張から打って変わって、ラグーンの軽口が飛ぶ。

「少ない方ですよ。これが新王の初めての勅なのですから。もっと威光を！　と申し上げましたが、案外摂政様はお気が弱くてらっしゃる」

閉ざされていた時が戻って、三か月が経とうとしていた。


『時飛ばし』が終わってからのヨダ国の変化は、目まぐるしいものだった。

鳳泉が再び空に現れ、それを他の神獣たちが迎え入れた直後、三年間閉ざされていた国境が開かれた。その対応に、レイは王宮に呼び戻され、役に立たないと思われたのか、ルーファスは一人千影山に残された。実際、役に立てないのだから仕方ない。レイがなかなか戻れず、寂しい思いをしたが、国のてんやわんやは千影山にいても伝わってきた。

正式にスーファ帝国と文書を交わし、国交正常化の動きに向かい始めた直後、カディアス王が譲位の意思を示した。

これは、国を揺るがすほどの大きな騒ぎとなった。スーファ側と国交についてまだ話を詰めておらず、西のアウバスは内戦中、いつまたヨダに兵を向けてこないとも限らない。長い間国を支えてきた王の譲位は、国民を困惑と不安に陥れた。

混乱したのは千影山も同じだった。カディアス王譲位、と伝えられた時、意外にもラグーンとジュドは、気が抜けたように座り込んでしまった。

特にラグーンは、よほど衝撃を受けたのか、しばらく伏せってしまったほどだった。ルーファスは心配で仕方なかったが、見舞いに来た千影山総責のアンジは、気持ちが分かるのか、ぼそりと呟いた。

「王とともに、張り詰めた人生を生きてこられたのだから……。……新しい時代が……やってくるんですね……」

最初は衝撃を受けていた国民も、新王即位の儀を執り行うことで、新たなるヨダ国の姿を内外に示せると心が浮き立つようになってきた。

王が先読とともに治世を行う時代は、久々である。これがヨダ国の正しい姿だと、喜ぶ声が大きくなっていった。

だが困難な時代を生き抜いてきた者の内に去来するものは、喜びよりも、言葉では言い尽くせぬほどの、寂しさだったのかもしれない。

新しい時代の到来に、ラグーンは面白くなさそうに顔をしかめていたが、次第に、悪態をつくまでに元気を取り戻していった。

「外交だの通商だのに、いつまで時間がかかってるんだ、中央は！　早く溜まりに溜まった精霊師らを、正戒させるように言え！」

そんな中、やっとレイが千影山に戻ってきた。

「俺も正式に近衛を動かさないと話にならなくなってきました。神獣師らは今、誰も眠っている暇もありません」

珍しく弱音を吐くレイが、ルーファスは心配で仕方なかった。ほとんど休んでいないのだろう。力動の強い者が顔にはっきりと分かるほどの疲労を漂わせるのはまれだ。

だがラグーンは、そんな疲れなど甘いと言わんばかりに鼻を鳴らした。

「それで？　ようやく青雷の正戒をすることに決まったのか」

「はい。すでに譲位なさり、新王の御代（みよ）は始まっておりますが、おそらく新王即位の儀は、半年……ぐらい先になりそうですが、その時に空に舞わせる神獣は、青雷にと決まりました」

「ほお」

ラグーンは嬉しそうに笑った。

「カディアス王即位の際は、俺ら百花が空を舞ったんだぞ」

「王より伺いました。即位の儀の際、空を舞った神獣と縁が強くなるそうですね。おかげで良い時代だったとおっしゃっていましたよ」

「最後の最後まで腹立つな、あのクソガキ！」

ラグーンらしい調子がやっと戻ってきたことに、ルーファスは嬉しくなってレイに目配せした。レイが微笑む。

「新王最初のお仕事は、俺らの正戒になりそうです」

レイの報告に、ジュドは驚いたように身を引いた。

「先王がやるんじゃないのか」

「いい節目だと摂政が押し切りました」

「厳しい兄貴だな～」

そして、千影山に神殿からの勅使を迎えることになったのである。


「レイ様、レイ様とルーファス様が正戒を受けられたら、俺らの正戒も近いでしょうか？」

カルクとともに千影山に戻ったザイドの後ろには、あとはもう精霊師として正戒を受けるだけ、という連中が他にも何人も立っていた。

この三年間で、精霊を授戒したものの、正戒できずに下山を止められていた者たちは、五組十人にも及ぶ。

「今はまだ、多忙すぎて各連隊長を留めておきたいとイーゼスもライキも考えているだろうが、引退年齢の四十歳をとっくに越えている精霊師もいる。心の準備をしておいた方がいいな。いきなり、休んでいる暇もない日々が始まるぞ」

下山を待ち望んでいる者たちは、興奮したように頬を紅潮させて喜んだ。早く精霊師となって、国政に関わりたいとどの顔にも書いてある。

「ザイドは一番先だよな。もう近衛第五連隊は長が不在だし」

仲間の言葉にザイドは頷いた。喜色を浮かべた顔をレイに向ける。

「正戒を授けてくれるのは、レイ様ですよね？」

「授戒人は、直属の上官と決まっているからな」

その様子を見ながら、ルーファスはザイドが距離を取るようになったのはいつからだっただろうと思い返した。

いや、距離というものではない。精霊『泥老』を授戒するために千影山に戻ってきた時、もうザイドの自分を見る目が違っていた。

親しみがなくなったわけではない。だが明らかに線が引かれていた。それは、自分たちとは違う存在だと認識する線だった。

寂しさを覚えたが、これも仕方ないことなのだろうとルーファスは思った。自分の宿すものがなんなのか、ルーファスも分かっている。王に次ぐ高位の存在とされるのは、この身に宿す神獣の大きさ、重要さゆえだ。いざという時、この身に宿る精霊は、攻撃型の最上位として敵軍を迎え撃つ。

自分が何も変わらずとも、国の守護神を宿すこの器は、畏れと敬意を、自然と抱かせてしまうものなのだ。

まだ一度も入ったことのない王宮を、ルーファスは思った。

そこに足を踏み入れるのは気が引けていたが、今はなぜか、同じ立場の者が集っているそこに早く行きたい。

この先長く、ともに歩むことになる彼らと、王に、会いたいと思った。

　吉日を選ぶ暇もなく、勅使がやってきて二日後には、レイとルーファスは王宮に呼ばれることになった。青雷の殿舎で神官らの手を借りて、禊を行い、真っ白な儀式用の正装に着替えた。

　正戒を行うからだろう。黒宮は人払いが行われたように、ほとんどの神官や侍従が姿を消していた。神官に促されて待合に入ったレイとルーファスは、そこにあった懐かしい顔に、思わず大声を上げた。

「セツ様！」

　戦争前に国を出ると告げて千影山を下りてしまったセツが、同じ真っ白な正装の姿でそこにいた。変わらぬ優しい微笑みを浮かべるセツに、思わずルーファスは抱きついた。

「セツ様、セツ様、良かった、ご無事で……！」

「正戒おめでとう、ルーファス。本当に安心したよ」

　背中を撫でられて顔を上げると、セツの肩の向こうに、同じように白い正装に身を包んだ男が笑みを浮かべていた。

「顔に斑紋とは。見事の一言に尽きるな」

　そう言うと男は、レイの方をからかうように振り返った。

「ああ、悪い、操者殿。つい見入ってしまった」

「レイ、ルーファス、私の半神のゼドだ」

　セツの半神のことは、当然レイもルーファスも聞いていた。青雷の操者として近衛を統べていたが、単体精霊師となり、諸国を巡り諜報活動をしていた、ヨダ国最強と言われる男だ。

『時飛ばし』中にスーファ帝国と同盟を結び、時が戻ってすぐにスーファ側の使者を引き連れて国に入ってきた。国が通常の状態に速やかに戻ることができたのも、この男の功績による。初めて見る顔だったが、その名は千影山にも轟いていた。

　レイが挨拶しようとするのを、軽くゼドは止めた。

「ああ、いいよ。俺は諸外国との調整でバタバタしていたから、お前さんと顔を合わせるのは初めてだったな。近衛をもう、率いているんだろう」

「はい。連隊長らが一刻も早く正戒を求めるので、内府に無理を言って忙しい最中ですが日を作ってもらいました」

「連中が、そう望むのも無理もない話だ。俺は、近衛にずっと肩身の狭い思いをさせてしまった」

この二人が青雷の神獣師として近衛団を率いたのは、わずか二年間と聞いている。ルーファスはその辺のことをほとんど知らなかったが、レイはもう近衛に関わっている身として、思うことがあるのだろうか。ゼドから目を離さなかった。

「……やっと、王宮に竜の姿が戻る。俺が言うのも変な話だが……近衛を、よろしく頼む」

静かに微笑んだ男に、レイはしっかりと頷いた。

「……はい」

ルーファスはこみ上げてくるものを密かに噛みしめた。

なんの力にもなれないかもしれないけど、レイを助けよう、支えよう。

神獣師として、ここで生きていくのだという思いがあふれそうになり、思わず身体が震える。そんなルーファスの気持ちを汲んでいるかのように、セツが腕を支えてきた。

「さあ、神官が迎えに来たよ。正戒しておいで」

「セツ様たちは？　同席しないんですか。その格好は……？」

セツとゼドが着用しているのも、ルーファスたちと同じ、儀式を受ける側の正装だった。

「私たちは逆だよ。呪解するんだ。ゼドが、だけどね。単体精霊『香奴』を外す」

レイが思わずゼドを振り返る。

「精霊師を、引退なさるんですか」

「ああ。まあな」

年齢がもう四十を越えているので不思議ではないのだろうが、まだまだ忙しい最中、よく只人となることを許されたものだとルーファスは思った。

「よく、先王がお許しになられましたね」

つい思ったことを口にすると、なぜかゼドは大声で笑った。

「そうだなあ。だからか、正戒に比べて呪解は簡単で儀式など必要ないのに、『香奴』が外れるのをご覧になりたいんだそうだ」

なるほど、それで待合にいるのかとルーファスは合点がいった。

「ほら、儀式の間で皆が待っているぞ。行ってこい」

二人に見送られ、レイとルーファスは手を取り合って、儀式の間に向かった。

儀式の間の近くまで来ると、何か言い争うような声が響いてきた。

周りはもう結界で純化されているというのに、騒々しい気配が溢れている。レイとルーファスは顔を見合わせた。

入口付近には、儀式用の純白の衣装に身を包んだ神獣師たちが集っていた。

皆用意された椅子に座っていたが、儀式に臨む前にしてはだらけきっていた。一番入口近くにいるのが紫道の神獣師ライキとクルトだったが、クルトはライキにもたれて眠ってしまっている。

その隣に座っているのは光蟲の神獣師イーゼスとハユルだが、イーゼスは正装をすでに崩してしまい、だらしなく足を組んで大あくびをしていた。ハユルがレイとルーファスに、困ったように奥を指で示した。

イーゼスたちから少し離れて、百花の神獣師ミルドとユセフスが座っていた。背筋をしゃんと伸ばしているのはミルド一人で、ユセフスは顔を思いっきりしかめて腕を組んでいる。ミルドは二人に目で語りかけてきたが、ユセフスは二人を一瞥もせず、前方を睨んでいた。

「だって兄上、そんなこと説明しなかったじゃないですか！」

「だから何度も説明しただろう、剣で刺しても絶対に血も出ないし怪我もしないって！」

「斑紋が顔にあるなんて聞いてないです！　顔になんて刺せない！」

「顔じゃなくてもいいんだ、斑紋があるところなら……額？　喉？」

「嫌だあ！　オルガ、オルガ、兄上に言って！　無理だって！」

青い上衣に、色とりどりの青の玉石を散りばめた王冠を戴く少年が、玉座に座ったまま、銀髪の神獣師にしがみついている。その隣では、もう一人の鳳泉の神獣師が、弟王に必死で説明していた。

「ああ……ほら、セディアス、青雷の二人がもう来てしまったぞ」

キリアスの促しに、セディアス王とオルガが顔を上げた。

セディアスの目が見開かれ、まじまじと見つめられる。おそらく斑紋も、その上に浮かぶ契約紋も、初めて目にしたのだろう。幼さを残した王が、口を半開きにして自分を見つめてくるのを、ルーファスもまた見つめ返すしかなかった。

「王、あれが……あれが、青雷の神言です。どうですか。美しいでしょう？」

茫然としているセディアス王に、オルガが囁くように教える。

「俺の中の青雷を、一度、見たことがありましたよね？」

「うん。初めて姉上と通った時ね。竜っていうより、水と鱗みたいな、七色の光がぶわーっと……」

「正戒すると、その光景が、また一瞬だけ見れます」

オルガは、こちらに顔を向けた。

「青雷の中を、一瞬だけ、見ることができます。俺はそれを今日、楽しみにしていました」

微笑むオルガの瞳が、水を映したように揺れる。その瞳は、青雷に別れを告げたカイトを思い出させた。水色の瞳を見つめながら、ルーファスも微笑んだ。

「セディアス。お前が悩むと、操者が不安になるだろう」

声がした方を振り返ると、天幕の陰に先王が座っていた。ルーファスはカディアス王を目にしたのは初めてだったが、容貌がキリアスに酷似（こくじ）していたのですぐに先王だと気がついた。

カディアス王の隣には、三十代前半の男がにこにこ笑いながら座っていた。先王と同じ椅子に腰掛けているので、神官でも従者でもないだろう。あまりに先王と近い位置に座るこの男は誰かといぶかしがるルーファスに、素早くレイが耳打ちした。

「先の鳳泉のトーヤ様だ」

レイが先王に挨拶しようと膝をつく前に、カディアス王の手が上がった。

「ああ、いい。それより正戒は、息子の覚悟が定まるまで、もう少し時間がかかりそうだ。神獣師らと、雑談でもしていろ」

「雑談していられるほど暇ではないのですよ」

苛立ちが頂点に達したユセフスが立ち上がった。

「剣ひとつ扱えずに国王と言えますか。甘えるのもいい加減になさい」

オルガが慌てて間に入ろうとすると、イーゼスのからかうような声が響いた。

「王ー、やるなら一気に突くんですよ。手元が外れて目なんて刺さないように」

想像したセディアスが震え上がる。

「イーゼス！」

キリアスの激怒した声が儀式の間に響き渡る。ミルドがひらめいたとばかりに言った。

「斑紋は、首の下にもあるでしょう？　そちらでもいいんですよ」

セディアスに目を向けられ、ルーファスは襟元をはだけて見せようとした。

「そ、そうですね、そちらの斑紋も飛び散ってますけど、顔よりはマシかも」

「晒(さら)すなって、ルーファス！」

レイが慌てて抱きしめるようにしてそれを隠す。だが斑紋の描き方に興味を持った神獣師らが、わらわらと集まってきた。

「へえー、身体の方の斑紋もまとまってないんだ。珍しいね。どこまで続いているの」

「こりゃあ剣の達人でも難しいですよ、王ー」

「イーゼス！　余計なこと言うなって！」

「兄上、兄上がやってください。王じゃなきゃ駄目だってことはないでしょ？　兄上だって、師匠がやったんですもんね？　ねえ、オルガ、兄上にお願いして」

「ねえルーファス、もっと下まで見せてよ」

「ちょっ、人の半神に触らないでくれ！」

レイに抱きしめられながら、ルーファスはその肩越しに、先王とトーヤが声を上げて笑っているのを見た。

わあわあと神獣師らが騒ぎ、儀式の間の熱気が高まる。まだまだ儀式が始まるには時間がかかりそうだと思ったのか、空気を入れ換えようと神官長のナラハが大きな窓を開けさせた。


青く、高い、初夏の空が一面に広がる。

あふれる陽光が、全てを明るく照らす。

神の獣たちのかまびすしい声は、光に乗りながら、青く、高い空に流れていった。

神の獣達の宴

時が戻って一年が過ぎようとしていた。

この一年で、ようやく新体制が整おうとしていた。スーファ帝国との国交回復、先王譲位、新王即位の儀、目まぐるしい日々がようやく落ち着き始めたのを、キリアスは感じていた。

だがそれは、自分だけが感じていたのではないことを、キリアスは知ることになった。

「先王が千影山に移られる」

百花の殿舎にてユセフスからそう告げられた時、キリアスは自分で思っていた以上の衝撃を受けた。ユセフスとキリアスの間でミルドが静かに茶を注ぎ、茶器を受け取ったユセフスが静かに茶を啜る音が響いたが、キリアスは何も言葉が出てこなかった。

「なんて顔をしてるんだ、お前。二十四にもなって、まだまだ父上が恋しいか」

ユセフスのからかいもなんとも思わないほど心が沈むのをキリアスは感じていた。寂しくないと言ったら嘘になる。なぜなら、

「父上はもう……王宮へは二度とお戻りにはならないおつもりだろう」

ユセフスは静かに頷いた。

「そうだろうな」

ともに千影山に入るトーヤに、果たしてどれほどの余命が残されているか。

トーヤがいなくなったら、どうするつもりなのか。

「おそらくガイのような生涯を選ばれるんじゃないか。霊廟や、離宮へも移られず、ずっとそこに留まられるだろう」

キリアスの考えを読んだようにユセフスが話す。やりきれなさに思わず顔を覆い俯いたキリアスに、ユセフスの諭すような声が届いた。

「お好きなように、させてやれ。息子のお前は案じることが色々あるだろうが、誰にも強制されず、ご自分の望まれる道を歩む人生が、これからやっと始まるんだ。どんな道を選ぼうと、支えてやれ。お前はずっとそうして父王に守られてきただろう」

その言葉に、キリアスはようやく顔を上げた。ミルドがキリアスに茶を勧めながら言った。

「それにね、千影山では、ラグーン師匠らが早速、王が修行者に講義をする教育課程を組んでいるらしいですよ」

「はあ⁉」

茶を飲むどころかキリアスは思わず立ち上がりかけた。

「あのジジイ、先王を千影山で働かせるつもりか⁉ 何のために千影山に入ると思ってるんだ。トーヤと二人だけで穏やかな生活を送るためだろう！」

「ヨダ国の歴史や政治学を教える人間がいないんですよ。以前はその辺りはガイ師匠とか、ダナルとかルカがやっていたんですけど」

「ダナルとルカはそろそろ山には戻らないのか。内政だって落ち着いてきたし、ダナルの手を借りずとも回るようになってきただろう」

「あの二人は、先王が王宮を出られると同時に、霊廟近くにある離宮に移ることになった」

ユセフスの言葉に、キリアスはまたも一瞬絶句した。

「……千影山じゃなくてか？」

離宮は、王族の別宮である。温泉の引かれた静養地にあり、今現在は誰も利用していない。霊廟の近くにあり、キリアスも母と面会する時にそこに赴いていた。

「ルカの傷の治りに、温泉の効能が効くそうだ。だいぶ回復したとはいえ、ルカはもう山の中の生活に耐えられんとダナルは考えている。あとは、本に囲まれるだけの生活をさせてやりたいそうだ」

「だが、ルカはともかく、ダナルはまだまだ修行をつけられるほど元気そのものだろ」

『宵喚び』を行った半神を救い身体を切り刻まれる目にあっても、相当頑健な身体らしく、以前と変わらぬ足取りで王宮内を闊歩している。

「ダナルがルカを一人にさせるわけないだろう。今だって、片腕を失ったルカの世話で結構忙しくしているんだぞ。政務に煩わされることなく思う存分奉仕したいんだろ」

奉仕……。

「お前、知らんのか？　光蟲の操者ってのは歴代、依代に尽くしまくる性質の奴らばかりなんだぞ」

離宮に入っても侍従の手など絶対触れさせまい、とユセフスは呆れたように付け足した。

「ラグーンとジュドは千影山に残るのか。ラグーンは自力で歩くのも難しいし、冬の寒さは堪えると言ってなかったか」

キリアスの言葉に、ミルドはため息をついた。

「多分、ジュド師匠はラグーン師匠と離宮に移りたいと考えているでしょうね。でもラグーン師匠は、表山に孫弟子が入山するまではいる、と豪語しているらしいです」

「孫……？」

「俺らが神獣師を引退するのは、あと六年後ですよ」

ミルドの言葉に、キリアスはまじまじと目の前の百花の神獣師二人を見つめた。

「あと二年ほどで、表山に新しい『百花』候補が入ってくる。不思議なことだが、まるで導かれるように、俺らが引退する頃に新しい器と弦が生まれる」

珍しく穏やかにユセフスが微笑んだ。

「どんな奴らか、今から楽しみだ。師匠らも、きっとこんな気持ちだったんだろうな」

「手こずらせましたけどねえ、俺ら」

「それは皆同じだろう」

百花の二人が人前で見つめ合うなどめったにないことである。キリアスは落ち着かなくなって腰を上げそうになった。

「おいおい、お前らまで何を言い出すんだ。引退なんて口にするなよ」

ユセフスが呆れたような視線を向けてくる。

「時間の流れを説明しただけだろう。いつまでも人を頼れると思うなよ」

キリアスはユセフスのいない王宮など考えたこともなかったことに今更気が付いた。本当に、人を当てにしていたことを痛感する。

時の流れとともに、人も移り変わる。キリアスは、鳳泉の神獣師として、摂政としての責任の重みを改めて感じた。

◇◇◇

先王とトーヤが王宮を去るという話が王宮を駆け巡ったのは、キリアスがユセフスに呼び出されてすぐのことだった。

「ダナル師匠とルカが離宮に行くのも、俺は寂しい。千影山に行けばいつでも会えたのにさ。そんなに頻繁に行けるところじゃないじゃない」

外宮の鳳泉の殿舎にやってきたハユルは肩を落とし

て愚痴をこぼした。その隣に座るイーゼスは、いつもならハユルが落ち込んでいると膝の上に乗せて鬱陶しいほど心配するのだが、この男にしては珍しくぼーっとしていた。おそらく、それなりに衝撃を受けているのだろう。その様子を見て、キリアスは自身も思うことがあった。

(好き放題やっていられたのも、厳しい師匠がいたからだろうな)

ダナルという大きな盾は、ある時はイーゼスの行き過ぎた行動を止め、そしてまたある時は守ってきたのだろう。キリアス自身、父という存在がどれほど大きかったか、改めて考えさせられていた。

「ま、そうそう頼れる存在ではなくなったということだな」

イーゼスの態度に感じるところがあったのか、同じように鳳泉の殿舎に集ったライキが言った。ライキはすでにガイという師匠を失っている。

「でも俺、ラグーン師匠が千影山からいなくなったらどうしていいか分からない。下山したんだからそうそう会いにいけるわけじゃないって分かっているけど、いてくれるだけで違うよ」

ルーファスがぼそりと呟く。レイがその肩をそっと引き寄せる前に、オルガがルーファスの隣にどすんと座った。

「分かる！　俺も同じ！　千影山にいるといないのとでは大違いだよね！」

はああ、とそれぞれのため息が場に流れる。そんな中を、のんきな声が通った。

「じゃあさー、王様が王宮を去る前に、送別会しようよ」

クルトだった。送別会？　とキリアスが訊き返すまえに、それいい、とハユルが飛び上がった。

「千影山にいる師匠らも呼ぼう！　ジュドやラグーンだって、ルカたちと最後に会いたいだろうし！」

オルガも立ち上がる。

「ゼド様たちも呼ぼう！　これが皆さんの最後の集まりになるかもしれないし」

「最後とか言うなよ」

操者は気持ちを切り替えた依代らよりもはるかに気が弱いらしい。イーゼスが俯きながら言った。

「飲み会？」

　送別会を催すことをオルガはユセフスとミルドに話した。

「送別会」

　オルガは訂正したが、ユセフスは聞いていなかった。

「なるほど飲み会か。いいんじゃないか。王も呼ぶのか」

「十四歳の少年をそんないかがわしい場に参加させられるわけないでしょう！」

　送別会と言い直したくせに、オルガもどんな会になるか薄々分かっているようだった。

　キリアスは山の師匠らと飲んだことはないが、師匠らが酒を持ち寄って盃をかわしているのを何度か見たことがある。全員、相当強かった。

「山からゼドやシンらも呼ぶとなると、かなりの人数になるな」

「ラグーン師匠とジュド師匠も呼ぶんですからね」

「そこを呼んだらいかがわしいどころか見るに堪えない飲み会になるが十四歳に耐えられるのか」

「だから王は呼びませんから！」

　どうもユセフスは依代をからかうのが好きらしい。

オルガとのやり取りを面白がっているのが分かる。

「鳳泉の殿舎でやろうと思います。何かご希望はありますか？」

「酒を切らすなってことぐらいかな」

　ユセフスから見えない位置で、ミルドが「かなり飲みますからね、この人」と身振り手振りで教えてきた。

「まあ、良かったんじゃないか。先王は、喜ばれるだろう」

　ユセフスの言葉に、オルガとキリアスは見つめ合って頷いた。

◇◇◇

ラルフネスとセディアスに神獣師の皆で送別会をする、と宵国で告げた時、セディアスはすぐさま「僕は参加しませんから」と首を横に振った。

「えー、どうして？　私は興味あるなあ」

ラルフネスは興味津々といった様子でキリアスに詰め寄った。

「飲み会って、大人がお酒を飲んで前後不覚になって無礼なことをしても許される場なんでしょ？　なんか面白そう」

「違うからな!?」

一体どこで得た知識なのか。キリアスは頭を抱えた。

「飲み会じゃない、送別会だ、送別会。今までのことを感謝し、快く送り出すための会だ。師匠や弟子や、王や臣下の垣根を外すために酒の力を借りるんだ」

説明を、ふうん、という顔で聞く弟妹の素直さにキリアスはいささか胸が痛んだが、間違ったことは言っていない。

「酒の場には変わりないから、セディアスは参加しなくてもいい。二人には、また改めて父上やトーヤとの送別の場を設けるから」

「うん。私たちは神殿に父上とトーヤを呼んで、お茶会にしましょ、セディアス」

「そうですね、姉上」

「……ちょっと寂しいけど」

俯いた顔にほんの少し翳り(かげ)が見えたが、すぐにラルフネスは顔を上げた。

「トーヤ、山に行くのがきっと楽しみだと思うんだ。千影山でのこと、お手紙いっぱい書くって言ってた。それを読むのが今から楽しみ」

育ての親が傍から離れることに納得しているとはいえ、寂しさはこみ上げるのだろう。ラルフネスの手をオルガが取る。

「ラルフネス様やセディアス様のご様子は、私が手紙を書いてトーヤさんと父王に送りますからね」

「うん。ありがとう、オルガ」

ラルフネスが微笑む。

「神獣師達の飲み会に負けないくらいの送別会をしましょうね、姉上。今から計画立てましょう」

セディアスの言葉に、ラルフネスは顔を輝かせた。

「そうね！　ナラハにも協力してもらおう！　こういうこと好きそうだから！」

はしゃぎ始めた二人を見て、キリアスとオルガは見つめ合い、微笑みを交わした。

　王宮の料理人はさすがに心得ており、食事は酒のつまみになりそうなものばかりで、ありとあらゆる酒が用意された。

「お酒嫌い」

　鳳泉の殿舎に早々とやってきたのはトーヤだった。ずらりと並べられた酒瓶に顔をしかめている。

「キリアス知らないでしょう。めちゃくちゃ飲むんだよ、あの人たち。キリアスに止められるの？」

　以前、飲み会で嫌な目に遭って酒が嫌いになったのだろうか。しかめっ面のトーヤをオルガがお菓子とお茶の用意がされている一角に連れていった。

「クルトさん用に用意したから、お酒が嫌いな人はこちらで……」

「オルガはお酒飲めるの？」

「実は飲んだことないので、今日ちょっとだけ試してみたいかも……」

　オルガは二十歳で神獣師の中では一番年下である。今まで酒を飲む機会がなかった。トーヤは酒なんてあえて飲む必要はない、と首を振った。

「不味いし苦いし気持ち悪くなるし人は変わるし良いことないよ」

　クルトも甘党で酒に見向きもしないが、どうもアジス家出身の依代は酒が苦手らしかった。

　次にどやどやとやってきたのは、現役神獣師の連中だった。ダナルとルカもイーゼスとハユルに引っ張られて来ている。ハユルは片腕のルカに寄り添うようにしているが、イーゼスはダナルに不平不満があるのかぎゃあぎゃあ喚いていた。うんざり顔のダナルが叫ぶ。

「ああ～うるせえな！　飲む前からこれかよ！」

　お菓子を見つけたクルトが喜んで駆けてくるのを、慌ててライキが止めた。

「クルト、まだだ！　主賓が来てねえんだから！」

「しゅひんって何」

そこに声を張り上げながら千影山の師匠らが現れた。

「よ～お！　酒の準備はできてるか!?」

ほぼ足を動かせずジュドに半抱きにされていても、ラグーンは相変わらずだった。「御師様！」とオルガとルーファスが喜んで出迎える。シンやザフィは並べられた酒瓶を見て「足りなくねえ？」とキリアスに言ったが、もう机の上に酒瓶を置ける隙間すらない。

「あれがしゅひん？」

クルトの問いにユセフスが答える。

「あれはオマケだ」

地獄耳のラグーンがこのやろ～！　と杖を振り回す。

「この性悪め！　人が不自由な足で下界に降りてきてやったってのに！」

飲み始める前から場が荒れそうな雰囲気だった。まあまあまあ、とゼドとセツがユセフスにつかみかかろうとするラグーンを止める。

そこで侍従からの連絡を受け、キリアスは声を張り上げた。

「先王は少々遅くなるから、先に始めてくれとのことだ」

ラグーンが顔をしかめる。

「ったく仕方ねえな。誰のための送別だよ」

「俺らの送別でもあるだろ」

ダナルの言葉にラグーンはもっと不機嫌になった。

「どうせお前らなんて離宮での生活に飽きてすぐ舞い戻ってくる」

内心、ダナルらが離宮に行くことが不満らしい。それなら寂しいと言えばいいのに、本当に素直になれない連中である。キリアスはため息をつきながらも杯を掲げ早口で言った。

「ハイ、じゃあ皆の門出に！　カンパーイ！」

カンパーイ、と口にしてからの酒量といったら聞きしに勝るものだった。ユセフスなど、それは水か？という速さで酒をあおっていく。驚くべきことに全員手酌だった。酒を注いでもらおうなど誰も思っていない。がっぱがっぱと自分の杯に酒を注いでは飲み、他の者が持っている酒瓶を奪ってまた注ぐ。

用意されていた酒瓶があっという間に空になり、持ってこいと文句を言われるので、いつの間にか幹事役となっていたオルガは走り回って座ることすらできない有様だった。

「どうだ、もうそろそろでき上ったか？」

廊下で控える侍従らにオルガが酒の追加を頼んだのと同時に、先王が姿を見せた。

「カディアス様、まだ来なくていいよ。酔い潰されちゃうよ」

クルトと一緒に菓子を頬張っているトーヤがそう忠告したが、先王は笑ってラグーンとユセフスの間にどさりと座った。ジュドとミルドが正気か、という顔で固まる。

「飲んでいそうで、案外この二人とは酒を酌み交わした記憶がないからな」

カディアス先王が爽やかにこう言えたのは、杯にどっぱどっぱと酒が注がれるまでだった。

「俺らの間に座るなんてい～い度胸してんじゃねぇか？　山での前哨戦だなオイ」

「先王、私は助けませんからね」

ラグーンは酔いが回ってきているようだが、ユセフスが飲んでいるのはやはり水としか思えなかった。慌てて助けに入ろうとしたキリアスの首に、太い腕が巻き付いた。

「キリアス～！　飲んでるか！」

ザフィはうわばみばかりの操者の中で、一人酒が弱いらしかった。

「キリアス、お前も千影山に来いよ！　ダナルとルカがいなくなったら、俺らだけじゃ手が足りないって！」

俺は鳳泉の神獣師になったばかりだ、とキリアスは言おうとしたが、その前にシンの言葉が飛んだ。

「ザフィは今、修行者抱えまくって大変なんだよ。ゼドが教え方ヘッタクソだからよ～」

うんざりしたようにシンが言う。「えー、何で？」とクルトとハユルが身を乗り出した。

「ルカと同じだよ。天才は教え方がヘッタクソなんだよ。体術でもなんでも手加減しろって俺は何百回言ったか分からねえよ。ダナルみたいなしごきじゃないから余計にタチ悪い」

シンの愚痴にセツが申し訳なさそうにごめんな、と手を合わせる。俺を巻き込むな、とルカが憮然(ぶぜん)として文句を飛ばす。

「俺今、方々からコレ言われてんの。さすがにこたえるわ～」

ゼドは全然こたえていないように笑いながらそう言ったが、それを聞いてトーヤも身を乗り出した。

「ゼドは優しいし、教え方だってすぐに上手くなるよ」

そうだよそうだよ！　とクルトとハユルも同意する。

「まだ師匠になって間もないんだから、仕方ないよ」

「ゼドだったら依代にだって教えられるよ」

その言葉にゼドは胸に手を当てて嬉しいなー、と告げた。

「ありがとうな、お前ら。実はへこんでいたけど、おかげで山で頑張れそうだ」

ゼドなら大丈夫だよ！　俺も手伝うよ！　とゼドを囲んで励ます依代らの中に、もし自分の半神がいたら俺もこの操者らの仲間入りだったと、酒瓶片手に怒りで震えるライキとイーゼスを見てキリアスは思った。

「先王……どう思いますか。ゼドのたらしっぷりは無自覚なんですよ。やっぱり単体精霊を呪解させなきゃよかったのでは？　また荒野に放り出しません？」

ラグーンの黒い囁きを耳にしたキリアスは父王を振り返った。父はユセフスのように水のごとく酒をあおってしまっていた。

まずい、止めなければとキリアスが父王のところに駆け寄ろうとしたとき、ゼドの声が背中に飛んできた。

「オルガ、一人で走り回って可哀想に。酒なんてこいつらに勝手に運ばせればいいんだよ。お前も座って何か食べろよ。ホラ、俺の隣に座るか？」

オルガが反応する前に、キリアスはゼドの隣にどん、と勢いよく酒瓶を置いた。

「まだまだ飲み足りなそうだから付き合ってやるよ」

待てキリアス、と止めたのはレイ一人だった。やれやれー！　とライキとイーゼスが手を叩く。シンとザフィが酒瓶を運び、泣き出しそうなオルガにせっかくだから大きな杯で飲ませろ、とユセフスがお椀のような杯を渡す。

「俺は息子に賭けるぞ！」

もうすでに目が据わってしまったカディアス王の一声で、場は賭け酒に変わってしまった。ほ～お、とゼドが立ちあがる。

「後悔しますよ、先王」

「ほざけ！　誰のお前のことなんて応援しねーよ！」

「潰しちまえ、キリアス！」

叫んだイーゼスとライキの声にそれぞれの依代が反応し、ゼドを応援するという地獄絵図が繰り広げられる。

「あ～あ、やっぱりこうなったよ」

うんざりするトーヤと苦笑するセツに、オルガが縋

るように訴えるのが見えたが、キリアスはなみなみと
注がれた杯を一気にあおった。

あとがき

このたびは、「精霊を宿す国　新しき空と神の獣達」をお手に取っていただき、誠にありがとうございます。

「精霊を宿す国」書籍化により、小説投稿サイトで読んで下さっていた方々から「待っていた」という言葉をたくさんいただきました。ああ、随分前の小説なのに忘れないでいて下さったんだと、込み上げてくるものがありました。発売後も、感想や励ましのお言葉にどれほど救われたか分かりません。

半年以上に渡り、この長い物語を、数多くのキャラ達を応援して下さったことに、改めて御礼申し上げます。

そして、イラストを引き受けてくださり、キャラに命を吹き込んで下さった吉茶先生、数多くのネット小説の海からこの物語を見つけて引き上げ、右も左も分からない私を引っ張って下さった編集者さん、拙作に携わって下さったすべての皆さまに、心より感謝申し上げます。

最後まで読んで下さって、ありがとうございました。

二〇二四年　二月

佐伊

『精霊を宿す国　新しき空と神の獣達』をお買い上げいただきありがとうございます。
この本を読んでのご意見、ご感想など下記住所「編集部」宛までお寄せください。

アンケート受付中

リブレ公式サイト　https://libre-inc.co.jp

TOPページの「アンケート」からお入りください。

初出　精霊を宿す国　新しき空と神の獣達

＊上記の作品は「ムーンライトノベルズ」（https://mnlt.syosetu.com/）掲載の「精霊を宿す国」を加筆修正したものです。（「ムーンライトノベルズ」は「株式会社ヒナプロジェクト」の登録商標です）

神の獣達の宴……書き下ろし

精霊を宿す国
新しき空と神の獣達

著者名　佐伊

発行日　2024年2月19日　第1刷発行

発行者　太田歳子

発行所　株式会社リブレ
〒162-0825 東京都新宿区神楽坂6-46 ローベル神楽坂ビル
電話　03-3235-7405（営業）　03-3235-0317（編集）
FAX　03-3235-0342（営業）

印刷所　株式会社光邦
装丁・本文デザイン　ウチカワデザイン

Printed in Japan
ISBN978-4-7997-6610-1